火苗

HUOMIAO

时代出版传媒股份有限公司
安 徽 文 艺 出 版 社

顾坚，中国作协会员，著名畅销书作家。著有长篇小说《元红》《青果》《黄花》《爱是心中的蔷薇》《运河逐梦》等。《元红》被称誉为“继《平凡的世界》之后的经典力作”，获江苏省精神文明“五个一工程”奖。《青果》获第八届茅盾文学奖提名和首届施耐庵文学奖。《黄花》《爱是心中的蔷薇》获泰州市政府文艺奖和“五个一工程”奖。《运河逐梦》获“首届大运河网络文学征文大赛”最佳主题创作奖。

火苗

HUOMIAO

顾坚◎著

时代出版传媒股份有限公司
安 徽 文 艺 出 版 社

图书在版编目（CIP）数据

火苗/顾坚著.—合肥：安徽文艺出版社，2020.8
ISBN 978-7-5396-6931-1

Ⅰ.①火… Ⅱ.①顾… Ⅲ.①长篇小说－中国－当代
Ⅳ.①I247.5

中国版本图书馆CIP数据核字(2020)第056965号

出 版 人：段晓静
责任编辑：张妍妍　蒋　晨　装帧设计：壹图设计　褚　琦

出版发行：时代出版传媒股份有限公司　www.press-mart.com
安徽文艺出版社　www.awpub.com
地　　址：合肥市翡翠路1118号　邮政编码：230071
营 销 部：(0551)63533889
印　　制：安徽新华印刷股份有限公司　(0551)65859551

开本：700×1000　1/16　印张：18　字数：350千字
版次：2020年8月第1版　2020年8月第1次印刷
定价：58.00元

目　　录

楔　子

苏皖交界，津浦路东，有一块四面环水的隐秘之地：西北洪泽湖、北面白马湖、东北宝应湖、东南高邮湖，四湖环绕；内藏泗湾湖、洒火湖和密如蛛网的河汊沟渠，其中三河横穿东西，淮河入江水道纵贯南北，碧水清流，芦苇蔽天，是名副其实的水乡。因地处偏僻，人烟稀少，本土无治，被称为湖西地区。

该地区中央，却有一座名曰“麒麟”的繁华古镇。东西长两里，南北宽一里，有五六百户人家。不仅四面环水，还有一条市河将镇子劈为东西两半。当地人称镇子东面较宽的河流为“外大河”——淮河注入洪泽湖后，经三河下泄东行，继而南折，外大河即淮河入江水道的一部分。外大河向南经过蜈蚣荡主航道继续南行，一直通到浩渺阔大的高邮湖。

古镇东西向有中大街、南小街和北小街，南北向有真武巷、福隆巷、杨家巷、南口巷四条主要巷道。由于水上交通方便，南来北往的客商在此停靠、住店，做着各种生意；每当三、六、九逢集，四面八方的商贩和百姓前来赶集，车水马龙，人声鼎沸。镇上店铺林立，银楼、当铺、杂货店、饭店、粮行、布庄、药店、酒坊、油坊、染坊，也包括妓院、澡堂、烟馆、赌馆，可谓应有尽有。镇上大户人家多，注重吃喝享受，早茶晚酒，各种小吃，更兼澡堂泡澡，理发采耳，种种奢侈做派，让麒麟镇有“小扬州”之美称。

镇上宗教兴盛，有真武庙、关帝庙、大王庙、仁元宫、观音庵。每到初一、十五，敬香祈愿的人络绎不绝。逢到庙会，更是明烛煌煌，檀香堆积，焚烟腾空，如祥云氤氲……

1939 年 10 月，日军占领高邮、宝应县城，兵力主要分布在县城和京杭大运河沿线的主要集镇，筑碉堡，建据点，在占领区内编保甲，派粮、派税，实行伪化政策。对于西面的湖西地区却暂时没有驻兵，因为隔着茫茫大湖，芦荡连天，浅滩成片，河沟港汊如同迷魂阵，村舍稀落分散，民风又强悍，难以长期据守。

1940 年 3 月，新四军第五支队在皖东来安县半塔集同国民党顽固派韩德勤部队进行了一场反摩擦战斗，共歼敌三千余人。韩顽主力溃逃至三河以北，津浦路东的土顽被全部消灭，敌顽政权被一扫而光。新四军在湖西地区着手开辟抗日游击根据地，建立淮宝县抗日民主政权，欲把它打造成淮南、淮北抗日根据地的可靠后方。

新四军在湖西地区的活动，引起日寇的警惕和不安，后悔忽略了这块隐秘之地。今年正月初三，近五百名日伪军从高邮分乘二十多艘汽艇，企图武装占领麒麟镇。皖东第五支队八团二营奉命保卫古镇，因力量对比悬殊，经过顽强战斗，最终选择了战略撤退……

第一章　伤员张正

一

正月初三，蛾眉月。

蛾眉月，斜斜地挂在西天上。

孤清。冷峭。

像一柄未上弦的战弓。

似一把磨得贼亮的弯刀。

麒麟镇南郊荒野，坟累累，柏森森，枯荻瑟瑟，沟水潺潺。间或一两声猫头鹰磔磔的叫声，在夜风中如子弹般瘆人地传出老远。

灰蛇般的土径上，一副担架朝南匆匆而来。

借着稀淡的月光，可以辨识抬担架的是两个身着短打的年轻小伙——前面一个是镇上中大街德源药房的伙计杜宝春，后面一个是南小街蔡记豆腐坊蔡锦高的儿子蔡明海。紧随其后戴礼帽穿长衫的男子是德源药房的老板林华生。他左手拎着藤条药箱，右手握着一把德国快慢机①，不时回头张望，好像在警惕后面可能追赶过来的敌人。

① 快慢机：二战期间，毛瑟 M1932 冲锋手枪在中国的别称。

担架上的人便是新四军二营营长张正。他被棉被严严实实地包裹着，看不见头脸，也听不见呻吟。

新四军二营与北上的日伪军交火，战况十分激烈。敌人有备而来，穷凶极恶，敌军持有的重武器不仅压制了我军的火力，对镇上民居也造成了严重伤害。为了减少损失，傍晚时分，部队不得不放弃坚守，向西撤返皖东根据地。张正因腿部受重伤不方便随军撤离，营参谋长薛锋把他交给镇上地下党林华生同志，让他负责张正的医治养伤。林华生担心敌人占据麒麟镇后药店里藏不住伤员，于是利用镇上混乱，趁夜色把张正悄悄转移到镇南七里路的蜈蚣荡沿湖村杜宝春的家中。

“宝春，离你家还有多远?”后面抬担架的蔡明海喘着粗气问。

“快了，顶多还有两里地。”

“别吱声，注意脚下，减少颠簸!”

林华生提醒着两位年轻人，又不无钦佩地朝担架上瞥了一眼。张正被救护人员抬到药房时，右腿裤管都被鲜血浸透了。德源药房是中药房，在没有麻醉药品的情况下，林华生在夫人吴琼的配合下硬是用镊子取出了弹片，缝合伤口，敷上药粉进行包扎，手术中张正把嘴里的毛巾都咬穿了也未出一声。现在担架在高低不平的荒野土径上快速行进着，他仍能忍住剧痛一声不吭，是需要有强大克制力的。

“这真是一个坚强的革命战士啊!”

林华生内心赞叹道。

二

五年前，张正还是一个十八岁的在读高中生，甚至可以说，是一个无忧无虑的纨绔子弟。可是，他的命运一夜之间发生了剧变……

张正原名王益道，出生于苏北楚泽县的一个家境优渥的地主家庭。父亲王如贵既是台西镇陆洋村拥有上百亩土地的财主，又是一名饱有才学的讼师。都说为富不仁，但这个词不能套用在王如贵身上，因为恰恰相反，他富而有仁，而且有相当强烈的正义感。

王如贵祖辈都是安分守己的贫苦农民。父亲王松林因为早年跟人在外边跑码头做小本生意，见了些世面，节衣缩食让儿子念上村塾，指望他通过读书将来能改变家庭境况。村塾设在村南三官庙里，只有八九个学生，塾师是个姓霍的安徽人。都说安徽人是侉子，可霍先生说话一点也不侉，而且说的是一口纯正的官话，虽是近六十岁的人，除了衣着较寒酸外，面目、为人都极为端正。原来，他本是安徽省政府的一个参事，也是合肥地方上的著名律师，因为一桩诉讼结下了非常有背景的仇家，全家被杀，只有他一人逃了出来，更名改姓，辗转各地，最后来到苏北偏僻水乡，在陆洋村这座寺庙里安下身，靠教几个顽童糊口度日。

王如贵是个读书勤苦的孩子，深得霍先生喜爱。王松林逢年过节都给霍先生送节礼：家里打下新麦碾下新米，甚至扒山芋、收花生都不忘给霍先生送上一些，霍先生对王如贵更是格外看重。王如贵一直跟霍先生念到十六岁。这年冬天，霍先生染上风寒，卧床不起，临终时把王松林父子叫到身边，交给他们一个旧皮箱，当场打开验视，里面除了几件旧衣物、几本古书、几摞装订成册的资料，还有几块"袁大头"——先生暗示皮箱夹层还有一根硬物。父子俩知道这是霍先生死前赠别，双双跪下，承诺一定体体面面把先生送殓，先生含笑合目。王松林让儿子以先生义子的身份披麻戴孝，把这位沧桑老人葬在村南自家的祖坟旁边。王松林用那根金条买了三十亩好地，一下子成了村上富户，而王如贵则接下先生的戒尺，在大庙里当起了塾师。

霍先生皮箱里那几摞订得整整齐齐的资料原来是当律师时的案卷。王如贵如获至宝，天天深夜研读，记下心得。十八岁那年，他替在江南贩茶叶被人栽赃冤枉入狱的族人出头，在法庭上慷慨陈词，言必有据，逻辑分明，竟让族人无罪释放，并挽回全部损失，一时名声大噪，方圆几十里请他打官司的络绎不绝，几年下来他成为楚泽东部最有威望的讼师。他为人刚正不阿，从不为奸佞之徒辩护，因此结下了一些怨恨，但他也不以为意。

王家虽然成了富户，却不忘勤俭本色，不造新屋，全家照样参加生产劳动，收得租粮变钱后全部用来置地。王如贵十九岁时与本村女子景氏结婚，生下二子一女：老大叫王益德；老二是女儿，叫王益梅；老三叫王益道。在老三诞生这年，王松林患病去世，王如贵感激父亲生前对自己的辛苦培养，以及其纯朴品质对自己的熏染，写下一篇千字祭文，登在盐阜一份报纸上，竟引发争相传抄，被时人称誉有韩昌黎之风。

王如贵对子女要求很严格，他们年到五岁便进村塾开蒙念书。大儿益德念完私塾便到楚泽县城读正式学堂，二女儿益梅念了几年则留在家里帮助母亲做事，三儿益道辗转了几所学校，最后去了东台县中。两个儿子性格迥异，一个文静，一个勇武，却一样聪明。益德二十岁考取国立交通大学，二十二岁这年正月成了亲，婚后继续去上学，儿媳留在家里。王如贵跟当年已成为富户的父亲一样，为儿子联姻并不讲究所谓的门当户对，儿媳不是大家闺秀，连小家碧玉都谈不上。益德十六岁时，王如贵在台西镇任民政主任，举家迁到镇上，偶尔回村看看，都是邻村租户赵宝庆负责划船接送。有一回船拢[1]赵宝庆家闲坐,看见他十四岁的长女小芹身体很健康,长得也中看,打着一根拖到屁股的大辫子,配合母亲做家务、带弟妹,非常能干,心里很喜欢,想着大儿益德性格文弱,将来有这样一个女子照顾着倒是蛮好,回村的路上便主动向赵宝庆提起亲来,两人一拍即合。小芹没上过学,为了将来能和儿子合拍,王如贵把小芹带到镇上家中,因为自己已不当塾师,故专门请了一个老先生来教她,还邀来四个街坊邻居的女儿陪读,不收一文钱。小芹一面读书,一面帮家里做家务,几年下来,也出落成一个知书达礼的贤淑女子。

王如贵对村人的要求也十分严格。县政府委任他当保长后,他不准本村有偷抢扒拿、嫖娼奸淫的事发生,对设局赌博更是深恶痛绝。他常说,“赌近盗,奸近杀”,嫖赌之人最好去当土匪,将来死无葬身之地。有一次四个村妇农闲时聚在一起摸纸牌,被他知道了,他用文明棍将她们挨个抽了一遍,其中一个羞得要去上吊。即便是族人犯事他也不姑息。族侄王大有从小就有小偷小摸的习惯,有一次去偷剪邻村人家的一架风车布篷被告发,他命王大有当众自抽二十耳光,然后替人家修好风车布篷。王大有便对这位族叔怀下怨恨。一次,王如贵陪镇上同僚回村视察,王大有正在菜园里浇粪水,待王如贵走近,他恶向胆边生,故意使偏粪舀,浇了王如贵一头,溅了镇上客人一身。王如贵怒不可遏,一张状子把王大有送进县城大狱关了整整一年。

王如贵最痛恨敲诈勒索、杀人越货的歹徒强盗。他号召村民,遇到劫掠要团结起来抵抗。楚泽县是百里水乡,河、湖、港、汊纵横交织,时常有土

① 拢:方言,顺便停靠。

匪深夜到踩好点的殷实人家强行推销私盐，若不给钱，动辄放火动刀子，得手后连夜溜之大吉。一天夜里，一条黑篷船悄悄驶进陆洋村东码头，四个黑衣人把八麻袋海盐抬进在县城开布庄的孙财主家，要求当场兑现银洋，不然把家里小孩抱走卖掉。孙家伙计趁他们不注意偷偷逃出来报告，王如贵带领村里壮丁手持木棍、扁担，把四个匪徒逮住，绑得结结实实，准备押解送官。但愤怒的群众按捺不住心中怒火，把匪徒一起推进生石灰塘，担河水灌进去，将他们活活腌炙而死。

还有一年隆冬，一伙盗匪偷了东台荣盛木行的木排，连夜往西转移，意欲卖到竹泓港的木船制造行。王如贵得到消息后，布置村人在木排必经河道打下闷桩。可怜这伙盗贼顶风冒雪苦撑了近三十里水路，被卡在这里无法通过，只好忍痛弃下木排，逃之夭夭。

天下盗匪是一家。王如贵自认为天有王法，邪不压正，殊不知祸胎已经结下了。

民国二十六年正月初五，王如贵的大儿结婚，王大有已经从县狱放了出来。在县牢里他被狱霸打断了一条腿，走路一瘸一跛的，不仅如此，他的妻女也被人拐跑了。经过这场教训，王大有似乎换了性情，不见一丝儿戾气，变得谦恭随和，循规蹈矩，逢人一团笑。都说浪子回头金不换，村人见了他也就客气起来。王大有主动到王如贵家婚礼上帮忙，借桌子，搬板凳，喜笑颜开。王如贵见他这样，心里也感到安慰，特别给了他一条儿子从上海带回来的“美丽”牌纸烟。

王益德正月结过婚后如期到上海报到开学，“先开花，后结果”，到了九月，小芹便诞下一女。虽生的是女孩，但全家高兴。腊月初十这天，王益德从上海放寒假回来，接过夫人小芹手上的襁褓，在女儿粉嘟嘟的小脸上亲了又亲。

腊月十二，王如贵率家人从镇上回到村里准备过年，有头有脸的人家纷纷送来鱼肉筹子，雇户们送来成篮成筐的米糕粉团。王大有拎来两条腌好的大青鲩，笑眯眯地说进了冬至就为族叔准备了。

王大有前脚给王如贵送了年礼，后脚便溜到三十里外的黑风荡去了。他的怀里揣着一包变卖一处祖田得来的洋钱。黑风荡是三县交界的一片野湖，历史上就是土匪窝。他这是去通风报信，花钱买凶——他要王如贵为把自己送进监狱并带来的悲惨后果全盘买单！

土匪头子徐保山收了银洋，知道这次要做的对象是陆洋村的保长兼任台西镇公所民政主任，又是楚泽县境著名讼师的王如贵，正是王如贵带头灭了贩私盐的一伙兄弟，还让另一拨偷木排的朋友在他的地盘上栽了跟头。他让王大有悄悄回去，承诺三天后夜袭陆洋村，灭王如贵一家。

腊月十五后半夜，月亮圆得邪乎，亮得邪乎，原野村落一片静寂，似乎所有生息都被冻住了。一艘黑篷快船从运河一个岔口急拐弯，直插陆洋村后浜，靠岸后跳下七八名土匪，如一群鬣狗朝村里扑来。打更的陈保南老汉发现了这伙人，急敲竹梆，狂奔高喊："土匪进庄啦——"土匪乱枪射击，陈老汉不顾寒冷跳进村塘里，躲进了枯苇间。全村顿时骚动了，土狗吠叫成一片。土匪按照告密者王大有的事先提示，迅速找到南大庙后身第三家院中栽有白果树的王如贵家，破门而入，将屋里的人悉数射死，然后点燃房屋和柴草垛，在冲天火光中撤回匪船，扬长而去。

土匪离开后，村民们赶来救火，王家已成断墙残垣，到处散发着恶臭。东房里王如贵夫妇、西房里王益德夫妇尸首焦黑，惨不忍睹！所幸昨夜嫁到村西的王益梅为了让上大学的哥哥晚上睡得安稳，把侄女抱过去睡了，不然孩子也定然罹难。

惨祸发生后的第二天，镇上就有人来了，吊唁之后，向乡亲们表示一定将这桩骇人听闻的匪事提交县里，争取尽早破案剿匪，叮嘱王益梅等弟弟回来后到镇公所一趟，交割一些东西。

腊月十九，放寒假应邀到海门县同学家玩的王益道径直回到了陆洋村，此时，父母、兄嫂已被族人本家安葬。他怎么也不敢相信这样的事实，摧肝裂胆，号啕大哭，几度昏厥……

王益道住到姐姐家，白天黑夜躺在床上，只是流泪，茶饭不思。自己的家其实在镇上，烧毁的只不过是三间老屋，田簿、财产都在。姐姐益梅眼睛早就哭成了红桃子，强打精神照顾弟弟和幸存的小侄女。乱世如斯，匪徒宵小横行，曾经显赫的王氏家族一夜之间如巢覆卵破，十里八乡的人们听闻噩耗，无不为之扼腕唏嘘！

腊月二十二，姐夫杨学年要雇船和王益道一起去镇上，可小舅子怎么也起不了身。姐夫是父亲的私塾学生，也是自己的学兄，如今在村学中当了塾师。益梅对丈夫说，那就春节后再去吧。言甫毕，泪如泉涌，捂嘴抽噎不止——这本来是一个阖家欢聚的新年呀……

几天里，不断有亲友和村上同学来看王益道。腊月二十六，同窗周生元过来对他说，这次土匪来得蹊跷，人数多，来了就杀人灭门，手段特别残忍，为方圆几十里多年间所罕见，肯定是寻仇，但这股土匪怎么一上岸就能直接找到先生家，又怎么知道先生全家从镇里回来过年的呢？很可能是有人告密。几天来，王益道一直沉浸在巨大的悲痛和对土匪的愤恨当中，神情恍惚如同梦游，哪里来得及想得这么深远？听周生元这么一说，顿时清醒并冷静过来，问：“可能是谁告的密呢？”周生元附耳轻声说“有线索”，出房门对杨学年夫妻说要把师弟带到自己家里散散心，俩人立即同意了。

周生元在自家厢屋里悄悄告诉了王益道一件事。放牛倌朱庚成昨天半夜里起来解手，看见前屋王大有家后窗亮着灯，有隐隐的哼戏声，还闻到了飘出来的诱人的肉香，不禁大为好奇，蹑着脚走过去，探头一看，只见堂屋里王大有坐在油灯下，正就着一盆煮熟的咸猪头喝酒哩，还摇头晃脑地哼唱着，显得非常快活，也非常诡谲。朱庚成缩了头，轻手轻脚回屋，躺在床上怎么也睡不着。他想不通王大有为什么在深夜烀猪头下酒，农村人家冬至后都要腌些咸货留待过年，像猪头、咸鱼之类都是除夕这天煮熟了先供菩萨，全家吃团圆饭时才享用，今天才腊月二十五，他怎么就这么性急呢？而且半夜里吃，显得偷偷摸摸，他的表情又那么兴高采烈——他为什么这样高兴呢？他在县城蹲监狱时，老婆被外地一个卖布客拐走了，还顺走了他六岁的女儿，他现在是孤家寡人，又是一个瘸子，就算再怎么想得开，也不至于这么开心呀。联想到十天前，王家遭遇横祸，一门四口惨死，作为族人的他是多么悲痛啊。送葬这天下着小雨，他还穿着孝服一跐一滑地跟在后面撒纸钱，哭得一把眼泪一把鼻涕的，怎么这会儿倒就着酒肉哼起戏文来了？突然一个念头冒了出来，朱庚成在被窝里打了个寒噤……今天一大早，他就跑来找到最要好的朋友把心中的疑问悄悄说了。

“我和朱庚成判断是一致的，肯定是王大有搞的鬼！”周生元说。

王益道虎目瞋裂，站起来就往外冲。他想不到王大有竟私通土匪来报复族叔，酿成一门四尸的血海惨祸，要不是侄女被姐姐抱走，要不是自己被同学邀到海门做客，定然被全家尽杀，一个不剩。如此黑心黑肺、全无人伦的阴毒小人，他一定要亲手宰了，不然父母兄嫂在地下如何能够瞑目?！但周生元马上拉住了他，把他重新按回床边。这位长他三岁的学兄遇事比他冷静得多，王先生是周生元的恩师，对待学生既严厉又慈爱，就跟周生元自己的再生父亲一样，现在周生元也恨不得活吞了王大有这畜生，但是不能莽撞。周生元说："我们肯定不会放过王大有的，但是要拿到确凿证据！"

周生元让王益道待在自己屋里，要寡母做饭好生招待，自己先出去了。

这天上半夜，王益道、周生元、杨贵时、周绍明悄悄地在三官庙一间废弃不用的柴房里聚会。这四位私塾时最要好的师兄弟，在白烛的光晕中默默围坐着，面色严峻，心头却蹿动着愤怒的复仇火焰。他们已经商议好：后半夜潜入王大有家，擒拿住他，逼出口供，然后处死歹徒，运到荒野掩埋灭迹。

——周生元带了纸笔印泥。

——杨贵时带了捆猪绳和点红刀①。

——周绍明带了麻袋和方锹。

——王益道什么也没带，他把那把点红刀紧紧攥在手上！

一壶家酿的大麦烧酒在他们手上传递着。喝酒，既为驱寒，也是壮胆。

这几个二十岁左右的年轻人，八辈子也没有想到自己会杀人。

但这个人必须杀！

不杀，一辈子心里都不能安宁！

不杀歹人，将来说不定就被歹人所杀！

他们不相信官府。兵荒马乱，生灵涂炭，官府昏聩，甚至官匪勾结、官

① 点红刀：杀猪尖刀，用来刺喉放血。

匪一家。天理昭昭，恩怨分明——他们要做正义的执行者！

鸡叫头遍，丑时已近。四个人鱼贯出了大庙后门，没入黑暗之中。他们摸到王大有家院门外，稍作休息。在东台县中国武术队练得一身武艺的王益道腾地攀上院墙，如狸猫一样跳入院中，轻轻拉开门闩，放其他三个人进来。

他们矮下身形，接近堂屋。轻轻推门，发现里面竟也闩着。不能强行破门，否则惊动庄邻，将前功尽弃——做木匠的周绍明上前抱定一扇门，脚面垫在门脚，脚抬手掇，门榫便脱离了臼窝。

这天晚上，王大有仍旧在家里自斟自饮。一进腊月，他便从村西杨老三酒坊里打来一坛大麦烧酒，用来过年自喝和待客。这几天心情激动又紧张，便启坛先喝了。他买的是头茬酒，酽浓香醇，就着腊得正好的猪头肉，不觉喝得嘴滑，竟有些醺然了。他撑起精神到灶屋里烧了热水，一个人坐在板凳上烫脚，突然垂下泪来，想到自己进监狱之前，哪天晚上不是老婆小翠为他打好洗脚水，洗完脚再服侍他上床睡觉？父母虽然去世得早，但给他留下二十四亩良田，自己种上十亩，租十四亩给别人种，每年能收二三十担租子，一家三口小日子过得舒舒坦坦的。想不到因自己修风车偷了邻庄人家一副车篷，竟受到族叔王如贵那般的羞辱！自己憋不住怨愤浇了他一头粪水，他竟写了状纸让自己蹲了一年大狱。他在里面被狱霸打残了一条腿，出狱之后才知道老婆女儿跟外地卖布客走了，落得他孤苦伶仃，孑然一身。此仇不报枉为人啊！他下狠心卖掉邻庄的十四亩田，趁王如贵全家从镇上回村过年，找到三不管地界的黑风荡，通过早年在一起赌钱的红鼻子阿三的接引，见到湖匪头子徐保山，策划了这次灭门事件，这才彻底舒了心，解了气！

但这次借刀杀人做得还不够彻底，他心里隐隐萌生些悔意。倒不是说让那四个月的女婴侥幸逃脱，而是他没有摸清楚王如贵的三儿子并没有随家人同时回村。他以为全家肯定一起回村的，以往几年都是如此，王如贵总是志得意满地领着两个在外地上学的儿子打道回府，接受全庄人的羡慕和奉承。自己真是昏了头，生生地把二小子放过了。

“唉，罢了！”王大有叹口气，轻言自语。能把王家害成这样，够知足了。那二小子从小就是个调皮王，念私塾时因为和穷人家的孩子一起调皮捣蛋不知挨了他父亲多少戒尺，跟他那文静的哥哥完全不一样。在楚泽县城中学踢球踢碎老师的眼镜被开除；在溱潼镇中学带领同学造食堂的反，没奈何他老子又把他送到东台中学，据说在里面又成了舞枪弄棒的主儿。这家伙将来能有什么出息？肯定是个败家子儿，不去当土匪就不错了！想到这里，他不禁扑哧笑出声来。

王大有爬上床，在变态的满足中沉沉睡去，鼾声如雷。睡梦中，他突然感到自己像被一块巨石压住了身体，随即便止住了呼吸……

四个小伙子三下五除二便擒拿住了王大有，将他嘴里塞进破布，五花大绑塞进大麻袋。杀猪的杨贵时力气最大，把麻袋扛在肩上就走。他们重新潜回大庙柴房，从麻袋中倒出王大有，顿时腥臭扑鼻，原来里面已被王大有拉满了屎尿。这个奸诈阴险的恶徒，此时浑身如筛糠般发抖着，满脸的恐惧和哀怜，活像一只断了脊梁骨的癞皮狗。

在点红刀的逼迫下，王大有无法狡辩，一五一十地交代了他买通土匪杀人的全部事实。周生元抓着他绑在身后的手在录下的口供上按上鲜红的指印。

证据确凿！铁证如山！

王大有痛哭流涕，乞求饶命，乞求送官。当他看到四人眼中跳动着愤怒的杀机，猛然从地上挣起，“救命——”没喊出半个字，已被王益道上去拿住下巴，一转一扭，咯嗒脱了臼。周生元和杨贵时把绳结套上他颈项，两边狠命一拉，王大有眼白一翻，舌头吐出半截，一命呜呼。

四个青年人转身走进充当塾馆的另一间较大的侧屋，朝王如贵的遗像一起下跪，咚、咚、咚、咚磕了头，旋即起身移尸。

出了大庙，向东便是田野。天近三更，寒星闪烁，冷风低回。村东三里有一片芦苇荡，他们要到芦苇荡深处把王大有的尸体深深埋掉，深得连野狗都闻不到味道！

一百多斤的麻袋扛在肩上，走在星夜黑暗逼仄的土埂上，由于紧张，杨贵时居然连跌两个跟头，把麻袋扔出去老远。周生元胆大，倒出尸体，解开绑绳，扣在头颅上，再推进北大河中，让杨贵时踩着沿水的岸脚一路牵着走。果然轻松多了，借着顺风之便和水流的浮力，手上几乎没有感觉。

好不容易摸到芦苇滩，杨贵时收绳看时，顿时吓得魂飞魄散——只是一根空绳，王大有的尸体丢失了！

四人连忙回头去寻，然而，黑夜里怎么看得到？……

天亮了，日上三竿，天气晴朗得让人心醉。

陆洋村却像炸开了锅。

拂晓时分，俞家垛的艄公焦寿昌起身洗刷渡船时，发现码头的木桩间卡着一个死人，壮着胆拖出来仔细一瞧，认得是西面陆洋村的王大有，便载着尸体送了过来。尸身就摆放在南大庙前的旷地上，四肢僵直，歪口瞋目，颈上有很深的勒痕，模样极其恐怖。王族本家看不下去，拿来黄表纸盖在他脸上，旋即被阴风吹去；盖上草帘，那草茎竟根根竖立，又被冷风掀去。真是奇怪！

不到半个月，镇公所民政主任兼陆洋村保长王如贵家遭遇匪事，一家四口丧命，现在他的族侄又浮尸大河，一时间人心惶惶。但大家都不想沾惹晦气，甚至招来祸端，没人敢到镇上报案。一位白胡子老者意味深长地说，都腊月二十七了，公人们也要过年，报案也不容易找到人，找到人也不一定肯来，还是把死者先搁在庙里吧，待过了年自然有人来处理的，到时再收殓。王族本家依言办理，围观的众人四散回家。

果不其然，过了五天大年[①]，正月初六上午，镇公所和县衙一拨人坐着一艘机动船来到了陆洋村，全面调查两案。他们很快在大庙塾堂先师王如贵遗像后面找到一份王大有因怀恨族叔引匪报复灭门的口供证据，并附有一纸王益道的自白书，说仇人乃他一人所杀，与别人全无干系。案情真相大白，待要提审王益道时，获知其已经不在村中。

原来，腊月二十六晚上，同门四兄弟不慎丢失了王大有尸体，遍寻不着，眼看天亮，惶然四散回家。在村口，王益道对三位师兄说："倘官府来人查案，一切归我身上，你们切不可暴露，更不能承认！"

他没有跟周生元回去，而是径直返回大庙，找来纸笔匆匆写了一份自白，连同揣在怀里的仇人口供一起放在父亲的遗像后面，然后才返回了姐姐家。他向惊醒起身的姐姐姐夫下跪，说自己已经替家人报了仇。姐姐姐

① 五天大年：苏北地区一些地方把正月初一到初五称为"五天大年"。

夫听完原委，恍然大悟，对王大有恨得咬牙切齿，但王益道亲手杀了仇人，也属犯了政府王法，一时不知所措。王益道说这学是上不成了，他有个家在安徽巢湖的要好同学，父亲是开钱庄的，他先去那边避避。姐姐姐夫没有更好的办法，赶紧让他换了干净衣服，整理行李，给足盘缠，开门放他逃跑。

春节前后，有人问起王益道，杨学年、王益梅夫妇便答：

“弟弟在村里太悲伤，到他东台同学家去了哩！”

县衙里的人把杨学年带到县里，审不出个所以然，半月后让村里取保赎回，花费银洋若干。

一村两案竟就这样草草了事了。

王益道逃出家乡，即化名张正。他并没有投奔安徽同学，而是取道东台，顺运盐河一路下扬州去了……

三

张正仗着自己出生水乡深谙水性，身体强壮矫健，便投到扬州南门码头董记船行帮忙。船东叫董进，山东菏泽人，四十七八岁，皮肤黝黑，身材魁梧，硬朗得像一座铁塔，为人豪爽仗义。董进很喜欢这位模样周正、做事勤快的小伙儿，亲昵地叫他“小正子”。

山东人尚武，不上船的时候，董进每日清早都在码头附近的一块空地上打拳、举石锁，出过一身汗后冲个凉水澡，再到茶馆里吃茶。张正跟船当伙计才几天，董进就从他上货下货、升篷落篷的敏捷身手中瞧出了端倪，问他是不是练过武。张正说上中学时跟体育教师学了一点皮毛,因家中遭灾祸不得不辍学出来找营生,赚钱回去替父母亲治病。董进对他很同情,说:“在我这儿好好帮忙,不会亏待了你。”同道相惜,董老大让张正打了两路拳后,见他花架子太多,便教他练习技击性很强的八极拳和少林擒拿十八手,兼一些实用性刀法。张正勤学苦练,进步相当快。

董进主动教张正练武固然出于同道相惜,其实也另有他图。他的船行有三条船,是扬州船帮中生意排在前几名的大船东,在长江、京杭大运河和苏北里下河一带跑船时,经常有水匪湖霸滋扰。有个会拳脚功夫的伙计,行船走单就多了一分安全。

而张正苦练武功更大程度上是出于报仇雪恨的心理。从家里辍学逃出来,他没有一天深夜不偷偷流泪,虽然勾结土匪的王大有已被他和几个师兄处决,但实施屠杀的黑风荡土匪还逍遥法外,此仇不报,枉为男儿!他想练就一身武功就去投军,将来带上一支部队回到家乡去清剿这帮土匪,把匪首徐保山和所有参与灭门王家的匪徒千刀万剐才解恨!

然而张正是个有文化的高中生,在学校时就已经接触了进步思想。来到扬州这几个月,经常跟着董老大到书场、茶楼听说书,更让他明白了世故人情和家国情怀,他的内心又时常涌着一种报效国家的理想和冲动。

就这样过了几个月,卢沟桥事变爆发,日本军国主义者发动了大举侵略中国的战争。7 月底,京津沦陷。11 月,上海沦陷。12 月,南京沦陷,镇江、扬州沦陷。日军大肆烧杀淫掠,在扬州半月内就制造了“万福闸惨案”和“天宁寺惨案”,使城乡人民处于水深火热之中。日军控制了扬州的所有船行,船只无通行证不得离开码头,随时听命调用。面对日军的暴行,张正实在不能忍受,在征得董老大的同意后,在一个风雨之夜,徒步五十里路,到北乡公道桥投奔“陈团”去了。

四

八一三事变后，日军大举进攻沪宁沿线，国民党军队节节败退。流落在镇江的安徽义士陈文目睹祖国大好河山逐渐落入魔掌，决心用实际行动来抵抗日军的侵略。他秘密召集旧时同人和抗日志士组成一支数十人的队伍，始称“抗日义勇队”。接着，他又收编了一批溃退散落在沿江农村的国民党军散兵游勇，扩编成留守团，改称“抗日义勇团”。12 月，镇江失陷，陈团从仪征过江上岸，转移至扬州北乡的公道桥一带，与日伪军展开殊死战斗，威震敌胆。

张正怀抱家仇国恨投奔陈团，恰如飞鸟投林、蛟龙入海、猛虎下山！

1938 年初春，陈文夜袭扬州西郊司徒庙蜀冈下的日军飞机场，炸坏日机四架，击毙日军七人，缴获了十几支步枪和手榴弹、子弹及罐头、饼干、棉被、军大衣等一批物资。日寇岂肯善罢甘休，立即派了八十多名日伪军攻打公道桥陈文部队团部。陈文毫不畏惧，抄小路回到公道桥镇设伏，一举消灭了来犯之敌，击毙日军小队长一人，打死、打伤日军二十多名，缴获战马一匹、望远镜一架以及部分枪支弹药。3 月 28 日，日军又出动两百多人二打公道桥，陈文避其锋，隐其侧，诱其进，斩其腰，击其首，再次粉碎了日伪军的进攻，毙伤日军一百多人，活捉日军两人，缴获机枪六挺、三八式步枪一百多支、手枪十多支、掷弹筒二十多支、战马五匹。4 月上旬，三百多个日伪军第三次进犯公道桥，陈文部队实行坚壁清野，破坏交通线，造成日军给养供应困难，迫使日军不得不于 4 月 29 日撤回扬州。

三战公道桥大捷之后，陈文部队声威大震，日寇闻风丧胆，远近民众特别是爱国青年纷纷前去投军。而张正在硝烟战火中迅速成长为一名智勇双全的连长，屡屡被委以特别任务：潜入扬州城斧劈伪警察局长吴孝侯；摸到伪江都县政府投掷手榴弹，炸死、炸伤十多个日伪军，吓得汉奸县长方筱亭逃之夭夭；在郭集渡口查到一个曾在上海日本人家当过女佣的汉奸，又顺藤摸瓜捉到了高邮城里另一个女汉奸，在高邮城里游街后将她们一起枪决……

——张正成了陈文手下的一名悍将，一把尖刀，一件秘密武器！

林子大了，什么鸟都有。陈文部队对投军人员不设门槛，只要愿意抗日，都可以参加。部队当中除了农民和爱国知识青年，有相当一部分是八一三事变中溃散的国民党武装人员，甚至地痞流氓、绿林大王也占有一定比例。为了整顿好这支队伍，陈文主动派参事邱剑鸣到中共苏北工委所在地江都吴家桥找到新四军，请他们派人来协助建立教导队。

中共苏北工委作了认真研究，并得到陈毅司令员的批准，特派工委组织委员吕镇中和陈干前往陈文部队帮助整军。

1939 年 4 月，吕镇中、陈干来到陈团团部，受到陈文热情的接待。吕镇中首先向陈文开诚布公地说明了三点：我们的身份是共产党新四军；我们要按延安“抗大”的教学方法来办教导队；我们要在你们部队中发展党员，建立共产党的组织。陈文当即表示同意，并保证对以上情况严格保密，还指派邱剑鸣协助工作。在陈文的具体安排下，教导队很快在塔集寿佛寺开学了。来自各营、连和团直属机关的年轻干部怀着无比喜悦的心情，汇集到教导队来接受训练。正是在教导队，张正结识了林华生和以后成为他爱人的吴琼,他们了最要好的朋友。

陈团教导队下设政治、军事四个区队,有二百多人。教导队既学军事,又学政治、文化,由吕镇中、陈干和陈团政训处主任夏岚担任教员。在政治教育方面主要通过讲课,组织学员阅读进步书籍,教唱抗日歌曲,运用多种形式对学员灌输革命思想,宣传抗日救国的道理。

7月,经中共苏北工委批准,在陈文部队建立了共产党支部,吕镇中为支部书记,陈干为组织委员,杨崇贞(女)为宣传委员。党员都是经过认真培养和考察后吸收的,有张正、林华生、吴琼、杨崇贞、王大林、徐亚云等十多人。我党很重视陈文部队这支抗日武装力量,先由中共路东工委方毅派夏云飞到二支队,以政训员的公开身份帮助搞军训,物色发展党员对象。接着又由中共苏皖工委派周利人来陈团做调查、联络工作。

陈文部队的发展壮大引起国民党反动派的恐慌和忌恨,他们最担心的就是陈团归顺共产党。国民党江苏省主席韩德勤派出重兵展开"围剿",陈团因驻兵分散,虽经浴血奋战,但最终被击溃缴械,陈文遭秘密杀害。

陈团分解后,张正隐蔽了一段时间,在党组织的安排下加入了新四军第五支队,在开辟淮南抗日根据地与敌伪、顽匪的斗争中成长为一名沉稳老练的指挥员。

想不到在今天保卫麒麟镇的战斗中,日军掷弹筒发射的一颗炮弹落在他附近,他的右腿被弹片击中,血流如注……

第二章　湖村养伤

一

夜已深，此时，在沿湖村杜俊山家的堂屋里，仍亮着一盏昏黄的煤油灯。

杜俊山坐在一张小矮凳上，低头抽着旱烟，面前是一堆未搓好的草绳；老伴韩桂云在一旁补着旧渔网，满脸愁云；儿媳苗凤华坐在门边捻麻线，时而把门爹开一道缝朝外面觑望；女儿杜宝玲就着油灯绣着一方花手帕，有一针无一针的，不时竖起耳朵，屏息谛听外面的动静。

杜俊山的儿子宝春在镇上德源药房学徒，每天清晨徒步进镇上班，太阳落山前保管回家。药店春节只放两天假，今天一大早，宝春便拎着家里准备的年礼出发了。想不到近午时分镇子方向传来激烈的枪炮声，杜家人的心一下子悬在了半空中……

现在都快半夜了，宝春还没有回来，会不会出什么事？

屋里的人内心煎熬着，但谁也不说一句话。

好像说什么话都会带来不吉利似的。

唯有一个字：等。

哪怕等到天亮！

杜俊山家本来住在麒麟镇上，祖祖辈辈以种园为生。父母去世后，他那不成器的兄弟杜俊海染上了抽鸦片的恶习，偷偷卖掉了家里的菜园，杜俊山没有办法，拿出仅有的积蓄到妻子的娘家沿湖村买了几亩荡田，带着妻子儿女迁了过去。所谓荡田，就是蜈蚣荡中被开发出来的滩地，不发洪水的年景可以收一些庄稼，一发洪水就泡汤。这里的农民有句谑语，叫作"瞎子打架，捞住一把是一把"。而杜俊海因戒不掉鸦片，不久就把留给他的祖屋也卖了，妻子领着幼子离他而去，他走投无路，吃了一包老鼠药自杀了。

蜈蚣荡是一片湖荡湿地。除一条主航道和少数深水区外，剩下的地方大部分是浅滩，除少部分被开辟成荡田外，剩下的地方长满了芦苇和蒿草。枯水的冬春季节，芦苇收割完毕，留下了满地枯黄的芦柴桩和杂草，纵横交错的水沟把浅滩分割成若干个大小不等的地块，活像一块大龟板。这些自然形成和人工开挖的水沟，在芦苇滩发生火灾时可以阻隔火势蔓延，同时也是运输的通道，收购芦苇的船可以进入滩内，就近上柴，水沟条条相通，一直通到主航道。到了丰水的夏秋季节，这里又是另一番景象。洪水带来的泥沙和腐烂的水草，直接给芦苇施肥，芦苇长得青碧茂盛，一眼望不到边，简直就是浩荡的苇海。湖风吹着苇叶发出嚓嚓的响声，一只只苇雀一会儿钻到苇丛里，一会儿又站在苇尖上，唧唧地叫个不停。苇荡深处也是野鸭繁衍生息的地方，有时野鸭成群飞起来，像一片乌云从你头顶上经过。芦苇旁边的水塘水沟里长满了茭草、野菱、野藕、鸡头和各种不知名的水草，鱼虾、蟹鳖游弋其间，自由自在。

蜈蚣荡边人居稀落，总共不过二十来户，合成一个“沿湖村”。因为怕淹水，湖边人家建房时把地基垫得很高，看上去就像建在土墩上，因而都是单庄独户，彼此错落隔开，形同一个个孤岛，加上各家多栽树植竹，浅沟环伺，担以竹木小桥，所以平时无事不串门，只在劳作遇到时才互相寒暄，联络感情。

所谓“靠山吃山，靠水吃水”，湖边人家种荡田的虽然收成没保障，但通过捕鱼打猎、放鸭养猪、采菱挖藕、割苇卖柴以及编芦席织渔网，生活倒也能将就，经营得好的甚至略有盈余。

杜俊山一家自从迁到这里，除了种荡田，也学会了下湖捕鱼，但主要是放养湖鸭。每到春天，家里买上一趟苗鸭放养，湖里野食丰足，鸭子长得很快，秋前就可以卖了——公鸭全部卖掉，留下一些母的生蛋。儿子宝春十九岁这年被送到镇上德源药房当学徒，去年冬天又娶了漂亮能干的儿媳妇，村上人对杜家都很羡慕。

“穷人无灾便是福”，这是杜俊山常挂在嘴上的一句话。

“汪！汪汪！”

大黄狗在门外突然吠叫起来，跟着传来杂沓而急促的脚步声。不约而同地，杜家人都惊疑地站起身来。

门被推开了，冷风裹着一副担架闯进堂屋里。

“妈妈！”

“宝春！”

“林老板，怎么是你……”

“杜大哥，让你们担惊受怕了，等会儿我再跟你们解释。”林华生要杜俊山关上门，让担架在堂屋中间停放下来。两个年轻人满头大汗，不停地喘着粗气。凤华赶快给他俩递上毛巾，宝玲则忙着拿碗倒水。

林华生的到来让杜家人松了一口气。他们知道林华生是新四军那边的人，是专门跟日伪顽匪对着干的地下党员，而宝春现在已经是他最得力的助手。

林华生弯腰把被窝头轻轻拉了拉，一张苍白而刚毅的年轻面孔呈现在大家眼前。

“还好吗？”林华生关切地问。

“嗯。”

宝春让父亲到西房里收拾一下，让伤员躺到床上休息。

杜家三间正屋，以前东房是杜俊山夫妻俩和女儿宝玲住，搁两张床，宝春住在西房；去年宝春和凤华成亲，东房用来做婚房，老两口搬到外面摆杂物的厢屋，西房则成了宝玲单独的闺房。

宝玲和父亲没有犹豫，马上到房间点上油灯，一起整理好床铺，让担架抬进来。大家小心地把伤员挪到床上躺下。

干净爽洁的蓝花被盖到身上时，张正闻到一股似曾相识的女儿香，苍白的脸上不由得泛出淡淡的红晕。

“你先躺着，我先跟杜家人到外面谈事。”林华生俯下身子轻声说。

张正微微点了点头。

在堂屋里，大家围着桌子坐下。林华生告诉杜家人，这个伤员是新四军张营长，今天为保卫麒麟镇受了重伤。现在镇上到处都是鬼子和伪军，张营长不好留在德源药房，就趁夜色转移到这儿来了。

杜家人听了，这才恍然大悟。

“杜大哥，你们一家人忠厚可靠，我最放心。”林华生继续说道，“蜈蚣荡是个偏僻地方，把张营长藏在这儿养伤比较安全；宝春在我店里，早出晚归，我们联系也方便。你们一定要保密，不能走漏半点风声，也不能让外人看出一丝破绽！”

杜俊山说：“林老板，你放心！我们一定像对待亲人一样好好照顾张营长，就是舍命也要保护他的安全。”

韩桂云得知林华生他们还没有吃晚饭，赶紧叫宝玲到外面厨房烧锅，自己去淘米煮饭，又叫凤华到菜园里拔了几棵青菜。

没多久，饭菜便端上了桌子。

“林老板，要是早晓得你们饿了，就煮饭熬菜汤了，正好还有些冻小鱼下饭。你不要嫌简单哟！”韩桂云过意不去地说。

“哪里话啊，都是自己人，不要这么客气，有什么吃什么！”林华生礼貌地答道，然后指示宝春，“你去问问张营长，现在想吃点东西吗。”

宝春过去问了回来，说张营长现在不想吃。

“那我们先吃吧！”

林华生边吃边对杜家人说：“自从前年淮南抗日根据地开辟以来，日本鬼子和伪军就没有停止过‘扫荡’。这次日伪军虽然突然窜到湖西地区腹地，侵占了麒麟镇，但也付出不小代价，光是汽艇就被打沉两艘。新四军主动撤退是为了保全实力，不跟敌人硬拼。”

“鬼子来占麒麟镇做什么？”凤华在旁边问道。

“还不是因为麒麟镇位置重要，卡着南北水路嘛！”宝春停住筷子对妻子解释。

“那新四军啥时来的，我怎么不知道？”宝玲天真地问。好像意识到自己说话有些幼稚,脸上腾起两朵红云。

“是昨天晚上从西面赶过来的,”林华生微笑着说,“来了就在镇外修筑工事,单等白天鬼子从南面水路过来。虽然没有打退鬼子,但也吓得他们屁滚尿流!”

“那……那新四军为啥子没有打退鬼子?”宝玲嗫嚅着,不服气地问。

林华生面色凝重起来,说:“鬼子目前还很强大,新四军主要采取游击战争,打不赢只有先撤走。不过敌人这次是孤军深入湖西地区,等时机成熟了,新四军一定会把他们赶走的。”

“麒麟镇自古是福地,从我记事起就两次被土匪占了,但最后还不是被官家和周围的老百姓消灭掉!”一直不开口的杜俊山在灯影下面吸着旱烟,搭腔道。

“杜大哥说得对!”林华生赞许地说,“土匪不可怕,日本鬼子更不可怕,只要全中国的老百姓团结起来,一起抗战,就一定会取得最后的胜利!”

众人很快就吃完了饭。林华生要韩桂云烧了一盆开水,加上盐,又要来一把剪刀,用盐水浇了浇,细心地揩拭干净。待盐水稍冷,他让宝春端到西房里。

“张营长,我再给你清洗一下伤口。”

张正点点头。林华生揭开被窝,把他受伤的右腿轻轻往床边上挪了挪。宝春端着油灯凑上去,大家清楚地看到鲜血把纱布浸湿了一大块,伤口还在往外渗血。林华生用棉花蘸上盐水濡湿纱布,慢慢解开,反复用盐水冲洗。伤口本来就疼,再加上盐水的腌渍,疼得更加钻心,张正牙齿咬得咯咯响,脑门上冒出豆大的汗珠,坚持着不吭一声。宝玲躲在大人后面看得浑身直抖,眼里迸出了心疼的泪花。

林华生清洗好伤口，敷上随身带来的创伤药，用纱布重新包扎好，然后盖好棉被，直起腰来对大家说：

“先观察几天，不发炎最好，如果发炎，再采取其他措施。”

回到堂屋，林华生又给杜家人交代了几句，便带着蔡明海告辞，回镇上去了。

二

林华生和蔡明海离开后，韩桂云到灶上煮了一碗红糖蛋花汤端进屋。

宝玲抢先接了过来：“妈，让我来喂！”

张正躺在床上，一口一口吃着宝玲用调羹喂过来的蛋花汤。又甜又香的蛋花汤，润泽了他干灼的喉咙，也让他感到了饥饿——他已经一整天没吃东西了。

宝玲看张正很配合地吃着蛋花汤，心里非常欢喜。在她面前的是一位新四军的营长，却是这般年轻，这般英俊，乌眉大眼，脸上轮廓分明，就像戏里的武生哩！不知为什么，好像在梦里见过似的，有种遥远的熟悉和亲切。她每喂一勺先撮着嘴唇吹一下，然后再喂到张正的口中。她感到这位营长哥哥很乖哩！她有些害羞，鼻尖都沁出了汗，好像这热烫烫的蛋花汤是自己吃下去的一样！

看着宝玲红润的圆脸蛋，喂他时努嘴吹气的样子，鬓发摇曳，以及害羞爱怜的眸光，张正不由恍惚了，眼角沁出泪来。

他想起了渔姑……

1939年5月的一天,张正到扬州城侦察敌情,趁天黑出城后,在北郊黄金坝被几个巡逻的伪兵盯上,紧追不舍,如鬣狗一般跟随了六七里路,还开枪打中了他的左腿。张正带伤泅过一条河,体力不支,匍匐在地。借着天空惨淡的星光,他看到不远处有一间低矮的茅屋,奋力挣起身来,踉踉跄跄地扑了过去。

张正忍着剧痛,机警地从门缝往屋里瞄去。一豆灯光下,他发现这是一户渔家,一对父女正面对面地补织着一张渔网。他轻轻敲门,开门的是一位渔姑。张正支撑不住,栽倒在屋地上,从胸口摸出"陈团"袖章,渔家父女一看便明白了,赶紧用布条替他扎牢伤口。

追到对岸的敌人一面"叭叭"朝这边放枪,一面截住一条行船往这边划来。情势相当危急!

张正攥紧了手中的盒子枪想往外冲,他不能连累老百姓。但是渔姑的手毅然拉住了他。她哇里哇啦小声对父亲"说"着什么,焦急地打着手势。父亲点点头,噗地吹灭了桐油灯。

渔姑拉着张正进了里间。渔夫蹲在外屋的黑暗里吧嗒吧嗒地吸着旱烟。

敌人果然寻来了。踢开门,大呼小叫,勒令点灯,问有没有人来。渔夫拦在房门口,忙说没有。语气惶然、无辜。

敌人推开渔夫进了里间,看到床上有两个睡觉的人。伸出步枪的刺刀撩落被窝,发现两个裸体相拥而眠。女的发乱如云,遮住了男的脸面;丰腴的大腿跷跨在男的身上……好一幅春宫图。

渔夫赶紧扑上去,慌忙中绊倒了便溺的粪桶,顿时腥臭扑鼻。老人上去掩上被窝,带着哭腔哀求:"老总行行好,别吓坏了我刚结婚的女儿女婿……”

伪军们嫌屋里腌臜,骂着下流话出去了。

张正连夜被转移到芦荡深处安全的地方。渔夫偷偷请来郎中医治,渔姑精心服侍,不离身侧。半个月后,大腿伤愈,张正和父女俩依依惜别……

时隔三年,戎马倥偬。眼前宝玲喂他鸡蛋羹的情景让他一下子想起渔姑。太像了,无论年龄、模样、神态,都像!一时间,张正简直怀疑坐在床边的就是渔姑……

宝玲看见了张正眼角噙着泪花,忙腾出一只手替他揩拭了,嘴里还像哄孩子似的念叨着:“别难过哦!”

这一哄,倒把张正逗笑了,牵动了大腿上的伤口,疼得浑身一抽搐,强忍着把碗里的蛋花汤全喝了。

喂完了张正,宝玲像完成了一桩光荣任务似的退出了自己的房间。从今晚开始,她便睡到父母厢房里——杜俊山已经替女儿把小竹床收拾好了。

三

大清早,凤华找出渔叉,挎上鱼篓,对婆婆说:“妈妈,我放鸭去了,顺便在湖荡里找几条黑鱼。你先杀只母鸡煨汤给小张补补身子。”

昨晚林华生叮嘱杜家人,张正隐藏在这里养伤,不能喊“张营长”,叫“小张”即可,这是出于安全考虑。另外让宝春这几天暂时待在家里,等镇上情况稍微安定了,再回到药店去上班。

韩桂云“哎”了一声。儿媳是个有主见的能丫头，伤员养伤需要营养，最有营养的莫过于母鸡汤和黑鱼汤了。

凤华从小在湖荡边上长大，父亲苗寿义打鱼是一把好手，还是个非常有经验的打野鸭的猎手。凤华有个弟弟叫凤明，虽然是普通湖上人家，苗寿义却把凤明送到私塾念了几年书，后来经姨父介绍到安徽天长县城一家工厂做学徒，又在那里加入了新四军。杜俊山家迁到蜈蚣荡后，两家住得近。凤华比宝春小一岁，两人经常一起到湖滩上放猪、拾草、打芦蒿，有一次玩“办家家”的游戏，凤华说：“你做男人①，我做女人②。你到外面去做工，我在家里做饭看家。”宝春说：“好，我到外面挣钱给你用！”随着俩人渐渐长大懂事，一想起小时候玩“办家家”，他们觉得好笑，又感到甜蜜。他们心里确实很喜欢彼此，希望小时候的游戏能成为现实。宝春隔三岔五地去找凤华，没话找话说，一天见不到就觉得心里空荡荡的。凤华也觉得看不到宝春就闷得慌，不论什么场合，只要有宝春在，总忍不住偷偷瞟他几眼。乡下人有个趣话，叫“一个锅要补，一个要补锅”，两人情投意合，双方父母也满意，于是商量择了吉日，去年冬月里就把喜事办了。

凤华来到后园东头的鸭栏边，鸭子听见脚步响，马上呱呱呱呱叫个不住。凤华打开栏门，鸭子争先恐后挤出来，摇摇摆摆冲下园沟，直奔外湖滩。凤华让鸭子在湖滩上自由觅食，自己则沿着浅水找鱼去了。

凤华从小就跟着父母在湖荡里取鱼割草，会撑船划桶，水性又好，一个猛子能扎十几丈远。她对湖荡里每一块地方都很熟悉，哪个地方有墩子，

---

① 男人：指丈夫。
② 女人：指妻子。

墩子多高多大，哪里水深水浅，哪里水路好走难走，了如指掌。

虽然已经立春，但湖荡里的风还是很刺骨，特别一早一晚，走在湖边，保管吹得你缩成一团，簌簌发抖。鱼儿冬眠尚未苏醒，在温暖的泥草“被窝”里继续着它们的美梦。凤华凭她的经验，用渔叉在向阳的茭草窠里东戳戳西戳戳——哈，一条圆滚滚的黑鱼被戳中了，挑起来在鱼叉上拼命地挣扎，有斤把重哩！她高兴地把黑鱼收进篓中，继续沿着湖边向前找，一上午居然找了六七条鱼——除了三条黑鱼，还有鲫鱼和虎头鲨。在家织渔网的宝玲送中饭来的时候，凤华让她把鱼拎回了家。吃完饭，她选了一个避风的地方坐下来休息，正午和暖的阳光晒在身上，让她昏昏欲睡。她闭着眼琢磨着，开春天气渐渐回暖，蛰伏的鱼虾就会起身，游弋觅食，那时候就很难叉到凶猛的黑鱼了，现在这办法只能解燃眉之急，叉伤的黑鱼又养不住。怎么办呢？她想到了父亲用大桶摸鱼的办法，摸到的黑鱼可以暂养。尽管自己不会，但她决心试一试。

恰巧第二天是个无风的天气，阳光格外明媚。趁中午气温高的时候，凤华回去喊宝玲帮她抬来一只大木桶，放进水沟里，在桶里一头厚厚地垫上一层稻草。她解开棉衣，露出两只白藕般的光膀子，让宝玲用草绳扎紧棉衣后，便跨进桶里，跪在稻草上，俯身把两只裸臂扎进了水里，顿时觉得浑身皮肉收紧，手臂如针戳般痛。她咬紧牙关，在草丛里摸来摸去，人手温暖柔软，引得小鱼直往手上靠，往手心里钻。真没想到，冷天摸鱼居然这么简单！没多会儿，就捉到几条鲫鱼。跟着，又摸上了一条圆滚滚的大家伙，她双手从鱼尾慢慢移到头部，那鱼可能感到了惬意，竟乖乖地一动不动，她一提气把鱼捧出水面，掼进桶里。哈，是一条大黑鱼！大约过了一个时辰，除小杂鱼外，她竟摸上十几条黑鱼。把这些黑鱼养起来，足可以对付十天半个月。宝玲把她从大桶里搀出来，感觉到她浑身都在颤抖，赶忙帮她穿好棉衣，又拾来一堆干草，让她烤火取暖。饶是如此，她还是抖得牙齿咯咯地响，过了好一会儿才缓过来。

张正藏在杜家养伤四五天了，全家以他为中心，每天不是黑鱼汤就是老母鸡汤，伤口都是宝春亲手清洗，消毒敷药。人精神是好多了，可伤口似乎好得并不快，非但红肿没有消退，胀痛也没有减轻多少，一家人为此心焦。杜俊山对宝春说："光这样清洗换药不是个事，赶明儿请林老板亲自过来看看。"宝春说好，自己正好也想到镇上打探情况，如果鬼子消停下来，药店还是要开门的。

第三章　德源药房

一

林华生出身于中医世家。父亲林鹤龄特别擅长肿毒的治疗，在麒麟镇周围几十里都很有名气。林华生天生聪敏，七八岁就能把《药性赋》《汤头歌》和《脉曲》这些歌诀背得滚瓜烂熟；父亲还把祖传的秘方传授给他，他十四五岁就能代替父亲开药方。到了二十岁，痴迷中医的他不愿婚配，请求父亲把他送到上海一个熟人开的诊所深造，又学到了不少新的医学本领。林华生继承了父亲正直端方的品格，为人慷慨，口才又好，结识了不少朋友。在沪两年后，他考虑自己家乡是水网湿地，蚂蟥多，蚊子多，毒蛇多，于是又来到镇江广济堂药房学了蛇药配制和治疗毒虫咬伤的方法，并受聘在店堂里坐诊，一晃又是两年。

有一天，林华生无意中从报纸上看到陈文在公道桥率领抗日义勇团抗击日寇取得重大胜利的消息，很受鼓舞，便毅然决然地跨江来到扬州，寻到陈团驻地，成为一名军医。林华生虽是医生，但没有经过战地救护的训练，缺乏战场经验。日军第二次进犯公道桥时，他正在阵地上接近一个受伤躺在地上呼痛的战士，一颗鬼子的迫击炮弹带着尖厉的呼哨飞过来时，他竟不知躲避，这时，后面一个人猛地把他推倒，并趴在他身上，“轰——”，炮弹在不远处爆炸了，飞起的尘土像冰雹一样砸了下来。

“好险哪！”被压住身体的林华生听见一个年轻姑娘的声音，赶紧坐起来。两个人抖落身上的泥土，迅速上去给那位战士包扎好伤口，并将他掩护到安全的地方。

“谢谢你！”这时候，林华生才想起要感激这位舍身相救的姑娘。

“嗨，谢什么呀！以后战场上你可要学会自我保护！”姑娘爽朗地说。

在往后的日子里，他们并肩战斗，配合默契，彼此有了更多的了解。姑娘叫吴琼，是扬州城里人，父母开着一爿日杂店，做点小本生意。父母盼她将来有出息能够自立，不依赖丈夫，省吃俭用给她上了护士学校，她毕业后来到陈团当了卫生员。她朴实大方，有正义感，拥护抗日救国。林华生很喜欢这位小他四岁的姑娘，而吴琼也对这位医术精良、行事稳健的军医心生崇拜，尊称他为兄长。两人一起参加了新四军担任教员的教导队的学习，又一起秘密加入了中国共产党，感情与日俱增。

陈团遭到韩德勤“围剿”解散后，党组织根据林华生的情况安排他回老家麒麟镇，以开药店行医作为掩护，为党全面开辟高宝湖西地区抗日根据地作策应和准备。林华生坚决服从组织安排，立即选择回程路线。

吴琼听到这个消息，找到党组织负责人胡杨同志，要求跟林华生一起去湖西。胡杨看她一本正经却掩不住情急的样子，微笑地问：

“你跟华生同志说过啦？”

“还没有哩。”

“那你去找他谈谈，看看他什么态度。”

“嗯哪！”

吴琼从胡杨那儿出来，直接找到林华生的住处。

“我想跟你一起去你老家，给你当助手，你要不要？”

“开什么玩笑，你一个大姑娘家，跟我去湖西？我们那儿是个水网地区，周遭都是穷乡僻壤，交通很不方便，要想回趟扬州都难，你父母能同意吗？你不要一时冲动，要慎重考虑！”

“嘁，你看我是个怕吃苦的姑娘吗？”吴琼白了林华生一眼，“我绝不是一时冲动，也仔细考虑过了，是认真的。父母是舍不得我去远地方，但我不能跟他们过一辈子呀，他们看到我有着落了，也就放心了！”

她把“着落”二字咬得很重，脸上泛起了潮红。

“你跟我去，当然好了，多个人多分力量嘛。可这不是太委屈你了吗？”林华生沉吟着说。他知道胡杨已经准备让吴琼回到扬州，到浸会医院去上班，医院里也有我党的一个秘密支部，去那儿一样能发挥作用和力量。

“有什么委屈不委屈的？我心甘情愿，只要能跟你在一起，再苦累再危险我也不怕！”吴琼态度很坚决。

“可这事我做不了主，我要向组织报告一下。”

“我已经找胡杨同志汇报过了！”

“好嘛，你还会先斩后奏啊！不过，你谈归你谈，我还是要找他说说的！”

“看样子是你不同意吧？”

“哈，我不同意？我不同意你就不去呗。”

“不行，我跟你一起去找胡杨同志！”

“我们谈工作，你去掺和干什么？”林华生说完，便径自出了门。

胡杨见林华生匆匆过来，便知道所为何事，让他坐下来谈。

“吴琼要跟我去湖西，说已找过你了，我怕她感情用事，劝了她半天，她还蛮犟的。没办法，只好来找你。”林华生喝了一口水说。

“你说吴琼感情用事，这我同意，”胡杨微笑道，“但为什么要‘怕’呢？我们共产党人也是有血有肉的人嘛！她要跟你走，正是建立在你们平时在工作、学习和战斗中培养起来的革命感情上，我认为你不必拒绝她，免得伤了这个好姑娘的心。”

林华生一时错愣，不知说什么好。

胡杨继续说：“再说干革命，总是多一个人多一分智慧，多一分力量，总比你回去后一个人单枪匹马强吧？你到老家开药店行医，她给你当助手，名正言顺嘛！你们对外以夫妻名义，更有利于开展工作。”

“以夫妻名义……”

“对，以夫妻名义作掩护是最自然，最合理的。当然，你们以后感情发展到什么程度，这就不归我管了。”胡杨微笑着说，补上一句，“怎么，你不喜欢她吗？”

林华生脸红了，低头想了一会儿，挺直身体说：

“我服从组织的决定！不过，你最好再找吴琼谈一谈。”

“当然。你答应了就好办。”

胡杨找吴琼认真地谈了一次话。吴琼愉快地接受了组织的安排，表示随林华生去湖西后，一定当好他的助手，就是上刀山下火海也绝不后悔。

男女感情也就一张纸，契机来了，一点就透。吴琼再次和林华生在一起，一阵娇嗔，林华生哪里抵得住？顺水推舟，两人便确立了恋人关系。

林华生定下回老家的行程，和吴琼一起来到扬州，买了很多礼物去拜见她的父母。二位老人对这个准女婿很满意，就是姑娘要跟着去高宝湖西那个偏僻的水网地区，心里有些舍不得。但“女大不由娘”，看两个人这么要好，舍不得也要同意呀！

第二天一早，二老亲自把这对恋人送到南门钞关码头，直到客船拐弯不见影儿，才依依不舍地回去。

林华生回到麒麟镇，从父亲手里接过德源药房，当起了老板。

自从把儿子送出去，林老先生一直聘用着来自淮阴的伙计小赵子。见林公子以外面学成归来，还带回了女朋友，小赵子便提出要离开。在林家几年，除了管理药剂，小赵子还负责林老爷子的饮食起居，耳濡目染之间懂得了不少看病的方法，说回去跟人合伙也开个药房。林老爷子有些舍不得他走，送了他二十块光洋和一套上好的银针，还有几本线装医书。

林老先生想不到把儿子送出去几年，儿子居然带回一个漂亮未婚妻，心里非常高兴，立即着手替他们操办了婚事。远在扬州的亲家无法分身过来，林老先生便派人送去了足量的聘礼。

德源药房本来在周边地区就已是妇孺皆知，现在又加上华生和吴琼高超的医术和热情服务，知名度更是大大地提高，从早到晚求医的人络绎不绝。1940 年淮南抗日根据地开辟以后，党派胡杨同志在湖西地区筹建淮宝县抗日民主政府，专程来到麒麟镇找到林华生，在他家住了两日，详细了解了麒麟地区的情况，要求他以药店老板的身份积极开展党的组织建设和抗日宣传工作。不久淮宝县县委、县政府成立，林华生被任命为麒麟区委书记、区长。县委考虑到斗争的需要，暂不公开他的身份，他仍以开药店、行医为掩护，秘密开展抗日的各项工作。他经常提着药箱以巡诊的方式和名义走村串户，联系和安排四乡革命工作，药店只能交给父亲和妻子吴琼打理。而父亲年事已高，精力不济，成天坐堂已经吃不消了，林华生外出的时候，吴琼既要忙里又要顾外，实在照应不过来。于是林华生跟父亲和妻子商量，决定雇一个人来家帮助打理药店。父亲说："雇的人一定要像小赵子一样本分、诚实、勤快。年纪可以轻一点，但肯定是要识字，因为要负责药剂，不能出错。这样你出门巡诊或做别的事，我和吴琼轮流坐堂就行了。"

林老先生所说"做别的事"，是知道儿子从事党的地下工作。老人是个饱读诗书、有民族气节的人，虽然不表示反对，但有时也流露出担忧，私下常提醒儿子要注意安全。

吴琼认为公公讲得有理，对丈夫讲："华生，就按爸爸说的办吧！"

这时，正好杜俊山主动找上门来了。两家本是镇上街坊，相互都很熟悉，只是杜俊山举家迁到蜈蚣荡以后，才不大来往。杜俊山眼看儿子宝春十九岁了，不甘心让他一辈子种地、放鸭、打鱼，想让他学个手艺——"荒年里饿不死手艺人"，种田、放鸭、打鱼只能糊口啊！但在这兵荒马乱的年月，学个什么好呢？他掂量来掂量去，认为学个医蛮好，便想到去找德源药房的林老先生。他思忖多时不走动，今天一去就谈儿子的事，有些唐突了，不太妥当，可思忖再三又觉得不能犹豫，便拎了几斤活鱼，逮了一只公鸭，上了门。林华生见面一眼就认出是俊山大哥，热情地把他领进后院去见父亲。林老先生很高兴，招呼老邻居坐下，让华生泡茶，以长者的和蔼口气问道：

"俊山啊，这么长时间没见，在蜈蚣荡过得好不好呀？"

"老先生，您是知道的，蜈蚣荡那地方，庄稼是有一季没一季，但湖里有些补贴，日子还算过得去。"

"那就好，那就好！那你今天来是不是有什么事啊？"

杜俊山欲言又止，似乎难以开口。

林老先生说：“都是多年街坊，有什么话直接讲，不要不好意思。”

林华生也微笑着说：“杜大哥，要是有什么困难，你尽管说。”

杜俊山这才吞吞吐吐地说：“我儿子今年十九岁了，我想把他送到药店来当学徒，不晓得行不行？求老先生和华生老弟帮帮忙！”

林老先生和华生知道他有个宝贝儿子，小时候念过两年私塾。既然这小伙有文化，父母又是从前的街坊，为人朴实，正好符合他们要雇请的人的条件，于是便应承下来。杜俊山喜出望外，连声称谢。

林华生把杜俊山领到前面店堂，对吴琼介绍道：“这是我家老街坊杜俊山大哥，他要把儿子送到我们这儿来学手艺，父亲和我已经同意了。”吴琼礼貌地叫了一声杜大哥，说：“这不是蛮好吗！”

林华生对杜俊山说：“如果家里没有什么事的话，让宝春明天就来上班吧。”

杜俊山满口答应，又向夫妻俩道了谢，喜滋滋地告辞回家了。

宝春这小伙儿性格稳重，聪明好学，手脚勤快，来到德源药房上班后，把大堂里收拾得井井有条，还抢着干家务，深得林家人喜欢。在林家人的教导下，宝春熟记各种中药材的名称、药性、用量，在不长的时间里就能独立应付药剂门面了。林华生有意培养他，经常给他灌输一些抗日道理，启发他的革命觉悟。宝春进步很快，现在既是药店的得力帮手，也是秘密开展抗日工作的积极分子，林华生有时让他单独下乡做联系工作，任务都能完成得很利索。

回到麒麟镇两年多，林华生已经在全区初步建立起党的地下联络点。在镇上，除了身边的宝春外，比较顶用的年轻人还有做豆腐的蔡明海、做面点的沈桂兴等。

二

麒麟镇以往的春节是极其热闹的,镇里镇外,人们走亲访友;民俗活动一起出台,舞龙的、舞狮的、挑花担的、荡湖船的、打莲湘的、唱麒麟的、踩高跷的……让人目不暇接;孩子们穿着红红绿绿的新衣裳,吹着小泥哨,放着小鞭炮,玩得欢天喜地;镇上的真武庙、关帝庙、大王庙、仁元宫、三元宫、观音庵,前去进香祈福的人络绎不绝。

日本鬼子的枪声提前结束了麒麟镇的喜庆春节。镇上的人被吓得躲的躲,逃的逃。到处是断壁残垣,被烧毁房屋的木梁还断断续续冒着白烟。不少店铺遭到劫掠和破坏,一片狼藉。鬼子占据了外逃大户的深宅大院,还在桥头、码头拉起了铁丝网。桥头由伪军站岗,码头由鬼子直接把守。街上没有行人,河里不见行船。入夜之后,全镇漆黑,只有鬼子占据的私家炮楼上像鬼火一样忽隐忽现的几点灯光。偶尔哪里传来一点响动,都能引来日本鬼子的狼狗像哭丧一样的狂嚎。

日本鬼子攻占麒麟镇,一方面因为它是江淮之间的水上要冲,占据了它,可以控制一段水上交通线,分割新四军在湖西地区的抗日根据地;另一方面,麒麟地区相对比较殷实,给养有来源、有保障。所以这次高邮的日军大本营不惜派一个中队和伪军一个营的兵力来夺取它。宫田占据麒麟镇后,迅即在北边三河沿线的两个小镇永丰和黎城派驻兵力,建立据点,三点连线,牢牢地扼住了淮河入江水道。

日军中队部设在镇东德和粮行大院,在中队长宫田的布置下,针对麒麟地区水乡特点，设立了伪水警队，任命当地两个投靠他们的泼皮无赖刘二虎和夏疤眼任队长和队副；并给周边各乡的村保长委以伪职，实行保甲制度；在镇上设维持会，任命商会原会长、染坊老板袁保康为维持会会长，妄图长期驻守。

宫田听闻麒麟镇有“小扬州”的美称，镇上有许多风味小吃，而现在镇上什么好吃的都看不到，未被战火毁坏的店铺都严严地关着门，街上连找一个百姓都难。他让伪翻译官潘奇找来维持会会长袁保康，同时叫来驻扎在真武庙里的伪军营长黄德龙。

潘翻译对袁保康说：

“太君要你带人上街去宣传，要逃到外面的镇上老百姓回来，所有商铺开门正常营业，还像以前那样过日子，皇军到中国来是为建立‘大东亚共荣圈’，是保护良民利益的，要大家放心。另外，太君要你给他找一个厨师。”

“行，行！”袁保康脸上堆着笑，连声答应，问道，“不知道太君要找什么样的厨师？”

潘翻译说：“会做风味小吃的，最好是面点做得好的。”

袁保康说：“我晓得了，回去我认真选一选。”

潘翻译又对黄德龙说：“黄营长，太君要你派人上街协助袁会长宣传和维持秩序，良民可以自由进镇出镇，不必控制太严；对那些有人在家而故意不开门营业的商家，要敲打敲打①。”

黄德龙点点头，和袁保康一起走出了宫田的办公室。

袁保康做生意本分，人缘一向很好，因而被推举为麒麟镇商会会长。

---

① 敲打敲打：督促，有吓唬的意思。

现在日本人让他当维持会会长，他内心虽极不情愿，但又不敢推拒。一方面不能得罪日本人，一方面又不想得罪本镇乡亲，十分为难。因为要进染料，他经常出入高邮城。他深谙伪军狐假虎威的德行，让他们协助维持秩序，他们难免行横使蛮，甚至强讨强拿，反而让他难做人。

他边走边对黄德龙说："黄营长，弟兄们刚打仗没几天，车马劳顿，还是让他们休整休整好，这街上的宣传工作由我们维持会来做吧，实在有难处了，再请你们帮忙。"

"好咧！"

黄德龙本来就不想操那份心，乐得做个顺水人情，就满口答应了。

袁保康在空街上快步走着，转弯抹角来到了德源药房门口。他举着手轻轻拍了拍紧闭的店门，里面没有应答。他又拍了几下，里面有了拉动门闩的响声。

门开了，林华生见是袁保康，客气地招呼道："原来是袁会长，请到屋里坐。"

在袁保康眼里，林华生虽然比他小很多，但人家在外面大码头见过世面，看问题眼光不一样，常有独到之处。他平时喜欢跟林华生聊聊，商量一些事。把黄德龙支开后，袁保康径直来找林华生，一是想劝他带头开门营业，二是跟他合计一下为宫田找厨师的事。

"日本人刚才把我找去，要镇上的店铺都照以前一样开门营业，如果人在家不开门就要敲打敲打。我专门来这里告诉老弟，好汉不吃眼前亏，还是正常开门营业的好，日本人也是人，哪有吃了五谷不害病的？更何况还有那么多的和平军①,迟早会找上门来求医问药。再说日本人刚占下咱麒麟镇,也不想把这里弄成一座空镇,镇里兴旺对他们没有坏处,只有好处,老百姓还是要做营生的嘛!”

“好啊,袁会长如此推心置腹,兄弟哪敢不从命?”林华生笑道。他正想利用开业接客,摸摸各方面的情况,听袁保康这么一说,便顺水推舟地答应了。

“还是老弟明理,你这是帮我的忙哩!”袁保康很高兴,又商量道,“噢,还有一件事,宫田要我给他找个地方上的厨师。你是镇上名人,请你吃饭的人多,你看哪家厨师比较合适?”

林华生心里一动,慢悠悠地问:“他要找什么样的厨师?”

“会做风味小吃,特别是面点要做得好。”

“看来这位太君还是个美食家噢。”林华生带着调侃的口气说。

“嘿嘿,我看是的。腆胸凸肚,一脸滚刀肉,肯定爱吃爱喝。”袁保康也笑起来。

“你看沈锡朋的儿子桂兴怎么样?”林华生似乎认真考虑了一下,“他有家传手艺,人又聪明灵巧,我看他去比较合适。当然,行不行,由你定。”

“那就叫他去吧!”袁保康马上说,“不知道他肯不肯呢,现在哪个人愿意给日本人做事啊!”

林华生说:“我先去跟他谈谈。如果他答应,我就告诉你;如果他坚决不肯去,也不能勉强,你再物色其他人。”

“那就有烦老弟了!”袁保康站起来拱拱手,便告辞到维持会去了。

---

① 和平军:即伪军。

林华生来到蔡家饭店，桂兴正穿着洁白的大褂子，坐在案板前包烧卖。他家饭店是做早点的，烧卖特别有名，有肉丁糯米饭馅的、荤油糯米饭馅的，还有青菜糯米馅的，称之“翡翠烧卖”，品种齐全。包好的烧卖放在屉笼里待蒸，像围簇的花朵般中看。

“哟，今天开张啦？”

“林老板，你咋来了？”桂兴见林华生进来，连忙从案板后站起来，拍了拍沾着面粉的手，说道，“今天都正月初八了，不开张怎么办？我爹说了，日本人驻扎下来了，一时三刻走不了，这生意还得做，不做生意没的饭吃呀！”

“你爹说得对。”林华生在凳子上坐下来，“今天我就是跟你谈做生意的事的——做日本人的生意。”

“啊，做鬼子的生意？！”桂兴有点丈二和尚摸不着头脑，直愣愣地站在那儿。

林华生示意他坐下来：“是这样的，鬼子中队长宫田要找一个会做风味小吃和面点的厨师，我想推荐你去。”

“我怎么能给鬼子做厨师？不去！不去！”桂兴像被炭钳烫了似的叫起来。

“轻点声。”林华生机警地朝外望了望，郑重地说，“我推荐你过去做厨师，是想要你利用这个身份帮助搞情报啊！”

“噢……”桂兴恍然大悟，犹豫道，“这……这，我能行吗？”

“我说你行，你就行。你精明干练，遇事灵活，正是最合适的人选。”

“好，我去！”桂兴低头沉吟了一会，表示同意，脸上呈现出一种刚毅的神情。

“那就这么定了，我上楼去跟你父亲讲一声。”

“我自己跟他讲。”

“还是我先跟他解释一下吧。”

“嗯。”

不一会儿，林华生神情轻松地从楼上下来，回到桂兴的案台前说：“袁会长会来领你过去，到了那边一定要小心又小心，谨慎又谨慎。如果有情报，和你联系的人是蔡锦高、蔡明海父子——他们卖豆腐，你买菜，有的是接头的机会。”

“我记住了。”

“在魔窟里做事，受委屈的时候千万要忍，小不忍则乱大谋。”

“嗯，我明白。”

“那我先走了。”林华生走出饭店，又回过头来说，“明天我也开门营业！”

林华生从蔡家饭店出来后，便信步走到福隆巷维持会所。袁保康正在吩咐两位从属准备出门动员镇上商家开门，见到林老板气定神闲地走进来，赶忙迎了上来。

“我跟沈锡朋的儿子说妥了，你找个时间去领他，顺便替他拖些烹饪家伙过去。”林华生说。

“好极了，我马上就去领人！”袁保康心中一块石头落了地，眉开眼笑地说，说罢，请林华生坐下喝杯茶。

“我不坐了，老爷爷这几天身体不适，我得回去看顾着。”林华生推辞，又正色嘱咐道，“别对外人说宫田的厨师是我帮着请的。”

“我不说，我不说。”袁保康脸上露出一些赧色，连忙答应道。

林华生朝那两位拱拱手，便转身离开了。

三

正月初九，宝春仍像以前上班一样，天刚亮便起身吃早饭，吃完便朝麒麟镇赶去。年轻人脚头快，半个多小时便到了镇南桥，桥头已被伪军设了桥岗，被盘问了一番，才准予进镇。

德源药房位于中大街西段，坐北朝南，前店后屋，是个两进的小院落。

医为活人为务，与儒道最为切近，所以便有“不为良相，便为良医”的说法。如果成为技艺高超的好医生，上可以疗君亲之疾，下可以救贫贱之厄，此外还能保身长全。苍天之下，芸芸众生，无论忠厚良善之人还是奸佞之徒，都是血肉之躯，都会有三病六灾，都要求医问药，因此对于医生都抱有一种本能和理性上的倚重。正因如此，日伪军侵占麒麟镇后，对德源药房没有破坏和骚扰。

而林华生夫妇利用医生的身份进行党的抗日地下工作，则是一种最好的掩护。各处联络人员借求医来药店传递消息，也比较方便。

林华生正在院子里打太极拳，听见有人敲店门，过去打开一看，见是宝春，说：“你来得正好，今天我们开门营业！”

“嗯哪！”宝春马上开始忙碌，掸柜台，抹桌椅，洒水扫地，准备迎接顾客。

林华生在后面用完早饭，走进店堂，见宝春已收拾打扫完毕，精神抖擞地站在药剂柜台内，便轻声问他：“张营长的伤口怎么样了？”

“我就想跟您说这事呢！”宝春也低声说，“按照您的吩咐，天天清洗敷药,更换纱布,同时保证营养。可四五天了,伤口红肿不退,怕是要化脓。”

“噢——”林华生眉头皱了起来,说,“这样吧,今天打烊后我假扮出诊,到你家去看看!”

“嗯哪。”

这时吴琼从后屋也进来了。

宝春赶忙问候:“师娘好!”

吴琼微笑着答应了。

“爸爸那碗八宝汤喝下了吗?”林华生问妻子。

“只喝了半碗,又躺下了。”

“哦……”

夫妻二人的脸上都有明显的忧虑神色。

血红的残阳悬挂在天边,呼呼的晚风给人带来寒意。郊野土路上,宝春拎着藤条药箱走在前面,林华生在后面跟着。这是林华生第二次到蜈蚣荡,正月初三那天晚上月光稀淡,远近看不清楚,今天一路上他便仔细观察起来。麒麟镇南面这一片原来属于湖滩,近一二百年才形成荒地,地势低洼,水沟盘结,野树杂草丛生,少有人烟,因此他在布置全区抗日工作时有意无意地忽略了这一块,现在看来,并不明智。因为毕竟蜈蚣荡边上还有个基本由渔民、猎户自然组成的沿湖村,虽然居民不多,但所处地理位置的偏僻反而形成可资利用的独特条件……比如这次把张正安排在这里养伤,就比别处更隐蔽、更安全。

沿湖村位于蜈蚣荡北岸,各家各户分别独立,都建在人工垒成的土墩子上,四周栽树植竹,既防大风,又能攒下不少竹木材料。宝春家三间正屋,东西两边分别是厨房和厢房,都是泥草结构,屋后是丛竹和菜园,还建了一个鸭栏,小渔船、放鸭船和一只硕大的木桶都系在园沟里。站在未箍院墙的小院里朝南眺望,便是流水汤汤、芦滩广袤的蜈蚣荡了。如此好景致如同世外桃源,林华生心里便突然冒出清人朱昆田写的一首诗来:

夜色模糊水面宽,
凉烟漠漠月团团。
一支渔笛一支橹,
半入芦滩半蓼滩。
人间随地是风波,
湖上归来乐事多。
载得鱼儿与菱女,
楚歌不唱唱吴歌。

杜家人看见宝春领着林老板来了,都非常欢喜,一起迎了上来。林华生微笑着朝他们点点头,进了堂屋马上来到西房间。

房间里很暗,南墙上只开着一个不大的泥窗,虽然已经立春,塞在窗洞里的穰草还未取掉。杜俊山赶忙点起了油灯。张正想扶着床框坐起来,被林华生制止了,要他不要动,让宝春端着油灯靠前,亲手解开张正腿上的绷带,仔细一看,伤口果然红肿透亮,显然开始化脓了。

"我要把脓放掉,可能疼得比较厉害,你忍住些,一会儿就好。"

林华生从藤条箱里拿出一根银针,用消毒棉球擦了擦,在伤口边上扎了三个眼,顿时脓血往外直冒。他用手在伤口四周慢慢按压,尽量把脓血挤干净，又用酒精把伤口擦一遍，再在上面撒上消炎药粉，用新纱布包缠好。

张正脑门上沁满了冷汗，宝玲拿来一条洗晒得很干净的毛巾，细心地替他揩拭。

“这个弹片伤创口深，所幸没有伤到骨头。没有其他好办法，只能每天清洗消炎，让伤口慢慢长好，急不来的。”林华生安慰大家说。

估计宝春会带林老板过来看视伤员，这次杜家特意准备了比较丰盛的晚饭，杀了一只大鸭子。林华生本想早点回镇，但盛情难却，便和大家一起吃了饭。临别时他叮嘱道：“别看这里是单庄独户，还是要小心，绷带、纱布、消炎药都要藏好，换药后马上把换下来的东西烧掉！”

杜家人听了，都郑重地点点头。

第四章　转移湖荡

一

“十户一甲，十甲一保。”沿湖村虽然只有二十几户人家，但也设有一个保长。保长韩长庚是村里最富裕的地主，在乡亲中人缘、威望都还不错，比较维护村风，对村里防匪、防盗、防汛这样的公共事务敢于负责，舍得出力。自从正月里被强迫参加鬼子召集的伪化会议，他嘱咐手下保丁韩小甩子平时没事在村里多走动走动，看到可疑人物向他汇报。

韩小甩子大名韩采玉，是韩长庚的侄子，因为他吊儿郎当、甩里甩气的，人们便给他添此诨号。他父亲韩长福是个芦柴贩子。五年前，韩小甩子随父母送一船芦席到高邮，在湖上遭遇暴风雨，大船倾翻，父母不幸溺亡，韩小甩子靠抱住断裂的桅杆捡回一条命。大伯韩长庚舍不得他，让他做了保丁，可以领一份粮吃。他今年二十四岁，没有哪家姑娘肯嫁他，只好打着光棍，而他好像也不在乎，每日东游西荡，一天混饱三顿饭就满足了。

杜俊山家这几年光景好，韩小甩子和韩桂云是远房姑侄，看到韩桂云就大姑长大姑短的，无非是想占点便宜。今天韩小甩子不知道在哪里瞎混，又晃荡到这里，老远就尖着喉咙喊：“大姑！大姑！”

韩桂云正在堂屋里捻棉线，听到喊叫吓了一跳，忙站起来走向门口，埋怨道："穷喊什么呢？失火啦？"

韩小甩子嘻嘻笑："大姑，在忙什么呢？"

"看把你魂丢的，没看到大姑在捻棉线吗！"韩桂云举起手上的捻槌儿，韩小甩子以为要打他，忙朝后面一闪。

"今天保长没给你派任务？"韩桂云站在门槛外面大声问话，有意把韩小甩子挡在门外，不让他进屋，好让西房里的张正有所准备。

张正听到韩桂云在和来人周旋，忍着疼痛挪下床，迅速把被窝理整齐，躲到床后的夹墙里。当年杜俊山建这房子时多了个心眼，设了这堵夹墙，是防土匪抢劫滋扰，关键时候有个躲藏之处，因为屋后长着丛竹，外人根本看不出来。

"保长叫我出来走动走动，检查村上治安情况。大姑，最近没有陌生人来吧？"

韩小甩子一边答话，一边贼头贼脑地朝屋里张望。

"我这村边上鬼不生蛋的，哪有什么生人来呀！"韩桂云警惕地说。

"鬼不生蛋，鸭子可生蛋！大姑，家里有鸭蛋吗？卖几个给我吃吃！"

原来韩小甩子今天是来蹭鸭蛋的，韩桂云把悬在半空的心放下了，说："鸭蛋都摆在厨房里呢，要你什么钱啊，谁让你是我侄子呢！"说着，领着韩小甩子走向小屋，"喏，都在笆斗里，自己拿。"

韩小甩子看到大半笆斗的鸭蛋，白壳、绿壳的都有，实在让人喜欢，恨不得多拿些，可惜没有带口袋，只好把两个衣袋装得满满的，手上又各抓两个，才嬉皮笑脸地走了。

韩小甩子离开后，韩桂云立即回到堂屋，到西房里一看，张正正从夹墙

里面出来,忙说:

“小张,没有吓到你吧?”

“没有,没有!”张正连声说,心想自己这几年什么大风大浪没经历过,怎么会轻易被吓到呢?他问了外面来人的情况,韩桂云都详细介绍了。

韩桂云出去后,张正躺在床上思考着刚才的突发情况,感觉大意不得。万一自己在这里养伤被人发现,就会连累杜家一家人,后果很严重。他准备等晚上杜家人全回来后,和大家商量一下防范和对付的方法,做到万无一失。

晚上宝春回来,得知韩小甩子来过,心里一紧,埋怨妈妈:“这个坏屄,你还给他鸭蛋,他吃得嘴甜了,怕是要经常来的!”

张正制止他说:“幸亏大妈机智,用几个鸭蛋把他打发走了。只怪我这腿养了个把月了,还是没好,如果早点好起来,我就回到部队去,在这里躲一天让你们担惊受怕一天。”

凤华说:“以后我如果在外面发现有人过来,就假装唱山歌,妈妈在家里听见了就赶紧让小张躲好!”

宝玲接上口说:“我看见远处来人,就高声唤鸭子,也让妈妈听得到。”她偷偷睃了张正一眼,自己尖着嗓子“哦啰!哦啰!”地叫唤,他会不会嫌难听?会不会发笑?想到这里倒不好意思起来了,脸上嫣红一片。

张正笑着说这两个主意都挺好的,但是要做得自然些。

杜俊山什么也没说,只是默默地钻到张正床后的夹墙里把放在里面的物事理顺了,又抱了两筒芦席放在里面,要张正需要躲藏时躲在芦席后面。

二

果然被宝春猜中了——过了四五天,韩小甩子又在杜家门外出现了。

自上次韩小甩子来过以后,韩桂云就提高警惕,寸步不离家门,总是注意盯着外面的道路。一见有人过来,她老远就大声招呼,把信息传给张正。看见韩小甩子又甩手甩脚地过来了,韩桂云就嚷开了:

“大侄子,今天又来查治安啦?”

“我就随便转转。”韩小甩子径直过来进了屋,一屁股坐在八仙桌边的大凳上。他走路走得热了,大口喘着气,摘下棉帽放在桌上,问道:

“大姑,听说前些日子镇上德源药房林老板来过你家?”

“是啊,来过!你又不是不知道大姑有风湿病,你堂弟在林家药房当学徒,带林老板来替我看看,不行吗?”

“行,这个行!只是……”

“只是什么?宝春在林家药房两年了,就是林老板自己要来摸摸门,不也是‘鼻涕往嘴里淌——顺事’吗?林老板对于我家来说不是生人,也不是外人,而是恩人!”

“我就随便问问,没有别的意思,您别生气呀!”韩小甩子满脸尴尬地说。

“我生什么气呀,你也老大不小的了,又在保里干差事,不要说话没轻没重的。人的舌头没四两,搭到人身上有千斤,今后你要学乖些!”韩桂云以长辈的口气教训道。韩小甩子讨了个没趣,起身向外走,韩桂云也不留他。

韩小甩子走了没多远，突然折返回来。

“你怎么又回来了？”韩桂云正在门口撒鸡食，心里不由得一阵紧张。

“帽子丢你家桌上了。”

韩桂云三步并作两步，赶在他前面进屋，把桌上的帽子拿给他，板着脸说：“你看你，整天魂不在身！”

韩小甩子觍着脸接过帽子，一步三摇地走了。

张正刚从夹墙里出来爬上床，又听见韩小甩子返回，赶忙又躲进夹墙，搞得有点狼狈。

韩桂云看韩小甩子这次走远了，赶忙来到西房里。

“小张！”

“哎，大妈，我在这里。”张正应道，从夹墙里出来。

“该死的小杀才，把我吓了一大跳！”韩桂云气吁吁地说。

“大妈，韩小甩子是不是嗅到什么气味啦？今天他可能是故意把帽子丢在桌上，以拿帽子为由，杀个回马枪。”张正皱起眉头说。

“不晓得呢，反正要提防着他些。”

晚上一家人回来，韩桂云把白天发生的事讲了一遍，要大家拿拿主意。宝春要妈妈守着门，其他人一起来到张正床前。

“大妈把情况都说了，我们要扎好篱笆防野狗，早点做些打算，不然这样下去，躲得了初一，躲不了十五。”张正严肃地说，脸色很凝重，“一旦我在这里养伤暴露了，不但连累你们全家，还会给林老板带来危险。我想这里我不能待了，要转移到更隐蔽的地方去。”

大家都在心里默默地想着办法。还是凤华脑子转得快，率先提议道：

“现在天气回暖了，我们家的鸭栏也该打到湖荡里的墩子上去了，可不可以把小张哥转移到看鸭棚里？墩子上荒树野草多，湖里芦苇也已返青了，外面的人是看不见的，就是有情况，还可以转到其他更隐蔽的墩子上去。”

宝玲说：“小张哥也不能老是蹲在鸭棚子里呀，要是出来，人家看到了问起来怎么回答呢？”

“我同意凤华的意见，宝玲问得也有道理。”宝春像作总结一样，“如果小张哥在湖荡里出现被人看见，确实要有个正当的名义！”

“天暖了，快要买新鸭了，这次我们多买点，就说小张是我家远亲，我们请他过来帮助看鸭、放鸭的。”一直没有作声的杜俊山说了自己的想法。

“就按爸爸的这个说法办！”凤华、宝玲都赞成。

宝春也觉得父亲这个说法比较合理，征询张正意见。张正表示同意，对他说：

“你明天把我们的想法跟林老板说一下，听他的意见，再作决定。”

“嗯哪！”

第二天上班后，宝春向林老板汇报了昨天白天发生的情况和晚上大家一起商量的意见。华生听后沉吟了一下，说：

“这个主意是可行的，湖荡里不仅易隐藏，发现情况转移回旋的余地也比较大。把张营长安排到你家去养伤，本来就考虑到湖荡边上更安全，说不定今后在湖荡里还能搞出更大的名堂。就是公开露面前要先放点风声出去，以后再出现就比较自然了，人们也不会有什么怀疑。”

“行啊！我回去叫他们姑嫂俩放点风声，说家里人手不够，要雇请人帮助看鸭、放鸭。”

“好，就这么办！”

宝春回去后传达了林老板的意见，大家便立即行动起来，着手去湖里打鸭栏，搭窝棚。

三

草长莺飞二月天，
拂堤杨柳醉春烟。
儿童散学归来早，
忙趁东风放纸鸢。

这首《村居》是清代诗人高鼎晚年归隐所写的一首七言绝句，描摹二月乡村柳丝摇曳、桃红夭夭、天上风筝点点的怡人情景。今年春天格外早，正月初五，雨水；二月二，龙抬头；紧跟着便是春分。春天雨水多，湖水上涨得很快，苇滩已下水两尺多深。满眼芦苇，一片嫩绿。鱼儿在水中游弋，掀起圈圈涟漪。新生的野鸭毛茸茸的，排着队在水阔处学着扎猛子。燕子斜飞，翠鸟伫立……各种有名无名的鸟雀又回到了这片湖荡。

凤华带宝玲撑着放鸭船，船上装满了芦席和树桩，杜俊山则撑着打鱼船，载着竹竿和鸭栏箔子，一前一后向湖中一个大墩子行去。

这个大墩子略显圆形，在水位低时有一亩大小，水位高时只有半亩左右。墩子四周长满了芦苇和茭草，上面还有不少垂杨、刺槐和水杉。湖风吹来，满耳飒响，阵阵草木香扑鼻而来。杜家自来到蜈蚣荡，一直就在这个墩子上打鸭栏，似乎已约定俗成，从来没有被别的人家抢占。三人系船，将物事搬上墩子，在打鸭栏的老地方割去杂草，整平地面，画出一个圆形地块，在圆周上打下一圈木桩，将箔子沿着木桩围成一个圆筒，用细绳系牢，又搭了一个简易的芦柴棚，下大雨时鸭子可以避雨。这样，鸭栏就搭成了。接着他们在墩子高处搭看鸭棚：先把一根根竹竿弯成弓形插进土里，由南向北插成一排；再在上面盖上几层芦席，形成一个穹形窝棚，门正对着鸭栏。做这些活儿时，三人配合默契，一气呵成，虽然出了一身大汗，心情却是无限喜悦的。

没顾上喘息，凤华对杜俊山说："爸爸，您先歇一会儿，我再去找个预备转移的地方。"说完撑着小船匆匆地走了。

没多大会儿工夫，她就回来了，高兴地喊道："我找到一个好地方，你们一起来看看！"

他们撑着船绕来拐去，来到芦荡深处一个不起眼的小墩子。这小墩子不足一分地，连搭鸭栏都不够。凤华说："在这个地方搭个小矮棚子躲人，鬼都找不到！"

杜俊山摸着半白的短髭，满意地说："蛮好，蛮好！"

三人赶快铲草平土，不一会儿小窝棚就搭成了。有了这个小窝棚，大家心里更加踏实了。

深夜，星光闪烁，万籁俱寂。尚带几分寒意的春风吹在路旁的树梢上，发出呼呼的响声。杜俊山提着捻得昏黄的马灯走在前头，宝春背着张正深一脚浅一脚地跟在后面。这条通向湖滩的小路，宝春闭着眼睛都能走得飞快，可今天晚上，他怎么也快不起来。他怕走快了，张正在背上颠得难受，磕疼了腿上的伤口。他们走一段就停下来歇会儿，杜俊山要换下宝春自己背一段，宝春不让，张正更是不同意，对宝春说：

“放我下来吧，让我搭着你的肩膀走一段！”

“哪能呢！这路又窄又不平，腿子着地用了力对伤口不好。”

杜俊山也说不能下地，但张正坚持要试一试。宝春拗不过他，只好蹲下来，慢慢放人。谁知张正刚试探着走了几步，右脚踩上圆凸处，朝旁边一崴，嘴里不自禁地哎哟一声，差点就摔倒了。宝春赶忙用力扶住。张正连声说：“没事，没事……”却已疼出一身冷汗来。

宝春不由分说又把他背起来，继续往前走。就这样走走歇歇、歇歇走走，终于到了湖荡边，而凤华和宝玲坐在小船上已等候多时了。

杜俊山上船放下马灯，用竹篙顶住船尾，凤华、宝玲上岸用双手使劲拽住船头，让宝春背着张正小心跨上船头，坐在放在舱里的小板凳上。凤华接过篙子朝水里一点，船儿便如箭似的朝湖荡中间穿去。

到了大墩子，宝春背张正上岸。鸭栏里的鸭子听见有人来，都鼓噪起来，像是热烈欢迎。张正在杜俊山和宝春的帮助下爬进窝棚，地铺既暖和又松软，他不觉咧开嘴笑了。

四

虽然张正被杜家人转到湖荡里藏了起来，林华生还是陷入了深深的思考之中。鬼子在麒麟地区实行伪化政策，绝大多数村的保长都是迫于日伪淫威不得不虚与委蛇，敷衍应付，但也有存着试图投靠日本人势力想法的，这些人采取顺从甚至配合的态度，如果不加以扼制和震慑，后果会非常严重。作为麒麟地区区委书记和区长,他必须主动行动,扼杀这股亲日苗头,以保护地下党组织和敌后抗日军民,振奋老百姓抵抗日寇的信心。

正当林华生筹划如何行动时,林老爷子却意外地出事了!

林华生是父母中年得子生下的。林华生十五岁那年母亲因病去世,父亲不肯续弦,一心一意地拉扯、培养他。三年前林华生带着扬州姑娘吴琼返回镇上,林老爷子喜出望外,为儿子办了婚礼,把药店全盘交给了儿子,只盼望儿媳给他生个大孙子,此生心愿已足。但儿子、儿媳似乎并不着急要孩子,这让他非常纳闷。直到胡杨来到他家,跟他一番促膝长谈,他这才知道儿子、儿媳是新四军那边的人,忙着进行地下抗日工作。今年正月初三,日伪军袭击麒麟镇,枪炮声连天,林老爷子受到惊吓病倒了,整个正月都没有出后宅门,全仗儿媳吴琼汤药侍奉,尽力照顾。到了二月,春暖花开,老爷子才开始在院里晒晒太阳,看看花草,偶尔到前堂药店里坐会儿。二月十二老爷子过生日,晚上在饭桌上多喝了一杯黄酒,便想洗脚早睡,洗着洗着头垂了下来。林华生觉得不好,上前扶住一看,父亲已经瞑目去世了……

林老爷子的猝然辞世,让林华生夫妇十分悲恸。三天丧事,吴琼不停地哭。她是个孝顺的女子,而公公平时对她也如同对女儿一般看待,倾其所能传授中医诊治方法,使她很快就能单独应付门诊。而公公最大的愿望就是早点看到孙儿出世,但体谅她和丈夫的革命工作,硬是隐忍着不说出来,这让吴琼感到尤其对不起他。老人有高血压,可能是酒后诱发了脑溢血,但根本原因还是受了战火惊吓,造成心悸体弱,这让夫妻俩心中充满了对日本法西斯的愤恨!

林华生刚刚办完丧事,便接到北乡联络员的报告,一队日伪军下乡到陈沟村“扫荡”，伪保长陈宏达领着他们到各家各户搜粮，遭到佃农翟树松的带头反抗。陈宏达向敌人告密翟树松的儿子当新四军，敌人便将翟树松枪杀，扔进了村中央的大汪塘里。陈沟村只离麒麟镇两里路，陈宏达仗着日本人的势力有恃无恐，公开辱骂中国共产党，反动气焰十分嚣张。

林华生决定在全区范围里惩办一批投靠日寇、欺压百姓的汉奸走狗。经过调查和汇报，排出必须严惩的伪保长和地痞流氓，然后报到县委。县委坚决支持他的计划，派出县公安局警卫队两名精干队员配合区里行动，怀揣事先写好的死刑判决书，一夜之间枪毙和手刃了包括陈宏达在内的五个民族败类。这次锄奸行动震动很大，群众听说除了大害，无不欢欣鼓舞；伪乡保长为了保全自己，纷纷通过关系与我方接头，表示愿为新四军做点事。

藏身蜈蚣荡的张正知道情况后很是振奋，他只恨自己的腿伤痊愈得太慢，不然一定要亲自参与林华生安排的这次锄奸行动。

第五章　初尝甜头

一

盘踞在麒麟镇的日伪军三天两头下乡“扫荡”，烧杀抢掠，奸淫妇女，无恶不作。

日本“扫荡”一为震慑老百姓，二为警告共产党新四军的抗日力量，主要还是为了抢粮。宫田带领这批日伪军孤军深入湖西腹地，每日消耗粮食数量可观，光靠从百里之外的高邮大本营提供给养是不现实的，水运途中还会有遭到新四军和游击队伏击的风险，因此只能靠就地征粮和抢粮来维持。

麒麟镇东、西、北面的村庄人口比较多，是日伪“扫荡”的重点。南面是洼地荒湖，人烟稀落，暂时没被侵犯。

日军中队长宫田相当狡猾，仗着武器精良，下乡“扫荡”以日伪小队为单位，伪军为主，日军为辅，让伪军打头阵，日军做武装支持。从陆路上“扫荡”，一队日伪有时只有四五个鬼子；从水路上“扫荡”，往往只派一艘武装汽艇，后面拖着一到两条大木船，载伪兵和日军抢来的粮食。正月里运兵过来的汽艇大多回到了高邮，麒麟镇据点留下两艘，北面三河线上的黎城和永丰两个据点各有一艘。

住在西郊的金老铁匠，早上出门上茅厕，被下乡前往周家庄“扫荡”的一队日伪军发现了，一个鬼子端起三八大盖[①]“叭”的一枪，老铁匠应声栽倒。等敌人走远，家人把奄奄一息的老人抬进屋，个个大放悲声。老铁匠在断气前交代儿子金应松和长孙金国才，一定要为他报仇。

听说日伪军过来“扫荡”，周家庄的妇女都用锅底灰把自己脸上涂得又黑又脏，穿得邋邋遢遢的，四处逃避躲藏。村民邹荣庆的妻子程氏被几个鬼子发现，追上来扒掉衣服轮奸了。鬼子离开后，程氏觉得无颜见人就跳到大河里寻死，被几个村民救了上来。邹荣庆也捶胸顿足：此仇不报，枉为男人！

麒麟区委根据县委的指示，充分发动群众，组成民兵抗日自卫队，开展“反伪化、反抢粮、反‘扫荡’”的斗争。在陆地破路拆桥，在河流筑坝打桩，在主要道口埋设地雷，阻挠敌人的武装汽艇，利用各种有利地形设伏袭击敌人。金应松、金国才父子带着坩埚和风箱来到隐蔽的树林里，日夜不停地冶炼铁水，浇铸地雷外壳，把一批批土地雷送到民兵手里。

邹荣庆在乡里第一个报名参加了民兵分队。当鬼子又一次来到周家庄“扫荡”时，邹荣庆穿着花衣裳，装扮成年轻姑娘在沟里转来转去，惹得鬼子神魂颠倒，盯在后面猛追。追到一个三岔路口，“花姑娘”突然不见了，几个鬼子气喘吁吁，东张西望，殊不知已经进入民兵预先布置的地雷区，只听“轰”“轰”两声巨响，三个鬼子当场毙命，还有一个倒在地上抽搐，被民兵们冲上来乱棍打死，接着民兵们背起缴获的三八大盖迅速转移了。

---

① 三八大盖：即日本三八式步枪。由于其枪机上有一个随枪机连动的防尘盖以及机匣上刻有“三八式”字样，在中国一向俗称为“三八大盖”。

麒麟区反“扫荡”斗争狠狠打击了日伪军的嚣张气焰，使其不敢轻易下乡；下乡了也抓不到共产党和“抗日分子”，抢粮收获更是有限。民兵的正规武器配备有限，但他们使用的土地雷杀伤力却是很大，炸得敌人死的死，伤的伤，丢盔弃甲，狼狈不堪。

日伪军开始把贼眼瞄向了南面的蜈蚣荡地区，认为这地方住户分散，亦农亦渔，很难组成像样的抗日力量，到这儿“扫荡”应该会轻松获得一些粮食的。

二

这天上午，一队日伪军从麒麟镇南桥出发。十一二个伪军赶着四辆驴拉大车，后面跟着五六个鬼子，还带着一名翻译，其中一名鬼子枪刺上打着一面“膏药旗”，耀武扬威地来到沿湖村。

日伪军没想到往蜈蚣荡虽然没有受到破路拆桥的障碍，也没有受到民兵游击队的骚扰，但一路上野地乱坟，土路弯弯绕绕，高低不平，把赶车的伪军累得气喘吁吁，鬼子小队长不停地催促，用东洋话咒骂撒气。

出乎意料的是，村口居然有两个人打着“膏药旗”在迎接他们。伪翻译告诉鬼子小队长，这两人是沿湖村的保长韩长庚和保丁韩小甩子。

伪翻译问韩长庚：“太君问此地有没有民兵游击队？”

韩长庚赶忙说：“没有，本庄二十几户人家，都是大大的良民！”

“那你们的粮食在哪里？”

“老总，你是知道的，我们这里是涝洼地，蛤蟆撒尿就淹水，十年九不收，老百姓主要靠捕鱼、卖柴过日子，哪有什么余粮呀！”

“八嘎!”鬼子小队长看出韩长庚在敷衍,指着韩小甩子,示意他来回答。

“什么‘八个’‘九个’的,哪里有粮食,我也不晓得!”韩小甩子吓得魂不附体,慌慌张张地说。

伪军们忍不住笑起来。伪翻译也忍住笑,警告叔侄两人:“你们如果不说实话,惹恼了太君,是没有好果子吃的!”

鬼子小队长决定到村庄里搜查,要韩长庚和韩小甩子在前面带路。

韩长庚满脸苦相,无奈地朝村里走去。韩小甩子亦步亦趋,像一条忠实的家狗。对于韩小甩子来说,叔叔是保长,他是保丁,必须唯叔叔马首是瞻;叔叔又是他生活的佑护者,自己再“甩”,也要言听计从,处处配合。

韩长庚之所以主动带领保丁赶到村头迎接来“扫荡”的日伪军,主要是怕他们胡来,想以一位保长的客气和曲意逢迎化解鬼子的暴戾,让这次“扫荡”在他的管辖地不产生过分的损失,避免因矛盾激化产生悲剧。他甚至已经在思忖事后怎样弥补受害乡亲损失的事了,日伪肯定是要拿粮的,但沿湖村如此分散,道路又十分不好走,总不至于每家都能搜到吧?如果搜个四五家略有收获就打道回府那就好了,到时在村里未被搜粮的人家分筹粮食,他韩长庚拿个大头,也就把这次“扫荡”糊过去了。

沿湖村家家建在单独的土墩上,周边挖成深沟,用几根竹子或树棍拼起做小桥,当地人走惯了无所谓,这些日本鬼子和伪军却为了难,走上去晃晃悠悠——大车更是没法赶。鬼子队长用望远镜照了照,看见右边不远处一片树林里有升起的炊烟,便用指挥刀一指:

“那里,开路的!”

韩长庚一听,脸都白了,内心叫苦不迭。

韩家是沿湖村的老住户，靠着祖上几代的辛勤积累和自己这半辈子的精打细算、苦心经营，拥有上百亩旱地和几十亩荡田，在这一带算是个大富户了。他家的房子是个砖墙草盖的四合院，四周栽种着防风林，因而十分隐蔽，想不到被家里烟囱里冒出来的炊烟出卖了。

一行人到了大院外，韩长庚通过翻译表达“欢迎光临寒舍”之意，鬼子小队长对他跷起大拇指说：“你的，大大地好！”韩长庚老婆得知鬼子来了，吓得躲进了房屋夹壁。韩长庚要家里帮佣用大锅煮饭，烧咸肉、咸鱼，杀鸡宰鸭款待皇军。日伪军知道他家富有，毫不客气地到处乱翻乱找，韩长庚又急又恨，但表面上还强装着笑脸。韩老太太坐在自己房间里，双目紧闭，左手不停地拨着佛珠，嘴里叽里咕噜地念佛，心里却在咒骂这些挨千刀的迟早要遭报应。日伪军酒足饭饱之后，带着从韩长庚家搜来的细软和几大车粮食，得意扬扬地返回了麒麟镇。

日伪军走后，韩长庚一家人一起抱头大哭。韩小甩子也劝不了，赶忙去杜家请大姑。韩桂云虽然对韩长庚有些方面看不惯，但是想到毕竟是娘家人，婶母对她一向是不错的，不看僧面看佛面。于是放下手里的活计，跟着韩小甩子过来了，见老太太躺在床上，哭得跟泪人似的。韩长庚在一旁陪着母亲，见韩桂云来，忙站起来，叫了一声：“大姐！”便哽咽得说不出话来了。韩桂云俯下身子拉着老人的手说：

“婶母，您这么大年纪了，不要哭坏了身子，粮食和钱财虽然都是人苦来的，但保重身体要紧。”经侄女一劝，韩老太太抽抽噎噎地收住了哭，气恨恨地骂道：“这伙强盗不得好死！”

婶侄俩又说了一会话。

韩桂云见韩老太太平静多了，便告辞回家，临走叮嘱韩长庚：

“兄弟,婶母年纪大了,不能让她气恨出病来,你要多劝劝她!”

“是的,母亲这向时身体本来就不舒服,说自己‘要归天了’,叨咕着要孙子回家看她,我正愁着哩。”

韩长庚的儿子永泽在淮阴聚贤钱庄学生意,一年到头很少回来,回来也住不上两天。

韩桂云说:“我也看婶母和我上回来时不太一样,回头我让宝春请林老板来瞧瞧。”

“那就麻烦你了,大姐!”韩长庚把韩桂云送到院门口,叹着气回屋了。

三

第二天黄昏,林华生在宝春的带领下来到韩长庚家。他对韩家遭日伪抢劫的不幸表示同情,然后给老太太把脉。

“韩保长,令母身体并无大碍,只是年老虚弱。但这次家中遭抢,一气一哭,身心受到损害。我开几味中药给她调理调理,安定心神,明天叫宝春把药给你送过来。”

“好的,谢谢林老板!”韩长庚拱手称谢,请林华生到客厅里用茶。林华生对他说:“自从日本鬼子占了麒麟镇,无恶不作,你可能也听说了,镇南街上的蒋顺友挖菜地,鬼子硬说他挖地窖藏粮食,把他装进麻袋扔进水塘里活活淹死了。”

“这帮畜生!”韩长庚恨恨地骂道。

林华生知道这次要不是韩长庚带领韩小甩子先把鬼子和伪军拦在村外,整个村庄肯定会被洗劫,因而赞许道:

“韩保长这次护村有功，等于舍身饲虎，跟那些指望日本人做靠山出卖乡亲的人比起来，真是天上地下，让人尊敬！”

“林先生过奖，我这也是逼不得已。”

“可是投靠日本人有什么好下场呢！前些日子那五张布告你听说了吗？”林华生问。

“听说了，听说了。”韩长庚脸色大变，“我不是那样的人！”

“不仅不能当那样的人，而且要跟鬼子斗，叫他们不敢下乡‘扫荡’。”

“怎么斗？”韩长庚吃惊地问。他心里说，沿湖村区区二十几户人家，既没有新四军撑腰，又没有游击队武装，拿什么跟鬼子斗？

“靠老百姓！”林华生像是看透了他的心思，面色严峻起来，循循引导道，“没有老百姓，我开药店，药卖给谁，谁来找我看病？你当财主，没有老百姓，谁给你种田，谁给你交租？要动员老百姓拆桥毁路，叫鬼子进不了庄。你这个当保长的，可以讲究些策略，不要公开反对，要暗里支持，让老百姓自己搞，你两边都不得罪；还要像以前一样保持和鬼子伪军的联系，一有情况，就赶快告诉乡亲们，使他们少受损失，少受罪。”

“林老板说得在理！长庚，我们就照着做。”房里的韩老太听见俩人的对话，在床上开了腔。

“行，我明白了。”韩长庚点点头。

林华生跟宝春回家吃过晚饭，凤华撑船把他们送到湖荡里的大墩子上。

自从在湖墩上打了鸭栏，一开始杜俊山都来陪着张正睡觉，过了几天张正就请他回去了，说不需要。张正在窝棚里潜伏养伤，并不感到孤独，反而从容认真地读了几本书：有古典小说《水浒传》，还有毛泽东同志在延安窑洞里写成的《中国革命战争的战略问题》《论持久战》《新民主主义论》等等。这些书当然是请林华生让宝春悄悄捎过来的。

每日三餐，都是宝玲撑船悄悄送来。宝玲看着张正吃完，有时还赖着不肯走，非要再唠叨上一阵子。现在张正发现，每天宝玲送饭竟成了他一种不由自主的期待。十八岁的宝玲像小太阳一样让他温暖，心生喜悦。

明亮的月光下，张正在宝玲的搀扶下练习走路。其实他不必让人扶就可以走的，但宝玲执意要扶，便让她扶吧。

“哪阵风把你吹来了？”看见林华生过来，张正心里有说不出的高兴。

“是春风。”华生看到张正状态不错，也很高兴。

宝春安排风华和宝玲在墩子上悄悄放风，便和张正、林华生一起钻进看鸭棚，剔亮煤油灯。

“来，先让我看看伤口。”林华生让张正把裤子褪下来，用手在伤口周边按了按，“还有些发硬，这是重伤，不要过早吃重。”

“要不是搬到湖荡的那天晚上让张营长崴了一下，可能会好得快些。”宝春有些后悔地插话道。

“这种伤口是要慢慢好的，急不得。要经常用盐水洗洗，现在还不能下水，万一沾了水，要用盐水反复清洗，防止再次感染。”

林华生叮嘱着，对张正说：“幸好你提前转移到湖墩上，否则昨天鬼子和伪军进了庄，你该多危险！”

“是啊，很侥幸。”张正也很感慨。

林华生告诉他：“我和宝春刚从韩保长家来。他家这次遭到洗劫，倒打碎了他依靠日本人的侥幸心理。我今天给他做了工作，看来效果还不错！”

“争取工作还要继续做，这个人对我们有用。”张正说，“幸亏他家大业大，喂饱了这帮敌人，要不鬼子挨家挨户搜，遭殃的人更多！”

“是啊，我刚才赞许了韩长庚，说他这次也算是以身饲虎了。”林华正笑道，“把鬼子这种六亲不认、挑大户先宰的情况作为一个典型事例传遍乡镇各地，那些乡绅大户肯定人人自危。”

“对，根据党的抗日民族统一战线政策，我们要通过宣传，打消各阶层对日寇怀有依靠心理的人，同时也教育那些在敌我立场上摇摆的‘骑墙派’，争取把他们拉到我们这边来。”张正说，“麒麟镇日伪据点有几百号敌人，粮食需求量很大，因此他们必须‘扫荡’弄粮。现在他们在东乡、西乡、北乡三面不断遭到了我们民兵的阻抗，讨不到太大便宜，想不到在蜈蚣荡却顺顺当当地弄到一批粮食，以后肯定还会再来扩大搜查范围，因此我们要做好充分准备。”

林华生赞赏地点点头，说：“鬼子会重返蜈蚣荡，这正是韩长庚最担忧和无奈的。我们要阻止敌人进入湖荡地区，即使进来也要叫他们动不起来，来了就扑空。韩长庚作为地方保长，我们需要他的支持。但归根结底，还是要发动群众想办法，把老百姓团结和组织起来，群策群力，才能取得反‘扫荡’的胜利。”

“我明天迟一点到药店，先去找洪强他们商量商量。”宝春插话道。

“好的。”林华生同意。

“哪个洪强？”张正问。

“是个放鸭倌，他父母是我的老病号。”林华生说，“听说这小伙子不简单，在年轻人当中很有威信。”

宝春补充道：“洪强家里很穷，但性格正直，脑袋灵活，点子多。以前我在家里放鸭的时候我们总在一起搭伙儿,对他很了解,是个可靠的人。”

“那好,这样的青年正是我们需要的好苗子。”张正对宝春说。

“明白!”宝春高兴地说。

“那你们抓紧研究,最好能形成一个完整的方案。”林华生说。

翌日,张正跟着风华、宝玲一起到湖荡放鸭。

这是张正第一次在湖荡上亮相,已做好充分心理准备。他出生在楚泽水乡,自幼喜欢撑船划桨。虽然右腿还不能吃重,但只要小心,保持身体平稳,便无大碍,何况放鸭不需要总是撑船,很多时间是坐在船舱里看着鸭子自由淘食。他让风华、宝玲坐在中舱里,把船从内荡撑往外湖荡的大水面,便看见了在荡面上放鸭的洪强、唐福兴和纪同富几个年轻人。

洪强家境贫寒,是替别人家放鸭。唐福兴、纪同富是放自家的鸭。三个小伙子,一年到头大部分时间都在湖荡里,风吹日晒,他们的脸黝黑透红,却迸发着明朗的朝气。

见张正撑船赶着鸭子过来,洪强大声问:

“风华、宝玲,听你们说你家要请一个放鸭的,就是他吗?”

“是的呢,小张哥是我们家亲戚,往后请你们多关照!”风华也敞着嗓门回答。

“可不许欺生哦!”宝玲也咯咯笑道。

“没得话说!”

“肯定不会的!”

“放心吧,我们放鸭人互相关照!”

张正友好地向他们挥挥手,跟着鸭子朝前面撑去。

一来二去，张正和三个放鸭倌聚到了一块儿，都是年轻人，彼此很快就熟络了。在接触交谈中，张正发现洪强行事肯动脑筋，观察力很敏锐，说话能说到点子上。

他腿上有伤就是洪强先发现的。

“小张哥，你这条腿好像不利索啊！”

“嗐，别提了，上个月在老家砍竹子不小心绊了个跟头，把腿子戳得血直冒，都发了炎，现在已经好多了！”

这套说辞张正已经预先跟杜家人统一过了，防止有人要问。

“幸好戳的是腿子，要是戳中别的地方了，怕是以后婆娘不好找哦！”

唐福兴和纪同富听了哈哈大笑。

“你小子！”张正捋了捋洪强的头发。这三个放鸭青年都才二十刚出头，比张正略小些，也跟着宝玲叫“小张哥”。

其时宝玲也在张正船上，听洪强开这种荤玩笑，羞得满脸通红，啐了洪强一口：“小杀才，你就不怕害嘴哟！”

事后，她私下在张正面前愤愤不平：“你对他们太客气了，跟你瞎开玩笑都不生气！”

张正呵呵笑道：“我喜欢他们，他们对我无拘束才显得自然嘛。”

“小张哥，你来我家没见你笑过，自从你搬上大墩子，特别是和他们几个在一起时，才看到你笑的。”

“是的，笑的日子在后头呢。”张正意味深长地说。

在和三个小伙子交往的过程中，张正有意深入浅出地给他们讲一些抗日道理，启发他们的革命觉悟；有时也介绍一些外面的情况，开阔他们的眼界。三个小伙子感到张正和别的雇工不一样,年纪不比他们大多少,懂的东西可比他们多多了,心里很佩服,同时也很好奇,一有空就围着他问这问那。张正见时机成熟了,便开始切入主题:

“鬼子这次来蜈蚣荡‘扫荡’,在韩保长家大捞了一把,下次再来肯定就要‘扫荡’到其他人家了。要真是这样,我们该怎么办?”

“进内湖荡啊!家家都有船和桶,人和粮食全都藏到湖荡里。湖荡里大大小小起码有百十个墩子,不要说鬼子,就是本地人也弄不清!”洪强几乎不假思索,脱口而出。

“如果鬼子用小汽艇进湖搜怎么办?”

“他们搞不清水路怎么搜?”洪强反问道。

其他两人也附和说,眼下芦苇长起来了,内荡水路七弯八拐、明明暗暗的,窄的地方小船都难挤进去,鬼子的船来了怕是像进了迷魂阵,连出口都找不到呢!

“不能这么乐观。”张正郑重地说,“鬼子汽船速度快,冲劲大,在湖荡里瞎冲瞎闯,万一碰到了,我们躲都来不及!我们能不能想办法不让鬼子的船进湖荡呢?”

“把通向内荡的水路堵死,叫鬼子的船进不来,就是进来了也走不通。”凤华在旁边说。

“这倒是个办法,可现在到哪里去弄桩和梢呢?”洪强赞同道。只有在防汛时才把通往内荡的水路打坝封死。

“把去年防汛的木桩收回来,不是可以用嘛!”唐福兴说。

“恐怕还不够!”洪强说。

“叫各户再投一些就是了。”

“现在还没到汛期,就叫人家投防汛的东西,行吗?”

“今年雨水多,现在有的小圩都快平水了,可以叫各户先投一点的。”一直没有开口的纪同富说。

大家的讨论启发了张正,一个方案在他脑海里基本形成了。晚上宝玲来送饭时,他要她回去跟宝春说,让林老板明晚来一下。

四

第二天晚上,林华生和宝春来到张正的看鸭棚,听他汇报情况,基本同意了他的方案。

“你的意见很好,据沈桂兴从伪军嘴里得来的情报,鬼子近期就要再来蜈蚣荡,准备大捞一把。所以一定要抓紧时间,要赶在鬼子再来‘扫荡’前把进内荡的水路封堵起来,尽一切努力保护老百姓的生命财产安全!”

张正说:“眼下就是要韩长庚出面,动员各家各户投木桩和梢把防春汛。”

“行,我现在找他去!”林华生说着和宝春爬出了看鸭棚。

这是林华生第二次来到韩长庚家,一家人都很热情,正好韩小甩子也在。林华生先进房问候了韩老太太,为她搭了脉,跟着来到客厅里,开诚布公地对韩长庚叔侄俩说:

“鬼子近期要再来蜈蚣荡‘扫荡’,我们要早做预防。这次鬼子来不会像上次那样客气,肯定要大搜大抢,遇到反抗甚至要放火杀人。鬼子一来,我们就连人带粮食藏到湖荡里,让他们连影子也找不到。我找一些人商量过了,打算把通往内荡的水路封堵起来,叫鬼子的船不能通行,这样老百姓藏在湖荡里才比较安全。封堵水路需要不少的木桩和芦柴，你是保长，我想请你出面，以防春汛为由，动员各户投木桩、梢把，既防春汛又防鬼子，一举两得。不知道你同不同意，可不可行？”

韩长庚听了连声说：“可行，可行！我同意！”随即交代韩小甩子，“你下去逐门逐户地动员，要大家投木桩、芦柴，找些麻绳、草绳，如果有铁丝更好。告诉大家这是防春汛用的，更重要的是防鬼子进湖荡。你一定要把话说好、说圆。另外，你要在村外站岗放哨，一看见鬼子来‘扫荡’，就立即敲锣报警，通知老百姓上船进内湖荡。这两件事都人命关天，一定要尽心尽力做好，如果三心二意，小心我扒了你的皮！”

韩小甩子领命走了。林华生对韩长庚说：“你自己也要注意，鬼子这次来肯定和前次不一样，要早做安排，把家人、粮食和财产先转移到湖荡里去，就你一个人，顶多再带上你的侄子跟鬼子周旋。”

“林老板，我也是这么想的。”韩长庚感激地说。他是个聪明人，上次宝春领林华生到过他家后，他就感觉林老板不是一般人物，很可能是新四军的人，自己要服从他的安排，更何况他的安排是正确可行的。

别看韩小甩子平时甩里甩气的，说话不晓得轻重，一副二百五的样子，可这次倒还稳重，还有几分灵活。他每到一户，都要按照林老板、韩保长说的学上一遍，人家都能理解和同意，都忙着筹材料去了。

洪强、唐福兴和纪同富三个人一齐去找韩小甩子，说：

“木桩、芦柴这些东西各户筹筹就差不多了，可还需要不少铁丝，我们农户恐怕筹不起来。你能不能跟韩保长说说，请他帮我们想想办法？”

“好，我去跟他说说看，成不成我可不敢打包票。”

“不成也成，他韩保长是大户，多出点铁丝有什么打紧？草绳、麻绳绑东西不够结实，鬼子的铁壳船一冲就冲开啦！”

韩小甩子把洪强他们的要求跟韩长庚一说，没想到他满口答应，要韩小甩子和家里长工一起把家里库存的木桩、芦柴、铁丝找出来，先送到湖荡里去，并让韩小甩子转告洪强他们，说他就去镇上买铁丝，随后给他们送过去，叫他们放心，误不了事。

杜俊山自然不要韩小甩子上门动员，主动把家里屋后的树桩、芦柴收拾起来，打成捆，又新伐了一批杂树做成长桩，集中堆放在一起，对老伴说：“叫凤华明天去放鸭时，带到湖荡里去。”

凤华的父亲苗寿义也很积极，把家里准备搭小屋的树棍和芦柴整理到一块，准备运到湖荡去。他还专门跑来对女儿说：

“我们这些半老头子都是打桩、下梢的好把式，你告诉洪强他们，打桩、下梢的时候叫我们去帮忙。”

“当然啦，爸爸，姜还是老的辣嘛，肯定要请你们去帮忙的，我回头就跟他们说。”凤华高兴地说。

洪强请来苗寿义等老一辈防汛高手，让张正和他们一起来研究布防的问题。张正在防汛方面虽然是外行，但是这次主要的不是防汛而是防鬼子，这方面他又是内行。

“因为这次堵水路的主要目的是拦鬼子的船，所以我们首先要考虑在什么地方打桩、下梢才最有效。所谓最有效，就是让鬼子的船没法进水道，掉头也不容易。地方选好了，桩怎么打，怎样才能打得叫鬼子拔不动，拆不掉，硬逼着鬼子的船掉头后退，兜圈子。”

经张正这么一解释，大家清楚多了，你一言我一语地议论了一阵。洪强说:“寿义叔,您经验多,请您说说吧。”

苗寿义拿下嘴上的烟袋,不紧不慢地说:

“照小张说的要求,再根据我们以往防大浪的经验,应该选在每条水路最狭窄和拐弯多的地方打桩。桩打少了不顶用,多打材料又不够,但至少要打十排桩。在每排桩之间下梢把,用绳子扎牢,再用铁丝把十排桩都连起来,对角拉紧。这样大浪冲不垮,鬼子的船恐怕也很难把它们冲散。”

张正点头说:“寿义叔说得很好,我们就照他说的办!”

洪强、苗寿义和张正三个人撑船去各条水路选择打桩的位置,其余的人忙着运材料,准备打桩。

第二天,全村精壮人丁分成三组进行打桩。湖水还很凉,乍一下水让人冷得直打战,但大家不顾这些,抡起大榔头把一根根木桩打到平水里。一干活身上也就不冷了,反而头顶上都冒热气。每隔三四尺打一排桩,十排桩打好了,下梢的人把大捆大捆的芦柴捺进每排桩之间,用绳子扎紧、绊牢,又用铁丝把十排桩连接起来,最后在上面堆上厚厚的水草,插上密密的新鲜芦苇,和大片芦苇浑然一体。张正高兴地说:

“这就是我们的‘防鬼工事’!”

第六章　铩羽而归

一

日伪军到蜈蚣荡“扫荡”不仅没有遭到任何反抗，还受到韩保长的欢迎和招待，弄得酒足饭饱肚儿圆，满载而归，这让宫田感到十分得意：“仅从韩长庚一家就弄得那么多粮食，那么整个沿湖村的粮食储藏可想而知，下次去一定挨家挨户地搜！”

这天宫田把伪营长黄德龙叫来，商量重返蜈蚣荡的事。他通过伪翻译官对黄德龙说：

“前次我们在沿湖村韩保长家获得了一批粮食，肯定惊动了当地老百姓，他们会把粮食藏起来。如果我们现在贸然行动，很可能无功而返。我要你先派人个去摸清情况，然后再确定怎么行动，你看可行吗？”

“太君的高明！”黄德龙竖起大拇指，说，“就让刘二虎去吧。”

“哟西！”宫田笑了，认为此人合适。

刘二虎是麒麟镇上的地痞泼皮，自小就游手好闲，和夏疤眼等一帮混混吃喝嫖赌，称得上“五毒俱全”。他成天这个店坐坐，那个店站站，吃顿饭，嘴一抹；要包烟，手一伸，在街上没人敢惹他。这家伙没有什么真本事，就一项水性好，传说他能在水下能待一顿饭工夫。正因为如此，镇上一些水上的活计都被他统包了，什么拆木排、竹排之类的活非他莫属；发洪水季节，他带人在急流上捞家具、家畜，甚至捞尸体，借机敲人家竹杠。这次鬼子占领了麒麟镇，他像蛆子附上了腐肉，公然当了汉奸，被委任为伪水警队长，人前人后遭人唾弃，可他毫不在乎，反而洋洋自得，全不知天下有"羞耻"二字。

他接到黄德龙给他的指示，第二天便像游魂似的飘到了蜈蚣荡。

韩小甩子正在村口望风，看到刘二虎来了，拔脚便走。他跟刘二虎熟识，晓得这是个什么货色，肯定来者不善。想不到刘二虎也看到了他，追赶上来叫道：

"韩兄弟，你急急慌慌往哪儿去呀？"

韩小甩子扭头一看，说："哟，是你老兄，今天怎么有空来这里了，肯定是有什么事吧？"

"非得有事才能来，没事就不能来玩玩呀？"刘二虎觍着脸笑，"哎，你还没有告诉我上哪儿去呢？"

"噢，我正要去湖荡看小圩，现在水大，韩保长要我去看看防汛情况。"韩小甩子边说边要走。

"我也跟你去看看。"刘二虎紧跟了上来。

韩小甩子见甩不掉刘二虎，只好往湖边走。他们在岸上朝南远望，只见大水滂滂，小圩不少段都平了水，村民们已经做了子堰，下了梢把。

"唉，水情还真蛮严重的！"刘二虎假装同情地叹口气，转脸朝村里望去，说，"你们这里怎么这么冷清呀？"

"你不知道湖边人家住得稀？哪像你们镇上，人多得挤挤撞撞的！"

"听说上次皇军来这一个人都没碰到。"刘二虎故意加重语气道。

"哪个说的,我和叔叔不是在村头迎接他们的?"韩小甩子没好气地说。

"我不是说你们,是说村民。"

"村民? 村民哪个不害怕呀,全躲起来了。"

"躲哪儿去呢?"

"还能躲哪儿去,躲到湖荡里去呗!"

"湖荡里除了芦苇就是水,往哪儿躲啊?"

韩小甩子有点不耐烦,冲里冲气地说:"你这人真啰唆,湖里没有墩子?"

刘二虎心中有数了,不再问什么,借口有事转身先走了。

韩小甩子飞快跑到韩长庚家,上气不接下气地说:

"不……不好了!"

"什么事啊? 慢慢说!"

"刘二虎从镇里来过了。他跟我一起到湖荡去望水情,还问了我村民的情况。"

"问村民什么情况?"

"就、就是随便问问……"韩小甩子知道自己在刘二虎面前说了漏话,支支吾吾道。

"在外人面前口风要紧,不该说的话不能说,知道吗?"

"嗯,我知道呢。"

韩长庚知道刘二虎投靠日本人当了水警队长,他亲自到这里来肯定没得好事,要韩小甩子赶快通知乡亲们早做防备。

二

两天后上午，林华生接到沈桂兴从据点里递出来的情报，说日伪军明天分水陆两路重返蜈蚣荡。事关重大，急不待缓，他立即让宝春回去通知张正。

张正马上召集洪强、唐福兴、纪同富、凤华、宝玲他们，布置安排全村转移。

大家连夜行动，挨门逐户地动员老人小孩先行转移，防止到时成为拖累。唐福兴的奶奶任凭人们怎么劝说，就是不肯离开家：“我一把老骨头了，大不了一个死，要死也要死在家里！”大家拗不过她，只好先去做别人家的工作，等到万不得已的时候就是抬也要把她抬走，不能眼睁睁地看着她把老命送在鬼子手上。

韩长庚家是韩桂云亲自过去通知的。韩长庚没有含糊，立即让长工把家里贵重物品打包，余粮一粒不剩地装进麻袋，连同老母亲一起用船运进湖荡里。

三

沿湖村东北处有一个土台，荒草萋萋，杂树丛生。从远处看去，就像突兀隆起的小山包，也像一座孤零零的巨坟。

曾经有国民政府的人从省城专门来看，怀疑是历史上达官贵胄大墓的封土堆，草草地挖了几个探洞，最后不了了之。

这个土台既不是山包,也不是什么巨坟古墓,而是从前遗留下来用来报警的烽火台。

自古以来,人类喜欢逐水而居。有湖就有劳作攫食的湖民,但也就会出现杀人越货的湖匪。

无论湖民还是湖匪,都是靠水吃水。

湖匪其实也来自百姓,只不过是百姓中恶的部分,是百姓中的特殊人群,是可恨的另类。

这世界,美与丑、善与恶、正义和反动,从来是纠结在一起的,在互相冲突和对抗中形成一种“自然生态”。而世界,总是在美战胜丑、善战胜恶、正义战胜反动中向前发展的。

而现在,来自几千里之外的一批岛国匪徒来到这片华夏土地——冲突不可避免,反抗更加激烈!

因此,烽火台不会倒塌,也不能倒塌!

上午八时许,在烽火台上放哨的韩小甩子发现麒麟镇方向腾起一路黄尘,依稀可以看到晃动的“膏药旗”,连忙从高台上下来,一边敲锣一边狂喊:

“鬼子来啦——”

“鬼子来啦——”

……

留在村里看家和田间劳作的人听到报警赶紧行动起来,把家里要带的东西搬上小船和木桶,纷纷向湖荡撑去。唐福兴来不及跟奶奶多说什么,背起她就上了船。

四

这次刘二虎从沿湖村回去后，宫田和黄德龙根据他的情报做了部署。陆路一队负责进村搜粮；如果村民把粮食藏到湖荡里，水路一队进荡搜索，必须把粮食搜出来。反正这次“扫荡”，他们志在必得，一定要满载而归。

陆路一队仍是上次来的那批鬼子和伪军。老远看到韩长庚叔侄举着小旗立在村口迎接。

鬼子小队长见了韩长庚，和蔼地问：“你的，大大地好！这里的，粮食的有？”

“我叔叔家的粮食不是上次被你们都拿走了吗，哪里还有哇？”

韩小甩子抢着回答。

伪翻译瞪了韩小甩子一眼，呵斥道：“皇军是问其他人家有没有粮食！”

韩长庚接上口说：“先生，今年春汛来得早，低洼的麦田已经下水。尺麦怕寸水，夏季恐怕颗粒无收。村上人家本来就穷，很多已经吃野菜挖芦根度日了，如果麦子再绝收，还不知日子怎么过呢，他们哪里还有余粮啊！不信，你们可以去看看。”

通向庄上的土路曲折泥泞，有的地段还泡在水里，鬼子小队长手一挥要伪军先过去搜查。伪军们一步三滑，蹚了一脚泥水，进了庄去踢开村民的房屋，东翻西找，除了发现一些长了绿芽的山芋和烂南瓜，别的什么也没有。这时鬼子们也跟上来了，见一无所获，气得哇哇大叫，问村里人哪里去了，韩长庚说到外面讨饭去了。

“八嘎！你的撒谎！”鬼子小队长扇来一个大耳光，把韩长庚嘴里镶的大金牙都打落了。

韩小甩子想不到刚才鬼子对叔叔还那么客气，现在突然翻脸打人，吓了一大跳，忙过去捡金牙。谁料伪翻译比他手快，从地上拾起金牙，擦干净放进了自己兜里，对韩长庚阴笑着说：“韩保长，现在是皇军的天下，你可不要找死哦！”

鬼子们为了泄愤，举着火把点燃几家茅草屋，顿时村庄上空浓烟滚滚，乌烟瘴气。躲在湖荡里的村民远远看见了，一个个恨得咬牙切齿，恨不得把这些王八剁了炖汤喝！

打水路过来的日伪军，也被宝玲和唐福兴及时发现了。

一艘小汽艇载着七八个鬼子，后面拖着一条用来装粮的大木船，上面坐着黄德龙的手下干将厉老四和刘二虎带领的十一二个伪军和水警。到了蜈蚣荡，他们见满眼看不到边的芦苇，如密密森森的青纱帐，弯弯绕绕的水路，像一条条灰白色的飘带，在芦苇丛中忽隐忽现，充满了神秘气息。

看见南岸村庄上空腾起浓烟，水上日伪军便知道先头出发的陆路一队没有搜到粮食，小汽艇拖着木船从航道驶进通往内荡的水路，刚拐了一个弯，便被“防鬼工事”堵死了。此路不通，只好朝后退，后船变前船。伪军和水警使劲划着桨，钻进另一条水道，想不到没走多远，又被水中闷桩绊住了。在厉老四和刘二虎的吆喝下，伪军和水警在船上猫着腰，又是扳又是摇的，累得满头臭汗，上气不接下气，也没能拔起一根桩。鬼子指令伪军用手榴弹炸，才把木船拖出一段安全距离。伪军连续投出十几颗手榴弹，只炸飞了一些芦柴和水草，水下的木桩纹丝未动。汽艇上的鬼子气得哇哇乱叫,朝芦丛深处放了一阵枪,但里面没有任何动静,只传来水鸟惊恐的叫声。就这样,两条船东冲西撞,折腾了好半天,怎么也进不了内荡,只好灰溜溜地撤回镇上去了。

确认水陆两路日伪军铩羽而归,躲在湖荡中的村民纷纷回家了。韩长庚先把茅屋烧毁的几户人家暂时安置到自家场院和村庙里,又安排乡亲们凑了材料,大家一起帮忙修缮了房屋。

第七章　水上民兵中队

一

这次反“扫荡”的胜利，张正对洪强、纪同富、唐福兴、苗寿义，包括韩长庚叔侄等人都有了更加深入的了解。他清醒地意识到，此次麒麟镇的敌人重返蜈蚣荡，是抱着志在必得的心理的，却遭到湖民坚壁清野，敌人粒粮未得，铩羽而归，是不会甘善罢甘休的。下次再来“扫荡”，敌人必然加大兵力，烧杀抢掠，因此单靠被动躲藏肯定不行了，只有像东乡、西乡、北乡那样，进行主动的武装抗击。他决定向村民公布自己身份，带头发动群众，组织一支蜈蚣荡水上民兵中队。

林华生完全同意张正的意见，亲自去县委做了汇报，获得了首肯和支持。回来后立即往沿湖村召开抗日骨干分子会议。

趁着天黑，洪强、唐福兴、纪同富、苗寿义、韩长庚、韩小甩子集中到杜俊山家里。

林华生和张正认为，在沿湖村这次坚壁清野反“扫荡”的斗争中，韩长庚相当配合和主动，发挥了很积极的作用。根据党的抗日战线统一政策，争取韩长庚包括他的侄子韩小甩子完全站在我们这边，非常必要，也非常重要！

开会前，林华生领着张正一起来到韩家大院。恰好韩小甩子也在那儿蹭饭。寒暄过后，林华生开诚布公地对韩长庚说：

“我这是第三次来贵府了，韩保长是个明白人，应该猜到了我的身份。上次日伪来蜈蚣荡，被韩保长挡回去了，反使自家蒙受了很大损失；这次沿湖村打桩封锁湖上通道，村里坚壁清野，又取得了反‘扫荡’的成功，韩保长也是出力甚多，着实让人感佩——我代表麒麟区委感谢你！”

韩长庚诚惶诚恐地说：“这是应该的，我就是不当保长也应该出力。”

“麒麟镇的日伪军是盯上咱蜈蚣荡了，这次他们兴师动众，水陆两路过来，是打着保票捞一把的，想不到过来人影不见一个，一粒粮也没抢到，下次再过来肯定增加兵力，杀人放火。村民们手无寸铁，靠躲是没有用的，因此我们要成立自己的武装来抗击，来保护自己的家园。”林华生指着张正说，“韩保长，你认识他吗？”

“他不是我大姑家雇来放鸭子的人吗？”韩小甩子抢嘴道。

“他就是正月里保卫麒麟镇的新四军张营长，在战斗在受了重伤，是我把他安排在宝生家里养伤的。”林华生对韩长庚说，“后来你侄子总去杜家检查，我们只好又把他藏到湖里去放鸭、看鸭棚了。”

“不是我要去的，是我叔……不不，我就是知道了也不会说的，我……我不当汉奸……”

韩小甩子额头上的汗都流下来了，语无伦次地辩解道。

“我知道你不会当汉奸，你要学你叔叔深明大义，做一个抗日爱国的人。”林华生看着韩小甩子说，“这次反‘扫荡’，你放哨很积极，这很好。”

韩长庚紧张地说:“林老板,张营长,你们有啥用得到我的地方,尽管吩咐。保卫蜈蚣荡也是保卫我韩家,于公于私我都应该尽力。”

张正在旁开腔道:“确实有需要韩保长帮助筹划的事,我们一起到宝生家开个会吧。”

在会上,林华生首先介绍了张正的身份。洪强、唐福兴、纪同富三个年轻人首先欢呼起来。

“小张哥,我们早就猜你是新四军了!”

“但我们不知道你是营长哟!”

“你虽然会撑船,放鸭可不大像呀!”

凤华和宝玲乐得咯咯笑。苗寿义嗔怪女儿,说她嘴太紧,对他这个父亲都没有透风。

凤华撒娇道:“怕你和妈妈知道了,晚上睡不着觉呀!”

苗寿义腰板一挺说:“你爸爸年轻时可是参加过打湖匪的,现在对付鬼子和二黄①,我照样敢用鸭枪打他们!”

大家一听都乐了。韩小甩子被邀请参加这样一个秘密会议,很自豪也很激动,显摆地对洪强他们轻声说:“我刚才就知道了,林老板先告诉我的。”

林华生等大家安静下来,便正式开会。他对大家说,自从日伪军占领麒麟镇,敌人开始并没把蜈蚣荡这边当回事,而是把东乡、北乡、西乡作为扫荡的重点,因为那里村庄多人口多,当然产粮也多。东、北、西乡的民兵

① 二黄:民间对伪军的蔑称。因为日军和伪军都穿黄色制服,称前者为“大黄(狗)”,后者称“二黄(狗)”。

很快组织起来了，给了‘扫荡’日伪军以沉重的打击，特别发明的地雷战更是让敌人闻风丧胆，这样敌人才把目光投向了蜈蚣荡。我们这边虽是湖荡滩地，人口也不集中，却有独特的地理优势，只要利用对湖荡水路的熟悉，借助大片芦苇的掩护，扬长避短地对付敌人，就一定能够取得胜利。

“根据张正同志的提议，并报淮宝县委同意，我们要成立蜈蚣荡水上民兵中队，随时准备武装反击日伪军以后的‘扫荡’！”

大家一听全都欢呼起来，纷纷要求参加。

会议决定，水上民兵以青年人为主，有特殊技能的可放宽到中年；民兵也不限于蜈蚣荡范围，适当在全区挑选一些有专长的青年参加，以加强整体力量。沿湖村的动员工作由洪强负责，今晚就要排出名单，明天白天要落实成功，晚上全体民兵集中到村庙宣布中队成立，根据人员数量决定武器配备的问题，同时讨论下面民兵训练和如何抵御和抗击日伪军以后“扫荡”的应对准备工作。

散会后，张正对林华生说：“老林，你住在镇上，等于战斗在敌人的心脏，要注意自身安全啊！”

“鬼子现在还没有注意到我，如果形势不好，我会考虑撤到镇外。不到万不得已不走这一步，我留在镇里接收敌伪情报更方便，我的医生身份也不妨碍我自由出镇。”

“那吴琼呢？”

“她也会小心的。你别小看你嫂子，扬州人天生精明能干，她现在坐堂门诊很老练，和宝春配合得很默契哩。”

“我怎么会小看嫂子，当年你的命都是她救下的，她还成功地‘俘虏’了你。”张正打趣道，“不过，还是要小心，一有风吹草动就往镇外撤，比如到这蜈蚣荡。”

“你是想我和你搭伙儿呀，看来你是想在蜈蚣荡安家喽！”林华生打着哈哈，接着正色说道，“干革命就不怕牺牲，但也不做无谓的牺牲，我们都要保重！”

一对战友握手道别。

二

第二天一大早，洪强把琢磨了大半夜的水上民兵人选名单报告给了张正，青年人排了十三四个，有男有女，还有几个会打野鸭枪的四十几岁的中年人。张正很高兴，让洪强他们几个赶快去落实，都同意参加。

这地方民风本来就剽悍，缺少的就是有效组织，一旦共产党人把他们的革命觉悟激发起来，团结起来，就是一股不容小觑的正义之师，不可遏制的抗日力量。

晚上，沿湖村大庙里烛光明亮，所有民兵兴高采烈地聚集一堂。林华生是从西乡直接坐船过来的，他带来了金国才和邹荣庆两位民兵，同时从区大队调来一部分武器。

会议开始了，张正郑重宣布：

“经区委研究并报县委批准，今天我们正式成立蜈蚣荡水上民兵中队。经过研究讨论，决定任命洪强为中队长。之所以挑选了苗寿义、唐家耕、嵇福贵几位年过五十岁的人参加这支队伍，是考虑成立一个鸭枪小队。虽然他们年龄偏大，但个个身体好，都是狩猎高手——打野鸭的经验同样适合于打鬼子和伪军。鸭枪小队是我们水上民兵的秘密武器，由寿义叔负责！”

下面哗哗鼓起了掌。凤华抱着父亲的臂，高兴得脸上红扑扑的。

“洪强，你跟大家说几句吧！”林华生微笑着说。

洪强拘谨地站起来，挠挠头说：“我只是个小小放鸭倌，现在要我当民兵中队长，真是‘赶鸭子上架——力不从心’哩！”

大家听了哈哈大笑。

“所以，我看还是小张哥自己当才合适。”他红着脸坐下了。

林华生说：“洪强同志说的我也考虑过，可小张是部队上的指挥员，暂时隐藏在我们这里养伤，伤痊愈了还要回部队，我们不好任命啊！我想队长还是洪强来做，请张正同志给我们水上民兵中队当参谋和教练，大家看好不好？”

下面又哗哗地鼓掌，都说这样安排好。

林华生又说：“张正同志知识水平高，有丰富的实战经验和指挥才能，大家一定要按照他的要求好好训练。刚才我看了民兵名单，现在加入中队的一共十八人，我今天还带来了西乡金国才、邹荣庆两位同志，他们是我区威震敌胆的制雷、布雷能手，把他们充实到水上民兵中队来，可以增强我们的战斗力。我让区大队先送十支步枪和一批子弹和手榴弹过来，大家先训练，不够的我尽快向县委申请，肯定会配齐的。日本鬼子现在还在势头上，貌似很强大，但是我们不怕，只要克服麻痹松懈情绪，练成一身真本领，就会战胜凶残的敌人！大家有没有信心？”

“有！”

“我们打得过鬼子！”

“他们在明处，我们在暗处！”

群情激昂，摩拳擦掌。

林华生让大家安静下来，严肃地提醒大家：“蜈蚣荡抗日民兵中队虽然成立了，但眼下的训练准备必须低调，必须秘密，不能对外泄露，这一点请全体民兵回去对家人说清楚，谁泄露谁负责。”他朝韩长庚点点头，“这一点请保长也帮着做提醒工作。”

韩长庚连连点头，说“好的”。韩小甩子捋着膀子说：“我保证一家一家通知到，谁也不许对外讲！”

张正说：“为了防止消息泄漏，一、我们还要在村外设置固定和流动岗哨，发现可疑人物要严加盘问，如果是敌人的奸细要马上控制起来。放哨人员在民兵中采取轮流制，具体编排请中队长洪强负责。二、抓紧把主航道上石头坝堵起来，敌人的船只过来，叫他们不能直接进入内荡。这件事还是请寿义叔去完成。”

苗寿义说：“堵石头坝还是以防汛的名义，由保长韩长庚出面组织为妥。”

韩长庚却来了气，说：

“前几年国民党管理这儿，打着治水的幌子，要老百姓出钱出力，从云台山运来一些石头，乱七八糟地抛在水里，就不了了之，结果坝没打好，钱款大多被他们贪污了！现在我们哪有财力再去打石头坝？”

苗寿义说：“现在打石头坝主要用一丈以上的长桩和成捆的芦柴，石头我们可以从上次没打成的坝水里摸。”

“这么说打这个坝倒不需要太多材料了，”林华生笑着对韩长庚说，“就是要你出面通知组织，具体施工由苗寿义他们负责。如果有人提出疑问，请你做做解释、劝说工作。至于物资上的支持，你就尽力而为吧，鬼子两次来‘扫荡’，你出的力够多了！”

韩长庚面色缓和下来，说：“物资我照出，明天就叫长工砍树，我投二十根长桩；铁丝我家里还有一些，拿去先用吧！”

苗寿义高兴地说：“韩保长一下子出这么些，真是太好了！”

接着会议又决定以后村庙就作为水上民兵中队部，轮流有人值班。至于金国才和邹荣庆，韩长庚让他俩住到自家长工屋里，吃也在他家里。

至于民兵训练期间生产劳动怎么解决，只能让各人家属多分摊一点了。杜俊山夫妇顶替张正和凤华放鸭，韩长庚主动提出让家里长工替唐福兴和纪同富顶上几天。

次日上午，苗寿义召集村里打桩、下梢的行家，找了两条大木船，装着全村筹来的长桩、芦柴、绳子、铁丝和大石榔头，加上打桩的人、摸石头的人，来到了石头坝。打桩的先搭架子，人站在架子上抡起几十斤重的大石榔头，把一丈多长的木桩一下一下往湖底打；摸石头的，则两人一组往外抬石头，附近老百姓听说打坝拦鬼子的船，主动跑来支援。苗寿义分配他们一部分人参与搬、摸石头，一部分人挖油草垡块。木桩打好后，苗寿义等人用八号钱丝绞牢横档，然后一层芦柴一层石块和油草垡块往上叠，一直叠出水面，又用铁丝斜对角把木桩拉起来。还在坝头背面打了一条又大又长的“土牛”，用来抵御来自上游的冲击力。

张正和韩长庚一起过来看，非常满意。张正对苗寿义说：“苗叔，你这项任务完成得很好，回去后还有新的任务。”

苗寿义心里有数，这个新的任务就是鸭枪队的训练。这位五旬老汉心里从来没有产生过像今天这样的豪情，说：

“张营长，你尽管放心吧！”

民兵们利用中午时分湖水温度最高的时候进行水上训练。训练地点选择在内荡里环境隐蔽的一个大水汪。男的一组由洪强带领，女的一组由凤华负责，训练徒手踩水。水中徒手训练告一段落，又进入射击和投弹的训练。

张正给民兵们讲解步枪的结构、持枪的步骤和瞄准的要领，接着进行有依托瞄靶。训练过程中张正逐个检查和纠错，态度严厉，一丝不苟。民兵们很快便进入无依托瞄靶。张正说，在水里端枪一定要用悬空劲，否则枪就端不稳，射击就没有准头。为了练臂力，民兵们在枪管上吊着砖头练瞄准，时间长了，胳膊麻木得吃饭连碗都托不住，但没有一个人叫苦叫累。

练习过瞄靶后，张正给民兵们讲解了投手榴弹的要领，进行了投弹练习，这一项进行得最为顺利。

单项训练结束后，便进入水上综合训练。先练习船上瞄准和投弹，张正告诉大家："在船上瞄靶，可以有依托，也可以无依托，因为船身晃动，所以瞄靶要快，一旦瞄准了就立即击发，把握时机是关键。在船上投弹一般应趴着抛投，虽然坐着、站着投弹更方便，但身体暴露太多，不安全。投弹要学会目测距离，既要投得准，也要投得远。"

合练最难的是踩水瞄靶和踩水投弹，洪强、唐福兴练得最好，在他俩的带领和示范下，最后所有队员都完成得不错。

苗寿义专门找到金国才和邹荣庆，商量鸭枪改进的事。

"我们湖上人家使用的这个鸭枪喷花是不小，就是打不了多远。请你们看看，能不能改进改进？"

金国才拿过一支鸭枪，和邹荣庆一起翻过来掉过去地看。

“对枪体进行改造比较难，也没有必要。我看可以在火药配制上做一些调整，兴许有点作用。”金国才沉吟道。

“国才说得有道理。”邹荣庆表示同意，“这样吧，我们重新配点火药和原来的比较一下，如果效果好，就用新火药。”

经过射击比较，新火药的威力确实比老火药威力大，射程也远了不少。经张正和洪强同意，鸭枪小队全部改用新火药。

这次唐福兴的父亲唐家耕也参加了鸭枪小队，说他家里有一把祖父用过的“大抬杆”，是专门用来打雁阵和鸭阵的，后来地方上不许使用，一直搁在柴房旮旯里，枪管都生了一层厚厚的铁锈。唐家耕：“听说这东西轰上一记，能打上几十只野鸭哩！”

金国才一听，眼睛都兴奋得放光。他是铁匠世家，祖上是制“大抬杆”的行家，深知这武器的厉害。他听爷爷说过，大抬杆用熟铁烧炉锻打枪筒，根粗直径近一拳，枪口直径如茶盅，枪体全长接近一丈，装火药 2—4 两，填铁砂或枣核钉 1—3 斤，用粗黑香在信口点火，杀伤距离 100—150 米，扇面 20—30 米，击中掌面 5—10 粒，50 米近处可穿透人体或船板，浑如秋风扫落叶，威力巨大。他赶紧说：“老康，快回家扛过来看看！”

唐家耕便回家取了过来。金国才翻来覆去地看，连连说：“不要紧，肯定能修好！铁砂和枣核钉好弄，全包在我身上！”

邹荣庆笑道：“有这东西，就怕鬼子和二黄来得不多，打起来不过瘾——一家伙轰过去，保准把这些畜生打成筛子！”

县委很重视蜈蚣荡民兵中队，又从县团调来四支步枪和部分子弹。这样除了鸭枪小队四支鸭枪和一根大抬杆，其他队员都配备了枪弹，个个精神抖擞，斗志昂扬。

张正和洪强带领民兵到蜈蚣荡最深处的野狐滩进行了一次实弹练习。

大家吃过早饭撑船出发，绕过连环墩，经过乌龟套，行了一个多时辰才到。野狐滩芦苇茂密，只有很小的一块水面，外面的风一丝儿也吹不进来，阳光艳艳的，又热又闷，让人气都喘不过来。张正设置了安全警戒，选择好插靶的位置插上靶，先叫大家复习一遍踩水瞄准，然后开始实弹射击——每人只限打两发子弹。张正看有的队员表情紧张，是担心打不出好成绩，给他们鼓气道：

“我们要把前方的靶牌当成可恶的日本鬼子和汉奸二黄，一定要消灭他，也一定能消灭他！沉着，冷静，把握好击发的时机，一定会打出水平来的。”

射击结束后，情况大好，一个脱靶的都没有。

三

不到一周的民兵训练告一段落，整支队伍对抗击日伪的信心大增。所有民兵恢复生产劳动，以后不定时地进行秘密集体训练和政治学习，随时准备应对日伪军的第三次“扫荡”。

连续几天的紧张忙碌，让张正黑瘦了不少，胡子拉碴的，宝玲心中有说不出的舍不得。这位湖上姑娘已经情窦初开，芳心萌动，深深地爱上了这位比她大五岁的新四军营长哥哥。

自从杜家买了二百只新鸭，杜俊山就不打鱼了，把渔船让出来给张正：

老鸭子给张正放，凤华放新鸭。晚上把鸭子赶回鸭栏，由睡在墩子上的张正守望。每天宝玲送晚饭给张正，等他吃完还要赖皮一会儿，问这问那的，还要听故事。张正也不嫌烦，有问必答，还讲故事给她听。宝玲没有上过学，纯洁天真得像一张白纸，张正刻意给她灌输一些科学和社会知识，开拓她的眼界，并给她传输抗日救国的道理。宝玲睁着一双清亮的大眼睛，看着张正的脸，听得津津有味，十分入神。她对张正真是崇拜极了，每次都不想离开，经常是张正催上几次，她才恋恋不舍地爬出窝棚，撑船回家。

张正只给宝玲讲故事，对自己的出身和家史绝口不提。宝玲问过几次，都被他转移了话题。每次回忆家里遭遇的惨祸，都像在流血的伤口上撒一把盐，腌渍得他不能忍受。如果他讲了这些，他不能担保自己不会痛苦失态，也必然会引起宝玲的滂沱泪水。宝玲是个特别善良的姑娘，听到故事感人的地方都会泪花闪闪，他不想让她过分伤心。

这天张正吃过晚饭，对自己腿伤总不能完全恢复原状感到着急，无意中说了一句“四年前左腿也中过枪伤，半个月就好了”，被宝玲逮住话头，问是什么情况下受的伤，在哪里养好的，张正只好把当年在扬州北郊受伤、养伤的过程简要地讲给她听。宝玲听得心疼不已，眼泪汪汪的，硬要张正把裤筒捋起来给她看伤疤。这让张正怎么好意思？因为伤处正在大腿上。这个单纯无邪的姑娘居然隔着裤子去抚摸，张正竭力忍住皮肤痒，简直都不能自持了。

“小张哥，你太可怜了，请你以后再也不要受伤，好吗？”宝玲的手指终于摸索到伤痕，哽哽咽咽地说。

张正终于笑出声。他觉得宝玲真是太孩子气了，可她是真心实意的，是掏心窝子的话，只是表达直接而单纯罢了，于是连连答应：

“好的，好的，小张哥以后再也不受伤了！”

“你说的——咱们拉钩！”宝玲抬起脸，梨花带雨，楚楚动人，伸出一根小指头来。

张正和她拉了钩。

过了会儿，宝玲幽幽地说：

“小张哥，那个哑巴姐姐也像我天天这样一个人来送饭给你吃吗？”

“是啊。”张正心想也真是奇怪了，当时为了安全，父女俩也同样为他在芦荡深处搭了个窝棚。而且哑巴渔姑当时跟宝玲一般大，也是十八岁，甚至身材、长相和神态都十分相像，难怪受伤那天被抬到杜家看到宝玲时他甚至都恍惚了……而且，她俩也是同样的娇憨可爱——只不过一个不会说话，一个饶舌得像百灵鸟似的！

“哑巴姐姐真幸福，可以一个人照顾你。”

张正简直惊呆了，他明显地听出宝玲话里有嫉妒的成分。他想如果让她知道哑姑为了掩护他跟他假扮夫妻裸睡一起，岂不是更要打翻醋坛子？！

“小张哥，你伤养好了回部队，哑巴姐姐舍得你走吗？”宝玲又继续问道。可话刚落，她自己却又咬着嘴唇流泪了。

张正眼眶也潮湿了。他想自己真是幸运，在遇到危险时，总能被善良的百姓所保护，总是遇到可爱而痴情的好姑娘……他想起了自己临别前哑姑和他厮守在一起的那个夜晚……

“舍不得，但我必须要回部队。”张正老老实实地回答，伸手替她抹去眼泪，像对当时的哑巴渔姑一样。当时哑巴渔姑在他临走前一晚，也是哭得稀里哗啦的。

“我也舍不得你走！”宝玲紧紧抓住张正的手，“我要跟你到部队一起打鬼子!”

“你真想当女兵?”张正笑起来。他想这倒未尝不可,如果杜家同意,宝玲可以到部队当个卫生员。

“想!”

“好,我一定考虑。”

“拉钩!”

于是俩人又拉钩。

……

第八章　刺探情报

一

蜈蚣荡在宫田眼里就像个斗大的馒头没处下口，欲罢不能，欲弃可惜。他干脆把这个“馒头”赏给伪军，指令黄德龙一定要把蜈蚣荡的情况调查清楚。

黄德龙原本是高邮湖的土匪，后来被国民党招安，现在又投靠日本人，成了“二黄”。他手上有一百几十号人马，对外号称一个营，人称“黄营”，营部设在真武庙。黄德龙平时不住营部，而是住在姘头小梅红家里，营部的事务大多交给他手下的两员干将厉老四、厉老五两兄弟负责处理。

小梅红原本是个唱淮剧的青衣，戏班子在高邮珠湖剧场演出时，被当地富户——裕和粮行的老板徐锡连看上，纳为三房姨太太，备受宠爱。可好景不长，几年后徐锡连染病去世，她便被徐家扫地出门。之前的戏班子已经散伙，她只好投奔麒麟镇开花粉店的寡妇姨妈。姨妈收留了这个外甥女儿，没两年也去世了，把家当全留给了她。她却不知珍惜，染上了吃大烟的毛病，结果没多久便把店面盘了出去，遣散了家里的伙计和女佣，自己沦为暗娼，靠卖笑献身维持生计。今年正月麒麟镇沦陷，她便很快投进了伪营长黄德龙的怀抱，凭借戏子的玲珑心意和风月功夫，让黄德龙对她欲罢不能，大多时间都在她家留宿，喝酒打牌，把这里当成另一个公干地点，甚至很多事情都让小梅红去应付。

小梅红家在杨家巷，距伪军营部不过二百多米，是个老式四合院，坐北朝南的三间大瓦房是正屋，对面的三间小瓦房是厨房、杂物间等辅助性用房。院子里铺着小砖路，通向两边耳房。天井里的花台上种着月季、栀子和凤仙等花草。

从宫田那儿回来，黄德龙带着厉氏兄弟来到小梅红家，在堂屋里商量蜈蚣荡这边的头疼事。

黄德龙坐到八仙桌旁的太师椅上，厉氏兄弟不敢坐下，分站在两边。

“二位兄弟，宫田太君现在把蜈蚣荡这个烂山芋撂给我们了，大家一起想想办法。皇军有高邮大本营给他们送给养，却不肯全供着我们，我们一百多号兄弟的肚皮是个大事，不‘扫荡’就会挨饿。本来以为能从沿湖村搜些粮的，想不到这次在皇军的配合下水陆两路‘进剿’，村里一粒粮没弄到，内湖荡船也进不去，真让老子丢了大脸了！”

厉老四接口道：

“大哥，虽说我们在蜈蚣荡没有像在别的乡遭到游击队的抵抗，但兄弟我估计这里肯定也有了共产党新四军的人在背后作怪，不然凭那二十几户湖民，能团结得那样紧，能把个湖荡防守得密不透风？”

黄德龙叹息道：“我也是这么想的，共产党新四军真是无孔不入，连个穷湖荡也不放过啊！”

“干脆再杀他个回马枪，如果搜出共产党新四军的人，当场枪毙！掩藏共产党的人家也要枪毙！”厉老五直愣愣地嚷道。

黄德龙说:“你知道蜈蚣荡有多大?就凭我们这点兵力,怕是连水都搅不浑。”

“那怎么办?”厉老五瞪着一双牛眼,气咻咻的。

厉老四说:“我觉得还是派刘二虎去摸摸情况,他是个水猴子,对水面熟悉,只是要找个搭档,两个人找条小船,直接混到蜈蚣荡里面去!”

黄德龙点点头,同意道:“这好办,我叫夏疤眼跟他一起去,他们搭伙惯了的。”说完,指着厉老四对厉老五说,“你要跟你哥哥学习,遇事要多动些脑筋,不要冒失,跟共产党新四军斗不是好玩的!”

“是,大哥。”厉老五点头哈腰。

“那就这么定了。”黄德龙一拍椅子说,“老五,你现在就去通知他们二人,要他们化装成打鱼的,混在蜈蚣荡上渔民中间,把真实情况摸清楚,不要打草惊蛇。”

“好的,大哥!”

二

天刚放亮,张正就悄悄爬出看鸭棚,在大墩子上来回散步。

“跌打损伤一百天。”经过在蜈蚣荡这三个多月的休养,张正的腿伤基本痊愈,走路、撑船已全无大碍,只是还不能吃猛劲。前两天他一时兴起,在墩子上试着打一套少林拳,弹踢时还是有些隐隐的牵痛。

他渴望回到部队里去,但目前蜈蚣荡的反“扫荡”形势日渐严峻,需要他留下来,配合县委区委的安排,组织领导民间抗日力量和日伪军作坚决的斗争。而他也对这块保护他的地方产生了深厚的感情,昨晚宝玲娇憨又勇敢地向他表达了爱意，让他深受感动。其实他也越来越喜欢这位可爱的姑娘，这一点他瞒不了自己，也瞒不过别人，想起几天前林华生调侃他的那一句"看来你是想在蜈蚣荡安家喽"，他的嘴角不禁露出笑意来。

今天已经立夏了。他敞开布褂迎着习习湖风，感到十分舒服，神清气爽。朝霞满天，嫣红如丹，倒映在广阔的外湖面上，更增添了湖水的秀美。

如此美丽的湖光水色，岂容鬼子逞凶狂？他想，要抓住眼下有利的时机，加紧训练，准备迎接更复杂、更艰巨的斗争。

这时，一阵夏雾从湖面上飘忽而过，一会儿浓，一会儿淡，给湖面罩上了一层朦胧的面纱。轻雾散尽，远处的湖面上出现了第一条打鱼船。站在船头上撒网的身形瘦高，后面撑篙的稍微矮胖，两个人均戴着草帽，却东张西望，显得心不在焉。自张正开始放鸭以来，湖上打鱼的他都认识，这两个人却是让他觉得陌生，他本能地产生了怀疑和警惕，站在墩子上的隐身处，凝神观察那两个人的一举一动。

这时杜俊山从一侧撑着大木桶过来了，上了墩子对张正说："今天立夏，过来逮两只鸭子，杀好了让宝春带到林老板家里去。"

张正要他不忙逮鸭子，指着湖面上那条撒网船说出了自己的怀疑。杜俊山有红眼病，迎风流泪，说"那我过去看看吧"，跨进木桶朝那边撑去。行至近处，杜俊山发现这两人不像是渔民，渔民一般都有些罗圈腿，站在船板上两脚是分开的，而他们不是；另外，早上太阳未升高，渔人一般是不戴草帽的，而这两人却把帽檐压得很低。船头上那个瘦高个子连网都撒不圆，别别扭扭的。再仔细看倒吃了一惊：这不是麒麟镇上当了伪水警队长的地痞刘二虎吗？还有一个他不认得，但看到那人右眼角上有个疤。他定了定神，问："请问船家，有没有花鱼[1]卖？"后面撑船的疤眼答道："刚撒网，还没打到鱼哩！"

杜俊山撑着木桶转回到墩子上，把情况报告了张正，说这两个人肯定是镇上来的探子。

"大叔，你别急，等凤华她们来了商量一下再说。"正说着，凤华和宝玲撑着放鸭船过来了。姑嫂俩系好船跨上墩子，拎着早饭篮子的宝玲就娇叫起来：

"小张哥，今天立夏，我给你带来了煮鸡蛋！"

"嘘——"张正对她做了个噤声的手势，接着说了刚才发现的情况。两人吓了一跳，急问怎么办。

"大叔，你赶快逮了鸭子回去把情况告诉宝春，让他向林老板作个汇报！"张正吩咐。

杜俊山依言行事，麻利地逮了两只老鸭撑着木桶回去了。张正对凤华和宝玲说："今天我不放鸭，防止这两个家伙跟我搭话，以免我的家乡口音引起他们怀疑。你俩一人一条船把鸭子放到那边去盯着，和他们保持不近不远的距离，不能让他们看出破绽。"

刘二虎、夏疤眼在蜈蚣荡装模作样打了半天鱼，鱼没有打到几斤，也没有看出湖上有什么异样情况。同时，他们还观察到进荡田劳作的都是老实巴交的渔民。一切都是风平浪静的样子，没有丝毫共产党新四军活动的迹象。这让两个家伙心中颇为纳闷，决定明天进内荡转悠一下。他们注意到

---

① 花鱼：鲤鱼。

上次来“扫荡”遇到的水下工事，原来只是大船无法通行，湖民的小船载重轻，完全可以自由往返。

到了中午，他们没有饭吃，被太阳晒得头昏眼花，便忍着饥饿回麒麟镇去了。

夜幕降临，湖面上静悄悄的。宝春带着洪强来到张正的看鸭棚。宝春向张正汇报：“经我们内部人打听，刘二虎、夏疤眼是黄德龙按照宫田的意图，派到湖荡里来打探情况的。蜈蚣荡防备如此严密，他们怀疑有共产党新四军在幕后策划和指挥，想弄个明白，所以来了这么一招。”

洪强打趣道：“好笑，来打探也不找两个会打鱼的！”

张正沉吟了一会，说：“日伪军派人来刺探情况我是考虑到的，因为前次他们来湖荡什么也没捞到，肯定心里不甘，这次换个方法来摸摸底细。这两人现在还耐得住性子，但等发现在湖上什么也打探不到的时候，可能会狗急跳墙，在夜里偷偷摸上湖里的有鸭栏的墩子，或者在湖上主动挑起事端，看我们是否有反应，有动作。因此我们要想好对策，早做防备。”

“是的，”宝春说，“林老板指示我们设法撕去这两人的伪装，把他们赶走，不让他们逗留在湖荡里。”

张正说：“事不宜迟，明天我们就采取行动。”

三个人一起商量了具体的行动方案。

三

第二天，刘二虎和夏疤眼果然又来到蜈蚣荡，见昨天一直在他们周围放鸭的两个女子又过来了，心头很来火。刘二虎存心找茬，站在船头上喊道：

“哎，你们这两个女子，不能把鸭子赶到别处去放？老在这里绕来转去影响我们打鱼啊！”

宝玲毫不客气地回喊道：

“你说我们影响你打鱼，我还说你们还影响我们放鸭哪！我们一年到头都在这里放鸭，你们才来打了几天鱼啊？”

刘二虎被噎了一下，说：

“哎哟喂，这丫头嘴利舌薄的，说话跟切菜刀差不多嘛！”

凤华接上腔说：

“什么嘴利舌薄说话像切菜刀！这湖本来就是用来打鱼和放鸭的，你打你的鱼，我放我的鸭，有什么影响不影响的？”

夏疤眼站在船尾，拄着篙子说：

“还能没有影响？这毛鸭子钻来钻去的，不把鱼吓跑了？”

宝玲扑哧一笑：“真是外行，你们根本就不懂打鱼！”

夏疤眼恼羞成怒：“我们不懂打鱼，那你说我们是干什么的？”

凤华说：“我们哪晓得你们是干什么的——你们是干什么的，你们自己心里有数！”

这句话点到了他们的要害，刘二虎挥着胳膊说：

“我们是干什么的？我们就是撒网打鱼的！今天你们不把鸭子赶走就不行！”

宝玲把篙子往水里一插，说：“我们就不走，看你能怎么样？”

待在不远的洪强、唐福兴、纪同富见时机已到，都赶着鸭子向这边靠拢过来。宝玲喊道：

“洪哥，请你们评评理。这两个人说我们放鸭子影响他们打鱼，硬要撵我们走哩！”

洪强说：“放鸭和打鱼，共用一湖水，你们撵人家走是什么理呀？”

刘二虎没好气地说：“不跟你们说，你们本来就是一伙的。”

洪强提高声调顶回去：“吃的盐和米，讲的情和理，这不是什么一伙不一伙的问题！”

刘二虎见说不过这帮放鸭的，气哼哼地把手上的网使大力朝湖里撒去，脚下没定力，倒被网带了出去，一头栽入水中，往外钻时，因在水中身体已经发生前移，正好被缓缓下沉的渔网兜住。饶是他水性好，也挣脱不出来。夏疤眼在船上急了眼，把篙子伸过去够，但洪强的放鸭船已经撞上他的船身，“哎呀呀……”，身体笨重的他也跌扑出去，在湖水中激起笆斗大的浪花，凤华、宝玲在放鸭船上笑得连腰都直不起来了。

洪强朝唐福兴、纪同富使了个眼色，一起跳下水去。唐福兴、纪同富游向刘二虎，把渔网扯来拉去的，刘二虎刚要挣脱又被扯住了；洪强游向夏疤眼，这家伙只会“狗刨”，没命地打着水朝自己的船游过去，洪强在旁边不断推他的身体，看似帮忙，其实屡屡让他改变刨水的方向。三人见戏弄得差不多了，才把两个“落水猴”弄上了船。刘二虎喝了一肚子湖水，瘫在船舱里一口一口朝外哕呕，脸白得像一张纸。夏疤眼也呛了好几口水，歪在刘二虎脚边不停地哼哼，肚皮像蛤蟆肚皮一样急剧地起伏着。

洪强在船上朗声说道：“你俩在船上慢慢歇着吧，我们到别处放鸭去了！”

过了好一会儿，刘二虎、夏疤眼才有气无力地坐起来。两个人狼狈相向，欲哭无泪。渔网不知沉到哪里去了，他们没有心思也没有力气去找，估计也找不到了。被几个放鸭的耍得差点送命，他们发狠一定要出这口气。不过，经过这番折腾，两人元气大伤，最要紧的是先回去找个地方调养两天，再过来寻衅报复。黄营长那边不忙去汇报，因为他们还没有打探到有价值的情况，去了也是挨骂。

躲到哪儿去调养呢？刘二虎坐在船舱里想来想去，也没想到合适的去处。他二十七八岁了，虽然外表生得不俗，但至今孤身一人，因为他痞里痞气的，没有姑娘愿意嫁给他。特别是日本鬼子来了，他投靠进去当了伪水警头儿，人们表面上不敢冲撞他，背地里早把他的脊梁骨戳烂了。想到这里他不免有点黯然神伤。

过了一会儿，他突然想到了镇上大户庞德坤家。正月里，日伪军攻打麒麟镇，庞德坤打点细软带着老婆女儿乘船逃亡去了外地，把庞家大院丢给了在他家帮佣的表妹沈苹香。沈苹香是个年轻寡妇，丈夫是得痨病咯血死的。刘二虎和她关系暧昧，平时经常接济她一些。现在庞家只有她一人看守，那里有住，有吃，有喝，是个好去处。

两人回到镇上，敲开庞家大门。沈苹香看他们一身晦气，像瘟鸡似的，惊讶得倒吸了一口凉气。刘二虎飞快地闩好门，要沈苹香到里屋说话。

“你们是不是赌钱输了被人打了？”沈苹香问。因为以前发生过这样的事，他输钱赖账，结果挨殴受伤。

“没有，现在哪个敢打我！”刘二虎讪笑着，赶紧在沈苹香腮帮上亲了一下，说这几天被黄营长差出去找情报，太累了，想偷偷躲在这儿歇养两天，“还有夏疤眼，我们两个人——你替他另外收拾个房间。”

沈苹香朝他妩媚地一笑，心领神会，赶快去厨房给两人做吃的。

四

刘二虎和夏疤眼在庞德坤家调养了两天，觉得精力恢复得可以了，趁天蒙蒙亮的时候，划着打鱼船又来到了蜈蚣荡。这次他们撕去了打鱼人的伪装，直接把小船撑进内湖荡，转来转去。在张正躲藏的大墩子外围，他们停住船，一面分香烟抽，一面朝墩子上张望，指指点点的，好像在商量着什么。而张正早就注意到他们，从窝棚里撤到墩子隐蔽的草丛间，手里紧握着防身的驳壳枪。他估计由于杜家人往来这个墩子次数太多，已经引起这两个汉奸的怀疑。

两人抽完烟并没有踏上大墩子，而是马上把船撑向了外荡，拐进一条夹沟，把船藏在芦丛间，上岸步行回麒麟镇去了。

刘二虎、夏疤眼的一举一动都暴露在凤华、洪强他们几个放鸭的眼中。当刘、夏二人从外荡钻进内荡时，他们几个的心都要提到嗓子眼了，故意齐声吆喝鸭子给大墩子上的张正以提醒。凤华还唱起了嘹亮的民歌：

一只鸭子一张嘴哪，
两只（那个）眼睛两条腿，
走起路来两边摆哪，
扑通（那个）一声跳下水。
呱、呱，咦啧啧唻！咦啧啧唻！
呱、呱，呱来呱去不成双哪！
咦啧啧唻！咦啧啧唻！

这首民歌叫《数鸭蛋》，在这片湖上已经流传几百年了，节奏明快，声调又高，特别是唱到唤鸭子的拟音“咦啧啧啉！咦啧啧啉！”时，几条船上的人一起高声合唱，整个湖荡都回荡着他们的歌声，不愁张正听不见！

看到两个家伙把船撑向北面夹沟，洪强悄悄尾随过去，发现了藏在芦丛间的那条小渔船，飞快地回去向大家报告了情况。

张正从大墩子上下来，登上了洪强的船，和大家一起商量应对之策。

“刘二虎和夏疤眼前两天吃了大亏，重新回到湖荡肯定是想报复，但归根结底还是想找出共产党新四军，找不到线索他们是不会停手的。今天他们的表现显然是对我住的这个大墩子有了怀疑，他们匆匆收兵并不会就此罢休，而是下决心要对大墩子下手——他们没把船划回去，而是藏在附近夹沟里，我估计他们今夜就要摸上大墩子进行突击搜查。”

“那我们民兵中队把这两个汉奸打死算了，就算他刘二虎带多少伪水警来也不怕！”听完张正的分析，洪强气愤地说。

“不行，”张正说，“敌人目前对蜈蚣荡是否有共产党新四军只是怀疑，为这两个家伙过早暴露我们水上民兵队，引来日伪疯狂报复不值得。我们的武装眼下只能进行战略防御——不主动惹敌人，敌人来了也不怕！”

洪强着急地说：“但小张哥，这大墩子你暂时不能待了，必须转到更隐蔽更安全的地方去。正如你所说，你是外地口音，如果他们向你问话，肯定会露馅的！”

“地方我早就安排好了。”凤华有些得意地说。她说三个月前，她、公公和宝玲在芦荡深处一个不起眼的小墩子上搭建的一个矮棚子，就是应急时用来让小张哥躲藏的。

“那太好了!”洪强、黄良才和纪同富一起向她和宝玲竖起了大拇指。

张正同意暂时转移,却又说:

“这两个汉奸今晚过来,我们可以将计就计,狠狠惩治他们一下!”

五

落日的余晖洒满了澄静的湖面。各家的鸭子都陆续上了湖墩进了圈栏。凤华和宝玲把张正接上船,向隐蔽的小湖墩撑去。芦苇现在已长到两三米高,密密匝匝的,在狭窄的水道中行船已经非常困难,在距离墩子四五十步的地方实在撑不过去。凤华要张正把席子、被褥背上,自己下湖背他蹚水过去。张正不同意,说自己可以走。凤华说林老板交代了,他的腿伤不能凉水激,水底还有芦苇断根,别不小心刺破了脚底。张正只得依了。凤华背着张正小心地向前蹚着走,水深齐胸,又硬又尖的芦叶划得人又痒又疼,蜘蛛网更是粘得满头满脸。脚下的淤泥紧紧吸住脚,用力一拔便咕噜咕噜地翻起了气泡,带着一股腐臭的怪味。好不容易来到小墩子上,凤华已累得气喘如牛,脸色发白了。

张正非常过意不去,但不知说些什么只好说了一句“怎么芦苇都长这么密了”。凤华接口说:“这不好吗?这样敌人就进不来,进不来就发现不了这块‘宝地’!”又说,“不管外面发生了什么,你都不能出来,一切有我们,你尽管放心好了!”

铺好了地铺,凤华顺原路返回,上了等候着的宝玲的小船,飞快地撑回了家。

六

果然不出张正所料，大约半夜时分，一条打鱼船鬼魅似的出现在空荡荡的湖荡上。

上午刘二虎和夏疤眼专门把船撑进芦苇荡绕了绕，见里面不少湖墩子，感觉很可能有共产党新四军的人坐镇在哪个墩子上，幕后指挥着湖上百姓和日军周旋。特别那个大湖墩，四周芦苇围簇，墩上绿树蓊郁，最为可疑。他突然想起前两天在湖里假装打鱼，好几次有船往来这个大墩子，说不定就是送饭和送信的！他越想越像，要夏疤眼把船停在大墩子外面，两个人边吸烟边仔细观察，却不敢上去搜索，因为他们没有带枪，怕万一碰上新四军白白送命，便决计先回镇上，吃饱喝足休息好，夜里再带上家伙过来突击搜查，打他个措手不及。

从夹沟撑往湖荡的水路上，刘二虎心里冷笑着：这几个放鸭的，以为让我刘二虎呛了几口水就害怕，就罢休了，等会儿老子突然闯上大墩子，如果逮到了共产党，第二天带水警来把他们统统抓走！

小船插进内荡，他一眼看到那个大墩子上还点着灯，心里不由得一阵狂喜，说不定共产党正和老百姓在开着什么会呢！他低声催促夏疤眼："快撑！今晚立功受奖的机会到了！"

小船像游蛇似的悄悄划向大墩子。两个从舱板底下摸出上满子弹的盒子炮[1]，蹑手蹑脚地上了岸。没走几步，刘二虎脚下绊了一根绳，朝前一

---

① 盒子炮：即驳壳枪。

扑，跌了个嘴啃泥，立时惊动了鸭栏里面的鸭子，呱呱呱呱乱叫起来。凤华、宝玲迅速爬出鸭棚，大声喊叫起来：

“有人来偷鸭子啦，抓贼呀！”

洪强、唐福兴、纪同富从鸭棚外面隐蔽的草棵里一下子冲了出来，用竹篙和木桨朝刘二虎和夏疤眼劈头盖脸地打过去。两个人左躲右闪，防不胜防，被打急了，夏疤眼开口嚷嚷：

“我们不是贼！我们是麒麟镇上水警队，奉‘黄营’命令过来搜查共产党新四军的，不是来偷鸭的。”

洪强大声回答：“不管你是‘黄营’还是‘绿营’的，深更半夜来到我们看鸭墩子就是偷鸭的贼！”说着，又噼里啪啦地一顿打。

“晚上看鸭怎么要这么多人？我看你们这里有共产党，你们是躲在这里开会的！”刘二虎挨疼不过，也大叫起来。

“白天就看你们俩鬼头鬼脑围着墩子转，估计就是想夜里来偷鸭的，所以专门来等着你们！”

“笑话，我们水警队什么没有，要夜里来偷你们的鸭子！”

“你们不是来偷鸭子，怎么三番两次化装成打鱼人在我们荡里转？”

“我们就是来调查共产党新四军的！你们不但用鸭子妨碍我们调查，现在还打我们，分明就是抗日游击队！”

“你抬举我们了，如果我们是抗日游击队，还用篙子和木桨打偷鸭贼吗？早开枪打死你们了！”洪强一挥手，三人同时又打了上去。

“哎哟……别打了，老子手里可是有盒子炮的！”刘二虎声嘶力竭地号叫着。

“你开枪试试！枪声一响，沿湖村的百姓和附近的渔民全过来了，看不把你俩当土匪打成死狗!”洪强怒吼道。

“开枪呀,不开枪是狗日的!”唐福兴和纪同富也骂了起来。而凤华和宝玲更大声地对着湖面大喊大叫起来:

“抓偷鸭贼呀!”“捉土匪呀!”

刘二虎是见识过湖民打土匪的场面的,能用鸭枪把你浑身打成筛子。他心里哀叹今晚又栽了,色厉内荏地发狠道:

“好,算你们狠,总有一天叫你们认得老子!”

“放心,早就把你们两个偷鸭贼刻在心上了!”

刘二虎拉着夏疤眼跌跌磕磕地撤到船上,狼狈不堪地离开了。船行出好远,还能听到大墩子上传来的嘲笑声。

七

刘二虎、夏疤眼偷鸡不成蚀把米,在蜈蚣荡再次吃瘪受辱,回去越想越气,越想越觉得蜈蚣荡有共产党新四军。他们哭丧着脸去向黄德龙汇报,黄德龙这几天正赌得兴起,痛骂道:“奶奶的,既然有共产党新四军在那边,给老子去搜!搜不到抓几个带头捣乱的老百姓回来!”

第二天上午,刘二虎和夏疤眼率领伪水警队划着两条大木船进入蜈蚣荡后,用铁皮喇叭喊话,说湖荡里有共产党、新四军,要逐船检查,挨个墩子搜查。张正知道,恼羞成怒的敌人要来硬的了,但在目前麒麟镇日军还未介入的情形下,还不宜动用水上民兵与其发生正面冲突,只能暂时与其周旋。

洪强、唐福兴、纪同富和凤华、宝玲他们故意把鸭子赶到水警船前面,摆起了鸭阵,阻止他们在湖荡里横冲直撞。仇人相见,分外眼红。刘二虎和夏疤眼指挥水警用大船直接进行碾压,还用桨打鸭子。鸭阵被冲打得七零八落,扑扑乱飞,呱呱惊叫,伪水警们觉得好玩,开怀大笑,却惹来放鸭人的愤怒詈骂。

伪水警们带来了拆坝的工具,费了九牛二虎之力,终于拆开一道“防鬼工事”,把船驶进了内荡的水路,然后在里面绕来绕去,并登上墩子检查。这个洪强他们倒不担心,因为小墩子伪水警队的大船无法抵近(小船都挤不过去),可以说是芦荡中最隐秘的地方。

放鸭的中饭都在船上吃。中午时分,杜俊山撑着木桶把饭篮送到湖上,凤华匆匆吃完,把鸭子让宝玲代看,飞快地撑船从另外一条水道绕到小墩子附近,去给张正送饭。之所以不让公公去送,是因为撑木桶比较慢,容易被伪水警发现,而且还要蹚上一段水路,公公不如自己灵活。

凤华送过饭回到船上往回撑,刚刚转过弯,正好看见前面来了伪水警船,想躲避已经来不及。而船上的刘二虎也发现了她,厉声喝问:

“那放鸭的女子到这里来是干什么的?”

凤华干脆迎面撑过去,大声说:

“鸭子被你们大船冲散了,我来找找不行吗?”

“你身上衣服都湿成这样,是怎么回事?”

“我下水逮鸭子的,没抓住!”

“明明是编谎! 兄弟们,把她带回‘黄营’问问!”

几个伪水警上来把凤华硬拉过船带走了。进了外荡,凤华大声呼救,洪强他们撑着放鸭船在后面紧追,但哪里追得上!

洪强赶紧到张正隐藏的小墩子报告凤华被伪水警队抓走的消息，张正听了大吃一惊，紧锁眉头考虑了一下，对洪强说：

“你赶紧让杜大叔去镇上，到德源药房把情况告诉林老板，想办法营救凤华。时间紧急，越快越好！”

第九章　营救凤华

一

凤华被伪水警队带到设在镇上真武庙里的伪军营部。厉老五立即亲自审问。如果审出共产党新四军的线索，可以向宫田和黄德龙两边邀功，因此他要刘二虎回避，只带了夏疤眼和两个伪兵押着凤华进了大殿。

大殿里很空旷，凤华衣服湿漉漉的，冷得有些发颤。她咬着牙，握紧拳头，像棵松似的站着。厉老五一条腿跷在板凳上，口中喷着烟，喝问：

"你叫什么名字？"

"苗凤华。"

"蜈蚣荡有没有共产党新四军？"

"你们不是派人去了几趟吗！有没有共产党新四军，问我一个放鸭的做什么？我不晓得！"

"那上次我们配合皇军去征粮，是谁叫老百姓跑到湖荡里去的？"

"还要人叫？不能不要命哎！你们下乡哪里是征粮，是去抢粮食、抓鸡、牵猪，老百姓不往湖荡里躲，往哪儿跑啊？"

"哟嗬，你嘴还蛮厉害的嘛！那又是谁要你们在进内荡的水路上打桩下梢的?”

“是保丁韩小甩子通知的。春水那么大,不少小圩都平水了,打桩下梢是挡浪护圩的。这有什么不对吗?”

“就是不对!你们打桩下梢就是专门用来阻拦我们大船进荡搜查的!”站在厉老五旁边的夏疤眼气哼哼地喊了起来。他最恨这个放鸭的女子,他和刘二虎两次吃苦头都因为她!

“我说的句句都是实话,不相信是你们的事!”

“看来不给你点颜色,你是不会老实的!”厉老五恶狠狠地吼道,“来人,把她给我吊起来!”

门口两个伪兵走过来,把凤华双手绑在背后,用粗绳子扯上了二梁。

凤华的臂膀像断了一样,撕心裂肺地痛着,她的眼泪唰唰地流下来,哭喊道:

“疼死人了,救命啊!”

厉老五冷笑道:

“现在知道疼了吧,那你老实说,蜈蚣荡的共产党新四军在什么地方?”

“我不晓得,我真的不晓得!”

“还不肯说?给我用鞭子抽!”

夏疤眼拿起鞭子就向凤华抽去。凤华啊的一声,白褂子上马上渗出一道血痕。

厉老五骂道:“臭女子,你今天不说,老子非把你一身细皮嫩肉打烂不可!”

“我已经说过了,我不晓得哪里有共产党新四军,你说是共产党新四军安排的,那你们去抓就是了!”凤华咬紧牙关强辩,火辣辣的疼痛让她浑身直颤。

“和尚头硬，鸭子嘴硬，今天非把你的嘴巴撬开不可!”厉老五气急败坏地夺过皮鞭，对凤华又一顿猛抽。凤华的衣服被打烂了，身上血肉模糊，头耷拉下来，人晕了过去。厉老五叫伪兵端一盆凉水来，向凤华头脸上泼去。凤华醒过来，可连睁开眼皮的力量都没有了，只听到厉老五继续疯狗般地狂叫：

“快给老子交代！不然打死你!”

她用微弱而肯定的语气回答：“我不晓得!”

鞭子又唰唰地抽过来。

凤华又晕死了过去……

二

杜俊山急忙来到麒麟镇，南桥口站岗的伪兵认识这位常到镇上卖鸭蛋的湖民，也没有盘问什么，放他进了镇。

宝春听说凤华被刘二虎的水警船抓走，一时急得眼睛冒火。林华生也感到意外，安慰父子俩道：

“幸好这次鬼子没有参与，不然麻烦就更大。凤华现在肯定关在‘黄营’，我马上去找黄德龙疏通，想办法把凤华保出来。黄德龙土匪出身，土匪都爱财，绑人勒索是他们的惯用手段，他们手上没有凤华通新四军的证据，问不出东西，只能把凤华当‘肉票’使用。”

林华生要宝春沉住气，和吴琼待在店堂里，自己带杜俊山来到后屋，要他坐在八仙桌边，说：“杜大哥，你就在这里，喝喝水，抽抽烟，不要出去。”自己走进后屋里间，打开牛皮箱，取出一根“小黄鱼[1]”放在提包里，正要出房门，像又想起什么似的，又到妻子的梳妆台前，拉开小抽屉，把结婚时买给吴琼的一根玉坠儿拿出来，装在衣兜里。

看到林华生手里拎着包出来，杜俊山明白林老板是要去使钱了，马上站起身来，嘴唇嚅动着，激动得不知说什么好。林华生朝他做了个少安毋躁的手势，便跨出了门槛。

林华生知道黄德龙白天一般在姘头小梅红家，因此先径直来到杨家巷，用手轻叩院门。

开门的是小梅红新找的帮佣耿嫂。耿嫂是本镇人，前不久刚替儿子到德源药房抓过药。

“林老板，怎么是您?”耿嫂有些意外。她知道林老板为人正派，是不和不正经的人家往来的。

“我来找黄营长，在这里吗?”

“在西房间打牌呢!”耿嫂放他进来，又从里面把门关上。

东房间里，小梅红刚刚过足烟瘾，听见院里有人谈话，伸着懒腰问道：“耿嫂，谁呀?”

耿嫂回答说：“是德源药房林老板，来找黄营长的。”

小梅红推开房门，站到走廊上。林华生看她穿着一袭碎花绸缎睡衣，领口开得很低，露出半截丰腴的乳房，风骚动人，心里不由得感慨道：“不愧是个唱戏的，难怪黄德龙对她这么着迷!”

---

① 黄鱼：金条俗称，按重量分“大黄鱼”“小黄鱼”。

“哟,林老板呀,哪阵风把您给吹来了？快进屋坐!”小梅红朝林华生招招手,自己先款款地进了堂厅,在八仙桌上首的太师椅上坐下。自从她这里成了黄德龙的“行宫”,很多接待她都参与,当然也落得不少好处。

“姑娘,我有点事找黄营长,麻烦你通报一下。”进屋后林华生不卑不亢地在另一张太师椅上坐下,把提包放在八仙桌上。

“好的,您等着!”小梅红睃了一眼提包,站起身走过去,推开西房门,里面噼里啪啦的麻将声顿时变得十分响亮。

房间里面牌局正酣。维持会长袁保康也在,大概输了钱,不停地用手帕擦着头上的虚汗。

“黄爷,德源药房林老板来了。我帮你垫一把,你去看看吧!”小梅红走到黄德龙座椅后,嗲声嗲气地说。

黄德龙知道林华生在麒麟镇上是个有身份的人,营里不少兄弟头痛脑热的都到德源药房问药,连潘翻译官都去过,便离开牌桌来到堂屋。

林华生站起来打了拱手,说:

“不好意思,林某来给黄营长添麻烦了!”

黄德龙也客气地回敬,假装斯文地问:

“林先生找我有何贵干？坐下来讲!”

两人都落了座。林华生便把凤华在蜈蚣荡放鸭被伪水警当成嫌疑犯抓到镇上的事说了。“请黄营长看在我林某人的面子上放她回家吧,一个天天在湖上放鸭的女子,怎么知道哪里有什么共产党新四军呢?”

“这事我已经收到报告了,人被关在真武庙呢,既然水警把她抓来,肯定是要审问的——这女子是林先生什么人呀?”

“不瞒黄兄,她是我徒弟的新婚妻子。”

“哦——”黄德龙看着桌上的皮包，故作沉吟道，“我听说这女子不是省油的灯呀，我派人下去摸情况她总是带头捣乱，还打了我们的人呢！既然林先生出面说情，这面子我不好不给，但要带个信给你徒弟，把女人管管好，放鸭就老老实实放鸭，不要多管闲事，如果落到皇军手里，就不好说话了！”

“黄营长说的是，我一定要把信带到，要我徒弟回去好好管教。”林华生边说边打开皮包，把那根“小黄鱼”取出来，递到黄德龙面前。

“不成敬意，请笑纳！”

黄德龙看见黄金，心里很高兴，表面上还得故作姿态：

“这多不好意思……”

他把金条在手上把玩了一下，装进口袋，站起身说：“那就这样，林先生回家等着，我打完这八圈就到营部去瞧瞧，没啥事就放人。”便丢下林华生进西屋继续牌局去了。

小梅红出来送客，林华生从衣袋里掏出一个小锦盒。

“姑娘，小小心意，希望你喜欢。”

小梅红接过去打开一看，是块精致的小玉坠儿，嫣然笑道：

“林老板以后如果有什么事，尽管来找我好了！”

三

凤华醒来的时候，已经躺在营部伙房旁边阴暗的柴房里，身下是乱糟糟的稻草。她想爬起来，浑身火灼般疼痛，一点力气都没有。嘴唇干得翘皮，想喝口清水。她下意识地呻吟着，被守在门口的伪兵小锁子听见了，推开门进来，嘴里说："哎，人醒了！"

听见有人声，凤华想睁开双眼，眼皮却像有千斤重。她用微弱的声音叫道："水，水……"

小锁子走到门口，探着身朝伙房那边喊："崔妈！崔妈！"

"哎——"

伙房里答应道。午后伪水警队从蜈蚣荡回来，刘二虎让两个喽啰把上午冲闯鸭阵时用桨打死的四五只鸭子提了过来，说是晚上打牙祭。鸭子毛细，拾掇起来很费工夫，这当儿崔妈和烧火的老李头正在面对面地拔毛哩。

"小锁子，什么事啊？"崔妈在围裙上擦擦手走过来问。

小锁子轻声说："这个女子怪可怜的，人醒过来了，在哼着讨水喝，你去倒碗水来喂喂她吧！"

崔妈马上回到厨房里，倒了一碗凉白开端过来，蹲到凤华身前。透过微弱的光线，她看到凤华被打得遍体鳞伤，心疼得眼泪直流，她用左臂抬起凤华的头，把水碗送到凤华嘴边，哽咽着说："姑娘，水来了。"

凤华张开嘴喝了两口，把眼睛努力睁开一道缝，看见一张慈爱的面孔，小声哀求道："大婶，请你送个信到德源药房，把我的情况告诉他们……"

崔妈点点头，见她极度衰弱，又喂了两口水，轻轻放下凤华的头。这时崔妈看到凤华裤裆下有一摊血，吃了一惊，悄声问："姑娘，你结婚了吗？"凤华闭着眼睛吃力地点点头。崔妈走到门口对把风的小锁子说："这女子可能小产了。"

"什么是小产？"小锁子问。

"你不懂，小产就是……"

崔妈听厨房里在催她，忙走了回去。

小锁子出身贫苦,父母亲靠给人家打长工,养活一家人。他是被抓壮丁抓到黄德龙队伍里来的,每每遇到抢劫、敲诈的事,他都躲到一边,从不参与。崔妈走后,他又来到凤华身边。凤华从眼缝里见他进来,嘴动了动,似乎想说什么。

小锁子问:“你是不是有什么话想说?”

凤华仍没有作声。小锁子估计凤华看他是伪兵,便说:“你不要怕,有什么事尽管对我说,只要我能办到的,一定帮你。”

凤华这才说:“我请那个烧饭的婶妈帮我到德源药房带个信,不知她去了没有?”

“噢,她去厨房了——我去问问。”

崔妈正忙着上锅做饭,还没有腾出空来送信。她对小锁子说:“你好去一趟吗?”小锁子说:“有什么不好去的?又不是太远,我快去快回。要是有人问起来,我就说肚子疼去买药的。”崔妈说:“好,那你快去快回!”

小锁子“嗯”了一声,从厨房后门溜了出去。

四

“请问哪位是老板?”

林华生从小梅红家回到店里,正和宝春父子、吴琼说凤华的事,见一位十七八岁的小伪兵匆匆忙忙走了进来。

“我是,请问有什么事?”林华生稍微愣了一下。

“我是从真武庙来的,有个被抓来的姑娘让我送信给你们。她被吊打得很厉害,浑身都是伤,估计是要你们想办法赶快把她赎出来。”

听说凤华被用了刑，杜俊山嘴唇直哆嗦。宝春脸都白了，急问："我们能去看看她吗？"

小锁子说："现在什么人都进不去，我还是偷偷溜出来的！"

林华生说："好的，请你悄悄转告这个姑娘，说我们已经在救她了，要她放心。谢谢小兄弟来报信，请问你的大名？"

小锁子说："我叫刘长锁，人家都叫我小锁子。我在外面的时间不能长，得赶快回去了。"

没过多长时间，真武庙里又来了一个伪兵，传话给林华生，说营部叫带一百块大洋去把人保回来。

"混蛋，真够黑的！"伪兵走后，林华生忍不住骂了一句，又喊吴琼回到后院。不一会儿两人出来，林华生手里多了个布袋。

"喏，这是一百块大洋，你和你爸爸一起去真武庙把凤华接到这里来吧！"

宝春双手捧过沉甸甸的钱袋，眼泪像断了线的珠子滚落，哽咽着说："林老板，让您费心了……我……"

杜俊山更是局促得不知说什么好，只是不停地搓着粗糙的大手。林家这大恩大德，叫他如何回报！

林华生催促他们说："救人要紧，你俩赶快去，防止夜长梦多！"

父子俩匆匆赶到真武庙。宝春交了一百块大洋办了具保手续后，来到了伪军伙房边上的小屋里。宝春看了凤华一眼便泪如雨下，得知凤华被打得小产更是恨得牙齿咬得咯咯响。杜俊山要儿子不要冲动，在崔妈和小锁子的帮助下，把凤华抱到一扇破门板上，两人一阵风似的把人抬回德源药房。

吴琼和宝春在里屋对凤华进行了紧急救治。先替她洗了手脸，然后剪去粘在身上的带血的褂裤，给鞭伤敷药、消炎。凤华确实是流产了，好在刚受孕不久，对于吴琼这位专业的医护人员来说，处理起来不难……

末了，吴琼从后屋取来自己的干净内衣和一套褂裤，和宝春配合着给凤华换上。这一切做完，林华生敲门走了进来，对凤华说：

“凤华，你为保护张正受了这么大的苦，没有向敌人屈服，真是好样的！”

凤华只是默默地流泪。吴琼安慰她：“你这次受到毒打导致了流产，这笔账我们会跟敌人算的。你也不要太难过，孩子以后还会有的。开些补药带回去，让家人替你好好调理调理。”

父子俩在天黑前用担架把凤华抬回了沿湖村，一家人喜出望外。苗寿义老夫妻一直守在亲家这里，见了姑娘心疼得直掉眼泪。

第二天，听说凤华被放回来了，乡亲们都赶过来探望，不少人还拎着母鸡、鸡蛋和家里舍不得吃的红糖。韩老太太不顾家人的阻拦，让长工把她抱上小车，在儿子儿媳的陪同下，也来看望了凤华。

第十章　处死刘二虎

一

凤华受到双方家人的呵护，加上服了林华生精心配制的中药，身体恢复得很快，七八天后便能下床做些轻便家务，并出门慢慢转悠了。

这次凤华被抓，遭受严刑拷打，造成流产，差点送命，让蜈蚣荡水上民兵中队的所有队员心中充满了愤怒。现在他们手中有了枪，经过集训后形成了战斗力，加上湖上人性格中天生的勇敢和剽悍，他们跃跃欲试，强烈要求伪水警再来时要进行武装反击。

张正把民兵们的复仇心态和战斗诉求转告了林华生。林华生和区委其他同志经过讨论思考，认为眼下主动反击伪军滋扰得不偿失。麒麟镇的日伪尽管怀疑蜈蚣荡有共产党新四军活动，但他们没料到这里已经隐藏着一支完整的水上抗日武装，如果能利用敌人的这种“大意”，在日伪联合“扫荡”时突然反击，定会打他个措手不及，尽可能地杀伤敌人，这样意义会更大。

张正向全体民兵传达了区委的指示，得到了队员们的理解。张正要大家生产、训练两不误，严守民兵纪律，时刻保持对敌警惕，保持敌来能战、战之能胜的信心。

而麒麟镇上的伪军经过这次在蜈蚣荡一番折腾，也似乎消停不少，没有再过来。张正从隐藏处回到大墩子，白天继续放鸭，晚上看守鸭棚。金国才和邹荣庆两个队员先回家去，随时听候区委通知和调遣。

"树欲静而风不止"。想不到刘二虎竟然亲自送上门来了。

二

小满这天，近午时分，凤华到父母家吃饭。昨晚老两口来看女儿时约好的，说在滩沟里逮了只两斤多重的甲鱼，杀了炖汤给凤华补养补养。

弟弟凤明被送到天长工厂里学徒，跟着又在当地参加了新四军，这一晃就四年多了。进厂时还时不时给家里来封信，当兵后便音讯杳无，只是去年安徽的大姨父过来，才听说弟弟已经当上什么"长"了，全家都为之高兴，想如果哪天部队开到湖西，能够请假回来团聚。哪怕半天都好。全家人真是太想他了——当初如果不把他送出去，说不定现在都结婚成家了哩！但是当新四军也很好啊，新四军打鬼子和二黄，解放老百姓，更光荣！自从张正来到家里养伤，她就经常想起凤明，担心他在战斗中受伤，但她觉得弟弟不会，因为他从小就那么聪明机灵，读书后就更聪明了，还经常讲书中的故事给自己听呢！可是张营长难道不聪明不机灵吗？不也是读过书吗？照样受了伤，而且受过两次。张正以前受过伤还是小姑子宝玲偷偷告诉她的——这妮子，喜欢张营长呢！其实家里人全看出来了，有一次公公婆婆还偷偷谈论过呢，说小张这小伙儿真不错。但人家是新四军的营长呀，虽说伤差不多痊愈了，仍然留在蜈蚣荡，只是上级安排他在这里领导民兵中队跟麒麟镇上的鬼子和二黄斗，迟早还要回部队去的……现在她和父母一样，每逢初一、十五烧香时都默默祈祷弟弟在部队打鬼子能逢凶化吉，子弹炮火不沾身，等将来赶跑了敌寇，回家娶妻生子，一家人和和美美地生活在一起……

“哎，凤华！”

凤华走在路上一边想着心思，突然听见身后有人叫她的名字，停住脚步转头去看——竟然是刘二虎！这家伙今天显然化了装，戴着圆顶礼帽，穿着白色绸布褂裤，手里还捏着一把折扇，活像个戏文里的花花公子，闲闲散散地站在路旁一棵榆树下面。

仇人相见，分外眼红。但凤华没有意气用事，而是警惕地问：

“你又来到我们这里来干什么！”

“嘿嘿，在镇里待得无聊了，下乡转转，看看风景。”刘二虎嬉皮笑脸地说，“你伤好得蛮快的。”

“承你照顾，打得轻了！”

“又不是我要打的。厉老五没让我在场，我在场一定拦住他，不就是请你到营部了解情况嘛！”刘二虎尴尬地撇清自己，作解释。

“那打了我了解到情况了吗？”

“没有，你嘴比鸭子嘴都硬……不不，你口供紧，真是好样的！”

凤华讥讽地责问道：“那你今天又是来了解共产党、新四军藏在什么地方喽？”

“不是的，不是的，”刘二虎放低声气问，“听说你家找了个放鸭的，是吧？”

“我家找不找放鸭的关你什么事！”凤华心里猛一咯噔，抬脚走了。

凤华来到父母家屋后，撑上小船，出了沟直奔湖荡而去。

在湖面上放鸭的张正、宝玲、洪强、唐福兴、纪同富他们看到了凤华，马上知道发生紧急情况，随即靠了上来。

张正听完到凤华反映的情况，心中顿时燃起了熊熊怒火。上次麒麟镇日伪军水陆两路“扫荡”，是这家伙打前站到蜈蚣荡来打探，从韩小甩子嘴里套出村民藏身藏粮地点；这次凤华被抓，遭受严刑逼供，造成流产险些丧命，他刘二虎也是始作俑者；现在他居然贼心不死，又跑过来打探到自己头上来了。这是个死心塌地为日本主子效劳的汉奸，是个非常危险的祸害，张正决定利用这次机会把他除掉！

“刘二虎在凤华嘴里没掏出东西，肯定不会死心，还会找别人打听。这次我们不能放过他，叫他有来无回！”

张正宣布除奸，脸冷如铁！

三

刘二虎这次把凤华抓回黄营，满以为肯定能审出关于蜈蚣荡有共产党、新四军幕后指挥的信息的，尽管倔强的凤华在拷打审讯中咬着牙坚持不松口，但他不相信她还能熬过第二轮，人的意志不是铁打的，换到他刘二虎，怕是两鞭子抽下来就全招了。这一点他还是挺佩服凤华的，觉得她简直就是一条女汉子。但他没有料到的是，凤华的丈夫在德源药房当学徒，药店林老板亲自出面打通了黄营长的关节，居然把她给赎回家去了，让他邀功请赏的美梦泡了汤！

他感到十分沮丧，但怎么也不服这口气，决定私下继续调查。他是个天生的探子，昨天上午他穿着便衣在街市上闲逛，看见一个卖鱼的老者，认出是蜈蚣荡上放鱼鹰的，便上前一边假装买鱼一边搭讪，用充满同情的口气问：

“老伯，听说你们村上有个叫凤华的放鸭女子，被水警队抓到黄营打得不轻呀！”

老人嘴拙，说：“是哩！”

“现在还能放鸭吗？”

“不能哩，都小产了哩！”

“那咋办呢，有人帮她放鸭吗？”

“她家有个外地放鸭小伙哩！”

“哦——”刘二虎心里一动，“这小伙是外地哪里人呀？”

“你莫要跟我打听，我不晓得。”

老人这才警惕起来。他的小儿子也参加了水上民兵中队，反复叮嘱过父亲在外面千万不能提湖上事的。

刘二虎便不再问，买了一条四五斤重的大花鲢，拎在手上走进一条里巷，又拐了两个弯，来到庞家大院外，举手敲门。

沈苹香见是刘二虎送了条大鱼来，笑逐颜开，伸手接了过去。

刘二虎大声吩咐道：“一鱼两吃，头烧白汤，鱼身红烧——多放点辣椒，中午咱俩喝两盅！”

“好咧！”

沈苹香拎着大花鲢到厨房里收拾，刘二虎跟着进来，往旁边竹椅上一躺,跷着二郎腿,眯着眼抽起纸烟来,摇头晃脑地学着戏曲念白:“哎,这分明就是‘踏破铁鞋无觅处,得来全不费工夫’呀——”

“瞧你,今天怎么这么喜兴?”沈苹香哗哗地刮着鱼鳞,妩媚地瞟了他一眼。

“不告诉你哟!”刘二虎卖着关子,强压着内心的狂喜。

“告诉我嘛——”

刘二虎仗不住情人发嗲,说出了刚才无意间得来的信息。

“卖鱼老头说的那个外地放鸭的,十有八九就是新四军,难怪那个女子被打得小产了也不松口!”

“你是要向黄营和皇军报告请赏喽?”

“还不忙,我要亲自去打探坐实了,做到万无一失。”

沈苹香杀鱼的手突然慢了下来。

“你……你刚才说你把人家女子打小产了?”

“人是我抓的,可不是我打的。厉老五把她吊肉粽子似的吊在二梁上,先是夏疤眼打,后来是厉老五抽,死过去两回哩!”

“你们怎么能对一个小女子下这样的狠手……”

“哎呀哎呀,你们女人就是心软!”刘二虎不耐烦地说。

“二虎,我和你都是苦出身,不敢做伤天害理的事儿。你现在投了皇军,我也不十分反对,但皇军毕竟是客家,不能在麒麟镇守一世,迟早会离开的,到时你还要在这儿过活,作孽多了会遭报应哩。我家那痨病鬼熬不上几年,我还想跟你白头到老……”沈苹香垂下泪来。

刘二虎见沈苹香对他情重,心里有些感动,叹了口气说:“放心吧,我自己做事自己有数!”

"有数才好……"

见气氛不对,刘二虎只好换了话题,逗沈苹香说:"苹香,明天晚上我还过来吃饭,吃过了留下陪你!"

"哎呀,不行,我明天要去陈沟看望舅母呢,礼物都买好了。"

刘二虎听沈苹香讲过这个舅母,从小很疼她,去年中风后不能走路,一直躺在床上。

"买的啥礼物?"

"两包京果粉,两包鸡蛋糕,还有二斤麻油。"

"好吧,那等你回来再聚。"

晚上刘二虎和夏疤眼到维持会长袁保康家"打秋风"喝多了,早上睡到九点多才起来,到伪水警队转了一圈,见没啥事,便回住处化起装来。化完装雇了一条乌篷船去蜈蚣荡。刚驶出镇外,他突然让船靠岸,改为步行前往。原来他忽然生出惧意,怕到了蜈蚣荡水面被几个放鸭的认出来产生冲突,虽然他腰间掖着装满子弹的盒子炮,但也不能随便开枪打人呀!他想到今天是芒种,湖上人家历来有芒种这天泡青梅酒、煮鸭蛋的习俗,到村上肯定家家有人,如果遇上个把老实湖民,凭他这身斯文装扮加上三寸不烂之舌,不愁问不出那外地放鸭小伙的真相来。

想不到他来到沿湖村第一个碰到的竟然是凤华,真应了那句古话:"不是冤家不聚头!"

他看到凤华低头想着心思在路上走,干脆一不做二不休,觍着面皮在后面叫了她的名字,三两句话对下来,提到那个放鸭的,这女子竟撇下他就走——分明就是心虚嘛!

他突然心浮气躁起来。走了这么远的路,又被凤华这厉害女子呛了一顿,他已经失去了寻访村民的耐心。他想干脆去找韩小甩子问问,这小子傻不拉叽的,上次就是在他身上三绕两绕套出沿湖村老百姓为躲避“扫荡”隐藏在芦荡墩子上的情报的。

这里是村东,韩小甩子住在村西。奶奶的,这鬼村子从东走到西有两里多路呢！他不敢快走,怕太惹人注意,摇着纸扇装成游玩的模样,反正有的是时间。他想,到了韩小甩子那边后,问了情况再跟他到韩保长那里蹭顿午饭,凭他水警队长的身份,韩长庚敢不弄几个好菜陪他喝上几盅？想到这里,他嘴里不由哼起酸曲儿来了:“香枕头呀热被盖,阿哥搂上妹妹睡,咱俩要好哩。你要玩要肚子上来, 玩得累了你下来,猪肉炒蒜薹……”

只是这会儿他不会知道,他已经没有机会见到韩小甩子了。

四

过小桥,绕深沟,转弯抹角。刘二虎在村里刚刚走了一多半路,迎面碰上提着饭篮子,嘴里吹着口哨的纪同富,认出是让他和夏疤眼吃苦头的放鸭人中的一个,也不顾尴尬,主动举手,打起了招呼:

“放鸭的兄弟,快活得很嘛!”

纪同富刚才听候张正安排,飞快地撑船上庄,绕到曹育才家熏烧铺买了酒菜,再在村道上故意邂逅刘二虎。他假装警惕地立住脚:“你又到我们这儿干什么？是不是还要抓人呀!”

“兄弟这是说哪里话,凤华还是我说情才放回来的哩!”刘二虎涎皮赖脸地编谎道。

“这么说我们还要请你吃酒喽！”纪同富讽刺道。

“你请我吃酒我也不推辞，”刘二虎看着纪同富篮子里油晃晃的卤菜，不由得咽了一口唾沫，问道，“你买这么多酒菜上哪儿去？”

“湖上一个外地来放鸭的兄弟今天过生日，我们几个人买点酒菜替他祝贺一下，这犯不犯法？”纪同富说，欲拔脚走路。

“不犯法，不犯法！”刘二虎心里一喜，“也带我去吧，正好我们一起交个朋友，都是本乡本土的人，冤家宜解不宜结嘛！”

“你脸皮也够厚的，想来就在后面跟着吧！”

刘二虎下意识地摸了摸插在腰里的盒子枪，喜滋滋地随纪同富到湖边上了鸭船，朝湖荡里的大墩子撑去。

在湖上，刘二虎心里就起了杀心。等到了那地方，经过询问和察言观色，判断那外地放鸭的不是新四军，便和他们吃吃喝喝套套近乎；如果确定是新四军，便掏枪带走，哪个反抗打死谁！

这家伙确实不是善茬，拜过师傅练过拳脚，投靠鬼子当上伪水警队长后，又练得一手好枪法。他敢跟纪同富独自前往大墩子，还是有些胆量的。

几条空鸭船停在大墩子岸边上。宝玲、张正、洪强、黄良才包括纪同富的鸭子都聚集在墩子周围，扎着猛子，呱呱欢叫，沸反盈天——刚才洪强带头把船上带的陈谷倒在湖里，让鸭子自由淘食。简易码头上宝玲正在洗着几只碗碟，见纪同富载着刘二虎过来，大叫起来：

“同富哥，你怎么把这个人带来了！”

“他自己跟来的，说要和我们一起喝酒！”纪同富撑着篙子，大声回答。

“不行，不行！我们不请这种人，是他派水警把凤华姐抓走的！”

刘二虎从中舱里站起来，觍着笑脸搭讪道：

“小妹妹，我是来交朋友的！”

“呸，谁愿意和你交朋友！”

骂归骂，船已经靠了上来，刘二虎跟着纪同富跨上岸，看到鸭棚旁边的泥锅腔正燃着枯柴，从锅里飘出诱人的鱼香，竟一时失去了警惕。窝棚里传出嘻嘻哈哈的声音，纪同富高声叫着“酒菜买回来喽——”头一低钻了进去。

刘二虎个子高，刚在窝棚口弯下身子，便被里面一只有力的大手揪了进去……

张正他们联手处死了刘二虎，缴获了那把装满子弹的德国快慢机。洪强和唐福兴迅速地把尸体运到后面芦滩上深埋了。大家吆五喝六地喝酒吃菜，就像真的庆祝生日一样。

五

张正设计处死刘二虎的消息，第二天早上由宝春带给林华生。林华生马上来到蜈蚣荡，找到张正和洪强，认为刘二虎失踪，敌人很快会展开调查，一旦查出跟蜈蚣荡有关联，肯定会展开疯狂报复。

张正说：“蜈蚣荡民兵中队成立的目的就是跟日伪军展开武装斗争，现在到该亮相的时候了。趁敌人还没掌握刘二虎死因，我们会提前做好反击准备。”

“这正是我专门过来一趟的目的。”林华生点点头，他郑重叮嘱，“目前夏收在即,敌人肯定不会放过这难得的抢粮机会,会布置一系列的夏季‘扫荡’,他们的汽艇坚固快捷,武器火力又强,我们切不可掉以轻心。”

林华生离开后,张正和洪强商议决定,民兵中队督促和保护村民全力收获庄稼,同时加紧把湖荡内前些时被伪水警毁坏的“防鬼工事”全都恢复起来,认真加固。在村道口站岗放哨,发现陌生人进村严加盘查,如有敌探嫌疑,扣下送交民兵中队审问。

第十一章　识破奸细

一

刘二虎失踪的当天下午，夏疤眼找他打麻将，伪水警队到处找不到他的人影，到营部附近他爱光临的“六福泉”浴室去问也不在；怀疑去了沈苹香那里，过去一看，庞家大院挂着拳头大的门锁。夏疤眼判断这家伙可能陪情人到镇外寻乐去了，以刘二虎风流散漫的性格，去了高邮城都保不定，便骂骂咧咧地走了。

厉家兄弟查点刘二虎时，夏疤眼便自作聪明地依自己的判断作了解释，厉老四、厉老五也就没有太当回事，没有立即向黄德龙汇报。

这几天，宫田正紧锣密鼓地策划着夏季“扫荡”计划。芒种以后，农村进入三夏大忙，这个时候抗日游击队要全身心投入收割和栽种，正是下乡抢粮的最佳时机。

黄德龙从宫田那里开完会回来，马上召集部下传达会议精神，却没有看到刘二虎。一问，刘二虎已经失踪三天了，不知去了哪里。黄德龙大发雷霆，勒令夏疤眼马上找出刘二虎。

被骂得焦头烂额的夏疤眼走投无路，又转到庞家大院，见到刚刚从陈沟回来的沈苹香，忙问刘二虎呢？沈苹香一头雾水，说：“他不在这儿呀！”夏疤眼问：“他没有跟你在一起？”沈苹香说：“没有。”夏疤眼这下急眼了，说刘二虎失踪了，问她刘二虎可能的去向。沈苹香紧张起来，说三天前刘二虎在她这里吃午饭，跟她说要亲自到蜈蚣荡去调查新四军，说这次如果立了功，给她买套新绸缎衣裳，云云。夏疤眼没等她说完，赶紧跑过去向黄德龙一五一十做了汇报。

“刘二虎肯定出事了！”夏疤眼哭丧着脸说。

厉家兄弟闻讯赶来，听说情况也大惊失色。兔死狐悲，他们嚷嚷着要清剿蜈蚣荡，为刘二虎报仇。

黄德龙感到事态严重，赶紧去向宫田汇报。

宫田听完汇报也非常震惊。刘二虎如果是在蜈蚣荡失踪，说明那里也被共产党、新四军渗透了。蜈蚣荡居民虽然不多，但地形复杂，芦苇蔽天，水道纵横，如果建立起抗日民兵武装，对付起来会很麻烦，而他所据守的麒麟镇简直就被游击队四面合围了。他不能让这种局面出现，决定夏季“扫荡”就从蜈蚣荡开始，这次就是挖地三尺，也要把老百姓收获的夏粮统统地搜缴上来，发现有抗日分子抵抗，格杀勿论！

他让黄德龙立即派人到蜈蚣荡侦察，摸清楚老百姓的生产现状，刺探新四军在那边的活动情况，然后回来报告。

黄德龙领命回到营部，对夏疤眼说：“刘二虎失踪了，你这个副手也有责任。这次到蜈蚣荡打探——你去！”

夏疤眼吓得头一缩，慌忙说：

“黄营长，我和刘二虎在蜈蚣荡那边已是熟脸，一去就会被认出来呀！

刘二虎这次过去私访，其实是去送死的呀！”

厉老四觉得有道理，对黄德龙说最好找个营部外面的人：“还是让余四娘去吧！”

黄德全点了点头，同意了。

二

余四娘接到黄营要她到蜈蚣荡刺探情报的指令，第二天上午便动了身。

余四娘原来是麒麟镇妓院“庆元春”的老鸨，六年前设计买来一个叫翠英的十七岁姑娘，翠英在家乡已有意中人，坚决不肯接客，余四娘授意嫖客强暴了她，绝望而刚烈的姑娘在深夜放火自焚，妓院二层楼全被烧毁，还连带了周围三四家大户人家遭殃。余四娘被政府抓到牢里关了两年，出来后落魄的她不得不捡起早年的营生，拎着小提篮，走庄串户卖绣线和花样①。老鸨心活，见多识广，嘴巴机灵，做小买卖的同时又当起媒婆来了，倒被她撮合起不少姻缘，四乡八村有了名气，求她的人家还不少哩！

正月里，日伪军占领了麒麟镇，余四娘又不安分起来，她认为日本人势力大，连新四军的正规部队都不是对手，便动了投靠之心，以期获得好处。可她没有办法接近宫田，只好从黄营入手。说来凑巧，以前黄德龙在高邮湖当匪魁还来过麒麟镇，光临过她的“庆春楼”呢！想不到戏子出身的小梅红仗着年轻风骚，先傍上了黄德龙。她并不泄气，花心思绣了一件“鸳鸯戏

① 花样：绣花图案。

水”图案的红绸缎肚兜儿、两双“招财进宝”图案的绣花鞋垫儿送到小梅红家——鞋垫儿是给黄德龙的，深受二人喜欢，黄德龙还留她吃了饭。席间余四娘主动提出为皇军做点事，黄德龙说你现在既然走乡串户卖绣线花样，又给人家做媒，“四脚白，家家熟”①，不如做皇军的眼线，如果打探到有价值的情报，好处不会少给的。余四娘喜滋滋地答应了。以后余四娘下乡时便刻意搜集情报，村上有哪些富户，粮食藏在哪里，哪家有人参加新四军或游击队，都提供给黄营，使得敌人在“扫荡”时“有的放矢”，给我方抗日军民造成很大损失。麒麟区委意识到有敌探破坏，但一直没有查出来。

今天出门前，余四娘特意打扮了一下：一身整洁的阴丹蓝裤褂，白纱袜，黑色圆口布鞋，头梳得光滑滑的，从后面绾成一个窝鬏，虽然已是五十多岁的老媪，却透着干练敏捷。她臂上挎着一只精致玲珑的小竹盒，里面分层放着各色绣线和花样。出了古镇南桥，踏上旷野土路，直奔蜈蚣荡。

麒麟镇南郊一直到蜈蚣荡都是低丘野地，沟壑纵横，荒草、杂树和芦苇生得到处都是，历来是埋葬亡人的乱坟地。从前蜈蚣荡这边的人都被称作“渔花子”，后来有人在这儿开拓荒滩，形成固定居民，才慢慢有了沿湖村。平素镇上人从来不往南郊伸一脚，除非是埋人祭奠。在荒郊上越走越远，余四娘出镇时的踌躇满志渐渐被心惊胆战所代替。农忙季节，路上遇不到一个行人，只偶尔听见树林和苇丛里蓦然传来鸟雀的尖厉鸣叫；累累荒坟间窜出成串的黄鼠狼；过小桥时能看到水面上扭来扭去游走的菜花蛇……她硬着头皮加快脚步，心想到了沿湖村赶紧打探，有所收获马上

① 四脚白，家家熟：谑语，指串门狗。

打道回府，千万不能弄得太迟。如果天昏地暗走在这样的路上，还不把人吓死呀！

接近沿湖村，她看到一片一片的麦田间都是农人在忙着收割，没有人抬头看她，空气中弥漫着清新干燥的麦秆香味。她心里暗暗思忖，照蜈蚣荡这边的情况，其他地方也是差不多，三两天麦子就能上场脱粒归仓了。

摸清了庄稼收割情况，下面就是打探新四军的情况了。走到村头时，她一头撞上了放哨的韩小甩子。

“什么人？到我们村里干什么！”韩小甩子从大树后跳出来，大喝道。

“小伙子，我是镇上卖绣线和花样的余四娘呀！”余四娘吓了一跳，马上稳住心神，伶俐地答道。

“这麦收季节，家家忙得不得了，谁有工夫跟你买什么绣线花样？我看你东张西望的不像个好人！”

“瞧你这后生说的，做小买卖的走庄串户，愿买愿卖，爱买不买！我倒要问问你，这麦收季节，你一个大小伙子，不拿镰刀不挑担，站在这里干什么？”毕竟生姜还是老的辣，余四娘反客为主，反而问起韩小甩子来。

韩小甩子嘴张了张，差点儿就把民兵中队派他站岗防特务密探、防鬼子“扫荡”说出来了。

“我是村上的保丁，麦收季节站岗放哨防坏人是我的本分！”

“我又不是坏人，你让我进村里去吧！”

“怎么证明你不是坏人——你额头上有‘好人’两个字吗？”

韩小甩子对这油头粉面、尖嘴薄舌的老女人实在没有好感，拦住她不让走。

“证明？好证明呀，你们村是不是有个杜家，十几年前和我住在镇上一条巷子里的，你领我去，就可以证明了！”余四娘咯咯笑着说。

“你说的可是杜俊山，他是我姑父哩！”韩小甩子有些惊奇。

“是的，是的，他老婆叫韩桂云！”

“她是我大姑！”韩小甩子也笑起来，指着西边一个屋墩子说，“呶，就是那一家，我领你去吧！”

“好咧，想不到杜家还有你这样一个聪明侄子！”

韩小甩子没能听出余四娘话中的讥讽之意，颠颠地在前面引路。他正好口渴了，去讨碗水喝，如果大姑家厨房里有什么好吃的，顺便拈两块解解馋。

“大姑，大姑！你家来熟人了！”

韩小甩子又是人未到声音先到。

“是哪个呀？”正在厨房里择韭菜的韩桂云答应道，人也从坐着的矮凳上站了起来。老伴和宝玲都割麦去了，凤华在湖上和张正他们放鸭，她必须早点做中饭，然后送饭到田里和湖上。

“桂云，是我呀！不认识老街坊啦？”余四娘声音亲热得要命。

“哦，余四娘呀！”韩桂云心里一愣，想不到是这个老鸨来了。以前确实是在一条街上住，只是遇到点头客气而已，菜农和娼家本来就没有什么关系。听说余四娘坐牢出来后在镇西边典了一间小瓦屋，做起了小买卖，看她手上提着的圆篮，原来是卖丝线花样呀，倒也不容易！

“你怎么到我们这鬼不生蛋的地方来呀，湖上人不讲究描龙绣凤，现在又是农忙麦收，怕是做不到生意哟！”

“做不到生意也不要紧，来沿湖村能到从前的老街坊家里坐一坐、叙叙旧就很值得了！”

见她这么一说，韩桂云忙掇了张竹椅，请她坐下歇脚，又吩咐韩小甩子到堂屋里倒碗凉在桌上的大麦茶来。

韩小甩子到堂屋咕嘟咕嘟先尽兴喝了凉茶，才把茶碗端过来，看大姑果然和余四娘相熟，去灶锅上撕了一块刚煮熟的咸肉扔进嘴里，离开杜家又去放哨了。

“桂云，看你家这屋台又高又大，又有树又有竹子，日子过得不错嘛!”余四娘套起近乎，帮着择起韭菜来。

“俊山和孩子们都勤劳，倒也饿不了肚子。”

“看你说话过谦了！我来时路过庄稼地，看来今年麦场不错，能打不少粮吧?”

“你看到的都是好地，我家是几亩荡田，今年春上雨水多，受了淹，亩产与旱地不好比的。”韩桂云解释说，“我家收入主要还是养鸭子，打从镇里搬过来就开始养了。另外织渔网、编芦席，闲时还打打鱼，种粮不是主业。”

“哦——”余四娘恍然大悟似的，“原来我还以为蜈蚣荡这边都是穷渔花子，想不到是这样，样样营生都能做，倒也蛮好的!”

韩桂云听到“渔花子”这样的字眼心里很不舒服，觉得余四娘毕竟当过老鸨，还是势利眼。嘴上不说，脸上颜色便不好看了。

那余四娘是何等伶俐之人，知道自己失言，马上找话说:“哎，荡田能打些麦总归不错，马上插秧了，秧田不怕水，逮个好稻场也是一样的。”

韩桂云叹口气，说:“你说得不错，就怕粮食打下来有鬼子和‘二黄’来抢呀!”

“不是有新四军帮着你们藏粮食吗?”余四娘好像不经意地说道。

韩桂云听了立刻警惕起来，说:“你听哪个说的？新四军在哪里?!”

“怎么,你们这里没有新四军? 我下乡做买卖,麒麟镇东南西北哪里都去过,都有新四军领导的民兵游击队呢!”

韩桂云心里全明白了:“这个老鸨原来是从镇上过来的敌人的探子!”她不露声色地说:

“我们这里虽然没有新四军,但常有新四军的手枪队活动。手枪队有时走水路,有时走陆路,看到鬼子和‘二黄’派来的探子,马上杀掉丢进湖里喂鱼!”

“啊……”余四娘听了差点从椅上跌下来。她强装镇静,战战兢兢地问:

“前几天听说镇上的刘二虎就是在蜈蚣荡失踪的……”

“不晓得什么二虎二龙的,只晓得前几天听到过枪响,有人看到湖滩上一大摊黑血……”

余四娘坐不住了,站起来把篮子挎上:“桂云,这里不好做生意,我先回去了!”说着便急急朝外走去。

“余四娘,多坐会儿呀,老街坊,平常难得见得到!”韩桂云也不起身,朝外面喊道。

“不坐了! 不坐了!”

隔了一会儿,韩小甩子又来了,喊道:

“大姑,你怎么不留你老街坊吃饭呀? 刚才从我身边急急回去,我喊她也不答应,怕是生气了咧!”

“你这个傻瓜,余四娘是个奸细,是到我们这儿打听新四军的!”

韩小甩子嘴张得老大,半晌才回过神,喃喃地骂道:“老贱人,我早就看出她不是个好东西……”

韩桂云讲了刚才的情况，要他赶快到湖上去向张正、洪强他们报告。

三

张正他们听了韩小甩子的报告，确认麒麟镇的敌人已查出刘二虎的失踪去向，这次派余四娘前来打探，就是对蜈蚣荡进行报复性“扫荡”做情报准备的。情况紧急，他马上派洪强到镇上向林华生做了汇报。

先前一天，林华生已根据县委指示，和区委其他同志反复商量麒麟地区夏季反“扫荡”的斗争策略。听了蜈蚣荡过来的报告，他让洪强先回去，自己以出诊为名，拎着药箱赶往二十公里外的县委驻地。

县委领导听了林华生的汇报，经过综合分析，判断麒麟镇的敌人眼下并不确定蜈蚣荡是否已经形成抗日武装，极有可能“吃柿子拣软的捏”，在夏季“扫荡”中率先拿蜈蚣荡“开刀”，妄图开个好局，既抢了粮，又对湖上百姓进行武力威慑，不敢参加共产党、新四军组织领导的抗日活动。因此必须彻底粉碎敌人的这次“扫荡”，尽可能地杀伤和消灭，如果让日伪军元气大伤，就会对继续“扫荡”其他各乡产生畏惧心理，从而赢得夏季反“扫荡”的全面胜利。

林华生离开了县委，又马不停蹄地赶到蜈蚣荡，向张正传达了上级指示。

张正激情满怀地说：“日伪军占据麒麟镇以来，在东、西、北乡都遭到了抗日游击队的打击，以为蜈蚣荡这边空虚好欺，这次就叫他们好看！”

林华生告诉他：“我已经向县委为你们申请了一批手榴弹和子弹，充实水上民兵中队的战斗力；再从区大队抽调一部分力量过来，配合你们作战，由你们统一指挥。”

张正高兴地握住老战友的手说：“有县委、区委的大力支持，这次反‘扫荡’战斗肯定过瘾，绝对精彩！”

第十二章　蜈蚣荡大捷

一

余四娘从沿湖村慌忙溜回镇上，不敢稍歇，径奔杨家巷小梅红住处。

“黄营长，这次老身前去蜈蚣荡，差点儿就跟刘二虎一样送命呀！”

她把刺探得来的情况向黄德龙进行了报告。

“你放心，这次我们和皇军联手踏平蜈蚣荡，少不了你的好处！”黄德龙说着让小梅红先赏她五块大洋，并把上次在东乡“扫荡”抢得的好衣物拣了两件送给她。

余四娘千恩万谢地走了。

黄德龙召集厉家兄弟和夏疤眼，认可了余四娘的情报：

一、蜈蚣荡一带已有新四军活动，但尚未在湖民中间建立起有组织的抗日民兵武装。

二、刘二虎是在去蜈蚣荡私访途中碰到新四军武工队而被干掉的。

三、沿湖村百姓正在紧旗密鼓地抢收夏粮，收割脱粒后，肯定直接藏到湖荡里，叫皇军“扫荡”搜粮再度扑空。

宫田根据这几个汉奸提供的分析报告召开特别会议，布置野蛮的“扫荡”和报复计划：三天后，沿湖村的夏粮肯定打好藏好，派日伪乘两艘武装汽艇和两条大木船，从水路直接杀往蜈蚣荡，抢光粮食后，进村放火烧屋，震慑老百姓和新四军。

为鼓励伪军士气，宫田特地设宴招待了黄德龙和他手下几员干将。汉奸们受宠若惊，摩拳擦掌，口出狂言，向主子表下无限忠心，要在这次“扫荡”中拿出最佳表现。

殊不知这一切都被沈桂兴听去了，第二天早上他利用和日本炊事兵上街买菜的机会，把情报传给豆腐店里的蔡明海。蔡明海立即送消息给林华生，林华生马上让宝春回去通知了张正。

二

大敌当头，张正立即召集所有民兵进行战斗动员，安排周密的战略部署：把湖上所有进入内荡的“防鬼工事”进行修复加固；勘察、确定芦荡里战斗人员隐藏和阻击地点，确定各小组指挥员。生产方面，通知全村百姓抓紧最后时间收割麦子，在战斗打响前全部脱粒成功，转移到了湖荡深处安全的地方。

很快，县委支援的武器弹药运到了蜈蚣荡。林华生从各乡精选出的十二位基干民兵也到了——金国才、邹荣庆自然也在其中。

张正、洪强、金国才、邹荣庆四个人一起商量布雷事宜。

张正说：“敌人这次‘扫荡’如采取水陆两路进犯，在陆路上我们肯定布置地雷阵，但主战场是在湖荡上，如果在‘防鬼工事’上也能布置上地雷就好了。”

金国才说：“这点我和荣庆也想到了，但我们制作的土地雷还比较粗糙，密封性不够，如果水浸到地雷里去，肯定炸不响。”

洪强想了想，说：“我们打一些大荷叶来，把地雷包裹起来离水悬挂着，再在上面盖上水草，插上新鲜芦苇，从外面就看不出来有地雷，敌人一大意撞上来，不就炸了吗？”

金国才和邹荣庆称赞这个点子好，很巧妙。张正高兴地说：“听说冀中抗日游击队发明的一种地雷就叫‘挂雷’，我们这么一处理，等于就成了水上挂雷！”

洪强说：“这么说，我们水上民兵中队又多了一样秘密武器啦！”

邹荣庆灵机一动，说他又想到一个好点子。三人一听，哈哈大笑，连连称妙。

苗寿义、唐家耕和另两位队员把鸭枪和大抬杆擦得亮亮的，火药弹子备得足足的，踌躇满志，准备在这次战斗中爆发威力。

韩长庚放小船去了一趟镇上，买回不少香烛、鞭炮。香烛店的老板很高兴，如今本镇没有哪家敢放鞭炮的，怕惊动鬼子惹下大麻烦，就是乡下购买的也很少，而韩长庚一下子就买了一堆。韩长庚见他疑惑，笑着解释：“为老母做八十大寿，没个响不喜兴——蜈蚣荡离这儿远，鬼子听不见的！”

其实，韩老太太才七十六。韩长庚买香烛是幌子，实质为了买鞭炮。买鞭炮是张正布置给他的任务，说有“大用”。

三

农历五月初一，距离敌人“扫荡”还有一天。白天，金国才、邹荣庆开始在湖荡中布雷。民兵们打来大摞荷叶，放在太阳下稍稍晒蔫，用来捆裹地雷。在每个“防鬼工事”上布设三颗雷，分别埋在两头和中间，用绳子把地雷固定在梢把上，三颗雷的拉火绳穿在一起，只要牵动一根绳，一个响就个个响。拉火绳有的系在水中的树枝上，有的系在桩、梢上，还有的系在芦苇枝上。布完雷后，再在上面堆上一层水草，插上一排排新鲜芦苇，叫敌人难以分辨。

张正没有同意身体尚未完全恢复的凤华参加战斗，要她带领宝玲和其他几个女民兵在芦荡深处布下疑阵，不到关键时刻，不准进入主阵地。

到了夜里，民兵们挖断了通向村庄的道路，将所有小桥撤去桥板，在敌人最可能经过的地方埋下地雷，防止敌人改变战略，同时从陆上派兵进村。

第二天凌晨，所有村民和粮食都转移到湖荡里。民兵们配备了足够的手榴弹和子弹，隐蔽在湖荡水道两边高密的芦苇丛中。鸭枪队四个人分乘两条小船，选择有羊肠水路的芦苇滩隐蔽，这样一来，可以根据敌情变化，机动调整方位，寻找最佳机会攻击比较集中的敌人。

一切准备妥当，只等敌人送上门来。整个蜈蚣荡显得异常宁静，也异常诡谲。

四

早上六点多钟，麒麟镇外大河的浑浊洪水打着一个接着一个的旋涡，向下游滚滚流去。河边码头上停泊着挂着太阳旗的两艘武装汽艇和两条大木船，大木船屁股后面又连着一条小划子。不一会，宫田带了两队日军上了两艘汽艇，黄德龙、厉老四、厉老五、夏疤眼四个汉奸领着伪兵和伪水警挤挤搡搡上了两条大木船。

两艘汽艇分别拖着木船上了路——汽笛拉响，黑烟滚滚，如同魔鬼出窟！

在外荡放哨的民兵，率先发现远处鬼子汽艇烟囱里的浓烟，大声呼喊："鬼子来啦，鬼子来啦！"又举起撑船篙子上的小红旗，朝湖荡里发出信号。

宫田发现蜈蚣荡水面上没有任何船只，更确认湖民已有准备，躲进内荡里去了。命令汽艇和大木船停在外荡，放下小划子，每条小划子上六个伪兵和伪水警，让他们划进内荡去探路。小船进入内荡，就近拐进两条水道，没多远便被"防鬼工事"挡住了。一个伪兵随手拽了下露出水面的小树头，轰轰轰三声巨响，小划子被炸翻碎裂，水面上顿时一片血污，侥幸没被炸死的伪兵在水中挣扎着，很快沉入湖底。仿佛有意呼应，另一条水道也传出一串惊天爆响。

地雷的爆炸震醒了所有的敌人——蜈蚣荡也有了抗日游击队！宫田异常愤怒，狡猾的他判定两条水道上的地雷已经炸光，命令大木船全力冲击"防鬼工事"，企图强行突破。哪知工事经过加工后更加牢固，而且还有一定的弹力，减缓了大船的冲击力，其中一条前半截搁在了工事上，前进不了，后退不得，船上指挥的厉老四、厉老五喝令伪兵们跳下水从两边推船，同时一条鬼子汽艇也开过来，想把这条大木船硬顶过去。张正抬起驳壳枪两个点射，打翻了汽艇顶篷上的日本机枪手。枪声就是命令，隐蔽在芦丛里的水上民兵纷纷开火，把手榴弹狠狠朝大木船和汽艇砸过去，伪军人仰马翻，木船破裂进水下沉，受伤的伪兵拼命游向汽艇。汽艇上鬼子拥上船头和两舷，对着两边芦丛疯狂乱射，企图压制水上民兵火力，殊不知鸭枪小队已经绕了过来，嗵！嗵！嗵！嗵！四把鸭枪几乎同时响起，密集的铁砂席卷过去，鬼子跌作一堆，有的掉落水中，哀号声不绝于耳。

汽艇在水道里施展不开，急忙倒挡后退。另一条水道上的大船受到区大队民兵的打击，在黄德龙和夏疤眼的吆喝下也赶紧倒船。停在荡口汽艇上的日兵在宫田的指挥下开动全部火力朝芦荡中疯狂射击，掩护日伪船只朝外荡撤离，机枪打得芦苇纷纷断裂，掷弹筒的炮弹击起冲天的水柱。

枪林弹雨中，两组民兵在张正和洪强的指挥下利用芦苇的掩护迅速改变位置，在水中匍匐着朝荡口接近。

就在这时，一个桌面大的芦苇块好像从芦丛里分离开来，朝狭窄水道中边倒退边还击的汽艇漂过来，触到船尾后轰然炸开——这便是根据邹荣庆出的点子设计的“水上雷床”。汽艇的螺旋桨被炸坏，在水道上打起横，拦住了大木船。这时鸭枪小队的大抬杆响了，铁砂裹挟着枣核钉如狂风般地掠过去，巨大的轰击扇面让暴露在船艇外面的敌人几乎无一幸免，有的后背和屁股都被打成了血筛子。

宫田像野兽般咆哮着指挥日军汽艇的还击，上去救援两条船。张正命令所有民兵集中火力猛烈射击，无奈宫田这条汽艇火力太猛，两把歪把子机枪吐着凶狠的火舌，把游击队员压得趴在芦苇泥水间，头都抬不起来。就在这时，湖荡深处传来了密集的“机枪”声，这是凤华她们点燃了铁皮桶里的鞭炮，宫田怀疑这茫茫芦荡里还潜伏着新四军的主力，不敢恋战，拖着受伤的汽艇和一条木船，狼狈不堪地逃回了麒麟镇。

战斗结束后，水上民兵中队和区大队的战士从芦苇丛里钻出来，欢呼山动。乡亲们撑着小船和大木桶，纷纷赶来帮忙打扫战场。这场战斗民兵中队和区大队各有一名战士挂花，而敌人却在苇荡里丢下了二十几具尸体，其中有七名鬼子。大家从水中摸出了大量枪支弹药，包括一挺鬼子的歪把子机关枪。韩长庚一家人坐着长工撑的木船也来到了民兵中间。韩小甩子操着沙喉咙鬼声辣气地喊:“把这帮鳖孙打跑了,真是太解恨啦!”

张正腰插驳壳枪,站在高处对大家说:

“乡亲们,这次我们水上民兵中队在区大队的支援下首次亮相,就打了这样一个大胜仗,这是值得庆祝的!这次胜利跟乡亲们的大力支持和配合分不开,如果没有‘防鬼工事’的保护,让敌人进了内荡横冲直撞,后果不堪设想!在这里我们也要感谢韩保长,他对工事的投入是最多的!”

“不,不,是民兵和乡亲们保护了我们全家!”韩长庚连连摇手说。

站在张正旁边的洪强抑制不住激动,也学着张正敞着嗓子说:

“乡亲们,敌人虽然被打跑了,但他们是不会甘心失败的,我们要时刻保持警惕,随时准备敌人的反扑!只要敌人敢来,我们见一次打一次,打他个落花流水!”

“打倒小日本!”“杀光汉奸、二黄!”民兵和乡亲们一起振臂高呼,这场反“扫荡”的胜利把湖上人民的剽悍性情全都激发出来了。

五

第二天晚上,林华生以出诊为名来到蜈蚣荡,在村庙里召集全体民兵,转达了县委对这次“反扫”荡胜利的肯定和表扬,把战利品中的歪把子机枪奖给了民兵中队,上次缴获的刘二虎的那支驳壳枪留给洪强使用。他还带来了一件大喜事:

“经县委同意,区委决定吸收洪强、唐福兴、纪同富、苗凤华四位同志入党,成立蜈蚣荡水上民兵党支部,由我兼任党支部书记,张正同志暂代副书记。”

几位新党员激动得满脸通红，凤华抱着父亲的膀子哭了。苗寿义用粗糙的大手替女儿抹去眼泪：

“莫哭，莫哭，入了党光荣哩！”

宝玲羡慕地望着嫂子，悄悄地对张正说：“我家已经有两位党员了，我也要入！”

张正微笑着对她点点头，目光中充满了鼓励。

面对队员们由衷的祝贺，洪强站起来说：“请党组织放心，我洪强入了党就是党的人，从此上刀山、下火海都不怕，一心一意打鬼子，保卫老百姓！”

会议结束后，四位新党员留下来，由张正领誓，举行了庄严的入党宣誓仪式。

第十三章　处死余四娘

一

这次到蜈蚣荡“扫荡”,是宫田占领麒麟镇后遭遇到的抗日游击队最顽强的抗击,收获到的一次最彻底的失败。逃回据点后,他惊魂未定,仿佛经历了一场可怕的噩梦。他万万没想到,他最不放在眼里的南郊蜈蚣荡,居然在新四军的秘密组织下建立起这么强大的水上抗日武装。他把这次惨败归咎于黄德龙提供了不准确的报告,让他做出了战略误判,损失如此惨重,简直是对大日本帝国武士的羞辱!他把黄德龙叫到办公室,咆哮着抽了他五六记耳光。

黄德龙左肩胛上中了两颗铁砂,被日本军医用钳子硬夹出来,疼得钻心,哪晓得刚消毒完毕蒙好纱布,就被宫田喊过去一顿臭骂殴打,实在是倒霉极了。他让厉老四、厉老五收拾残局,自己赶快到小梅红那边休息。

小梅红见黄德龙狼狈不堪地回来了,心疼不已。

“怎么,吃了败仗啦?”她小心翼翼地问。

“余四娘这老贱人情报不准,蜈蚣荡真的有新四军游击队,打得我们没处躲,折了不少兄弟,老子差点儿就回不来了!”

“那你这伤……”

“没想到这帮游击队把大抬杆都祭出来了,这东西我以前在高邮湖上见识过,两个人抬着放……哎哟!疼死我了!”黄德龙侧着身往藤椅上躺,嘴里呼痛不已。

“别喊了,被你部下听见了发笑。”小梅红劝慰道,“幸好中的是铁砂,中了子弹不是更严重?”

“小婊子,你咒我呀!中了子弹就死了,我死了对你有什么好处?”

“看看,又骂人了不是?‘狗咬吕洞宾——不识好人心’哩!”小梅红妩媚地嗔道。

别说,这老土匪就吃她这一套,兀自哼哼着,要小梅红点上鸦片枪,让他抽了止疼。

不一会儿,厉老四、厉老五也哭丧着脸来了,两人手臂上都缠着纱布,后面跟着夏疤眼。夏疤眼这次侥幸没有受伤,到现在身子还在发抖。

“大哥……你还好吧?”厉老四小心地问。在黄营,也就厉家兄弟可以这样称呼他。黄德龙在高邮湖当土匪时两人就跟着他,一直是左膀右臂。

“放心,死不了!”黄德龙没好气地说。

“大哥,日本军医也太不把我们那些受伤的兄弟当人了,取铁砂、拿弹头连麻药都舍不得打,一个个疼得像杀猪似的叫起来,这算个什么事嘛!”厉老五气咻咻地喊。

“谁让他们的命不如日本人值钱?看他们打仗,一个个像呆头鹅,不是有宫田太君的汽艇相救,这次全得喂鱼去!”黄德龙嚷道,“让他们都忍着点,夏季‘扫荡’刚刚开始,给老子打起精神来!”

夏疤眼嗫嚅着嘴唇想说什么,黄德龙打断他道:“你还有什么屁要放?

让我消停一会儿行不行？看你那张哭丧脸，好像死了爹娘似的！”

小梅红在旁边打圆场道：“几位先回去吧，黄爷正在气头上哩！晚上都过来吃饭，我给你们压压惊。”

三个人便退出去了。黄德龙突然在后面喊道：“夏疤眼！”

夏疤眼被唬得腿一软，赶紧又回来。

黄德龙对小梅红挥挥手说：

“这次夏队长舍命保护我，没有功劳也有苦劳，给他拿几块大洋喝茶、洗澡！”

“好的，我这就去拿。”

夏疤眼从小梅香手里领了赏钱，弓着身子离去了。

二

蜈蚣荡“扫荡”的失败让麒麟镇的日伪军伤了元气，接下来几次“扫荡”也频频失利，只好龟缩在据点里。北面三河沿线两个据点的敌人情况也好不到哪里去。县委指示麒麟区委，要利用这个有利时机，搞好夏播生产，抓紧训练，准备迎接新的战斗。

蜈蚣荡水上民兵中队进行着更严格的作战训练。经过半年来对敌斗争的洗礼，在张正的帮助下，作为中队长的洪强已经可以独当一面。这个时候，县委临时委托张正执行一项特别任务。

因为湖西地区目前只有麒麟镇到三河一线被日伪控制，其他区域没有任何敌人据点，可以说是津浦路东一块比较稳固的后方和抗日根据地，因此新四军把医院、“抗校”、军工枪械厂、被服厂、印刷厂、烟厂都搬到这儿来了。最近一段时间从淮南抗日战场上下来的伤兵甚多，医院西药发生了短缺，林华生得知这个情况，提议让张正到扬州组织一批西药，因为他对扬州太熟悉，对来往水道也熟悉。他本想让吴琼配合张正一起过去，因为她有同学在浸会医院，还有在本城开西药店的。但张正不同意，怕吴琼出门对林华生工作造成不便，容易引起敌人对药店的怀疑。经过区委研究同意，让宝玲和张正假扮夫妻一起完成这个任务。虽然宝玲不识字，但模样俊俏，这半年来通过照顾张正，一同放鸭和对敌斗争，两人早已心意相通，配合起来默契和谐。

接到通知的宝玲简直不敢相信自己的耳朵。和她心爱的小张哥扮成夫妻上扬州，突如其来的幸福让她产生了要飞上天的眩晕感觉。但这是真的，是一桩很严肃、很重要也很危险的任务。她被带到德源药房，接受吴琼对她的培训，学会一些必要的礼仪和化妆打扮。

任务紧急，两人乘快船先到高邮，然后从陆路直奔扬州古城。当张正来到南门钞关码头找到睽违五年的船老大董进时，两人双手相握，千言万语无从说起，各自泪光闪烁！

晚上，董进在家里悄悄为张正和宝玲举行了接风宴，并安排了留宿。双方都是英雄肝胆，心照不宣，诉说了离别这几年的情况。打从张正投军"陈团"，扬州船行也被日伪控制，董进出于民族大义，多次为新四军和地下党组织秘密运送、挟带重要物资，可谓出生入死，冒着全家牺牲的危险。张正开诚布公地告诉了董老大此行的目的和任务，两人连夜策划购药和运送事宜。

第二天，张正带着宝玲和浸会医院地下党组织接上头，按照购药清单很快组织了货物。驻扬日伪军在所有出城交通关口都布置了严密的岗哨，甚至在郊区农村都有流动哨，几箱药品从陆路运出去几乎无可能；走水路同样困难很大——东面走万福桥，桥上日本人亲自把守，插翅难飞；西面走通扬桥，日伪联合把守，因为通扬桥属于可以开合的新式公路桥，每次开合时间只有区区八分钟！

最后，浸会医院党组织和张正、董老大联合商定了一着险棋……

古城清晨，静悄悄。淮海路的行道树是法国梧桐，枝叶浓密，两边相接，形成一个绿色穹窿。自三年前被日军侵占，老城变得一片萧条，这当儿路上鲜有行人和人力车经过，唯听见树枝间麻雀叽叽喳喳，反倒衬托出一种沉重的寂寞。

一辆拉着黑漆棺材的马车从城南荷花池方向踽踽而来，停在浸会医院后门。与此同时，两扇铁门打开，从太平间匆匆推来一具蒙着白布的尸体，几个人迅速装殓完毕，马车掉头折返两里路外的南门码头，装船后立即启航，几分钟后便到了通扬桥关卡。日伪军上船检查，伪军头目事先收了董老大打点，接过医院开具的病人死亡证明递与日军头目，说是死了个伤寒病女子，家属这是殓尸返乡。日军头目命令开棺检查，凑上前去，里面确是一个穿着寿衣盖着蒙脸布的女人尸体，从棺里散发出极其难闻的气味，日兵头目手掩口鼻厌恶地跳开去，挥挥手放行。

——这“女尸”正是被化了装的宝玲，在她的身下垫着那批珍贵西药！

董老大驾船飞快地朝瓜洲驶去，到了长江口绕行往回走，进入高邮湖，一路上在抗日武装的配合掩护下，成功地把药品送到了湖西县委驻地。

宝玲和张正假扮夫妻，配合默契，出色地完成了购药和运药任务，两人的感情也在这惊心动魄的几天中获得了加深和升华。回到蜈蚣荡后,宝玲对张正的一颦一笑中都充满了爱恋,而杜家也欣喜地认可了两人的恋情……

三

自刘二虎失踪,确认死亡后,沈苹香整天以泪洗面。刘二虎虽然投靠日本人当了汉奸,但对她的关爱怜恤却是真真实实的,这一点是有良心的。沈苹香一个人守在空荡寂静的庞家大院里,不思饮食,万念俱灰,终于在深夜来到市河码头,投水自杀了。第二天早上被挑水淘米的镇上人发现,没有人不唏嘘的。沈苹香结婚后不曾生育,家中就剩一个白发婆婆和生病卧床的丈夫,而娘家远在安徽六安,一时通知不到,由维持会长袁保康出头做主,凑钱买了一口薄材,把死者葬到了南郊乱坟地上。

耿嫂在客厅里抹桌子时面带着戚容,被刚刚起床化妆完毕走出房间的小梅红注意到了,请耿嫂坐下来说话散闷。耿嫂是为沈苹香投河自尽的事难过,同为人家帮佣,她难免不触景生情,诉说女子弱势,人间太多无奈。小梅红听着耿嫂的诉说,也不禁垂下同情之泪。她小梅红现在的处境和沈苹香对照其实一样——只不过,沈苹香投靠的是刘二虎,自己投靠的是黄德龙而已。刘二虎为日本人卖命送了命,黄德龙以后就一直会有好光景吗？联想到前些时黄德龙在蜈蚣荡差点被游击队打死,如果真的被打死自己不也失去靠山,她将情何以堪,将向何处去?！想到这里,她不由得打了个寒噤……

自此小梅红心里就多了一层心思,晚上和黄德龙睡在一起也似失去了许多活力，黄德龙很不满意，问她怎么了，她说身子累。黄德龙骂她："小婊子，你这是大烟抽多了，还连累了老子！"

黄德龙说的"连累"，是他在蜈蚣荡中了大抬杆的铁砂，伤口疼了好些时日，疼起来小梅红就让他吸鸦片。他本来不吸烟土的，想不到这下倒上了瘾，常和小梅红对着一张灯喷云吐雾，吸足了便在床上颠鸾倒凤，不亦乐乎。但大烟这东西虽说有提神止痛功效，时间长了却会掏空身子，但染上了便离不开，被这玩意儿所控制了。黄德龙依恋小梅红正出于戏子会变着法子调情撩人，乐得他大老爷们承身享受，现在恹恹无生趣，他自然不悦。

小梅红见黄德龙骂起了人，只得强打精神，勉力敷衍，直到黄德龙快活尽兴为止。

沈苹香一死，庞家大院无人看守，让黄德龙动了歪心思。他派伪兵撬开庞家大门，居然在地窖里搜出几十担大米，欣喜万分，这下可救了伪营里的粮荒！殊不知被宫田知道后，毫不客气地运走一大半，黄德龙气得在厉老四、厉老五、夏疤眼面前直骂娘，这几个喽啰也是愤懑不平，直嚷宫田不顾伪军死活。

这天耿嫂十六岁的儿子到郊外捡柴犯了癫痫，跌扑在芦荡边，差点被淹死，被同伴抬到镇上，耿嫂马上把孩子送到德源药房，林华生给予针灸救治，吐出浓痰后清醒过来，又打了煎药。耿嫂没带钱，林华生也免了，耿嫂要给他们夫妻下跪，哭着说这孩子从小到大不知多少次承林家救治，此生大恩难报。林华生不经意地问了她目前在小梅红家帮佣的一些情况，耿嫂详细地说了，提到了最近小梅红和黄德龙之间发生的一些龃龉，还提到了不久前余四娘过来"演戏"的事，林华生都一一记在了心里。

四

余四娘上次到蜈蚣荡侦察获了假情报，让日伪军“扫荡”吃了大亏，损兵折将，吓得躲在家里几天不敢出门。但躲不是个事，除非离开麒麟镇，她便主动上演了一幕“负荆请罪”的悲情戏。她来到小梅红家，把黄德龙赏给她的银洋和衣物拿出来，痛哭流涕，狠狠抽自己的耳光，说在蜈蚣荡看走了眼，听错了话，让皇军和黄营的弟兄们受了损失，要是黄德龙要枪毙她，她也毫无怨言。这通哭诉倒让黄德龙消了气，加上小梅红在旁边极力劝慰，便吼道：“老贱人，拿上东西给老子滚！”

余四娘马上就滚了，出了门浑身轻松，马上换了笑颜。她心里暗暗打定主意：继续下乡打探新四军和民兵游击队的消息，立功赎罪，重新获得黄德龙的欢心。

这天早上余四娘拎着小提篮去了西面三岔河村。这个村子虽然离镇子不远，但三面环水，小路蜿蜒难走，只有五六户人家，余四娘之前没有并没有来过，今天从大路走时远远看到这边鹭鸟翻飞，也是合当该死，便临时改意冲这儿来了。

未到村口，猛看见一个手持步枪的青年站在一棵大树杈上放哨，吓了一大跳，转身就往回走。树上青年发现可疑，从树上溜下追了过来。余四娘慌不择路，竟走进一块乱坟地，看到有座新坟，急中生智过去蹲下，呜呜咽咽啼哭起来。

“你是什么人！”青年喝问道。

“我是从镇上来的，来祭扫我姑娘。”余四娘埋头掩面，一面假哭道，“我可怜的孩子呀……”

“你骗鬼哩!”那青年哈哈大笑起来,“这墓里明明埋的我村上的种根大伯,前些时安风车从上面摔下来跌死的。”走上来把竹篮一踢,里面的丝线花样散落出来。

“这就是你来祭扫你姑娘的东西?!”

“我是镇上卖绣线花样的余四娘,顺便来哭姑娘的,找错坟了……”

“我管你是什么四娘五娘的,先跟我进村去!”

余四娘没法,只好收拾竹篮,被押着走了。

原来今天林华生和区乡干部约在三岔河开会,商议筹缴爱国军粮的事。因村子比隐掩蔽,已经在这儿开过好几次会议了,每次开会都在唯一进村的陆路上放上暗哨,水面上还有人撑着船放流动哨,以确保安全。看到民兵刘仁押着余四娘过来,林华生当即明白了一切。上次余四娘到沿湖村侦探回来,林华生就把她定为锄奸对象,前两天又听耿嫂说了她的事,决心赶快除掉这个和他同住镇上的祸害,不然后患无穷——想不到今天她倒自己送上门来了!

林华生马上当着众人面审讯余四娘。这个奸细此时已经吓得魂不附体,对所犯罪行供认不讳,包括春天对我根据地造成的破坏。审讯结束,两个民兵把这个女汉奸押到荒坟滩,结束了她可耻的一生。

耿嫂早上起来倒马桶,看到门口有一个篮子,仔细一看,分明是余四娘卖丝线花样的小提篮。这是怎么回事?耿嫂大惑不解,把篮子先拿到客厅里放着。不一会儿,黄德龙和小梅红起床了,漱洗后到客厅等着在厨房里的耿嫂端早饭,忽然看到客厅门边放着余四娘做生意的小提篮,黄德龙打了个激灵，过去一检查，从底层搜出一张白纸来，竟是余四娘的死刑判决书……

黄德龙回营部后，小梅红还在簌簌发抖。耿嫂把她搂在怀里，说："姑娘，当汉奸这事儿可千万不能做啊！"

五

在三岔河村除掉了女敌探余四娘后，林华生还有另一桩事沉甸甸地压在心头。他是一个成熟的共产党人，思考问题会从正反两方面去估量、去判断。如果站在敌人的角度来考虑，刘二虎在蜈蚣荡密访时失踪，余四娘在沿湖村获得假情报，宫田据此率日伪发动了对蜈蚣荡的第三次"扫荡"一败涂地，现在余四娘又被处决，这一切都是自凤华被抓进黄营后发生的，而凤华正是他这个德源药房的老板亲自到小梅红家找黄德龙通融后赎出来的，那么敌人会不会对此有疑虑——对他的身份、对他的药店产生怀疑？

身处狼窝边上，如果沾上了豺狼的眼，那是很麻烦的，那是很危险的！作为坚定的共产党人，林华生夫妇早已置生死于度外，但也不能作无谓的牺牲，特别不能让党的事业造成损失。作为麒麟区委书记、区长，他深知自己这个位置之重要，肩上负担之沉重，责任之重大！德源药房是整个麒麟地区的信息站、指挥中枢，是安插敌人心脏里的一颗钉子，如果这时因危险撤到镇外，就是白白地让出我方战斗制高点，这是他不允许、不可能同意的。处决余四娘后，他没有让她白白"失踪"，而是派人在夜间把余四娘做生意的提篮送到小梅红家门口，附上一纸死刑判决书（落款淮宝县委公安局手枪队），一是为了震慑汉奸，二来也在一定程度上采取了障眼法。

虽然处决余四娘被设计成新四军手枪队的“定点清除”，但余四娘的密探身份是谁透露出去的，敌人是不可能不考虑的。

顾不上那么多了！林华生只是提醒自己要格外小心。

六

事实上，黄德龙已经对林华生产生了怀疑。

提醒他的不是别人，却是那个貌似蠢货的夏疤眼。

夏疤眼和刘二虎平时吃喝嫖赌都在一块，两人感情极深，打从刘二虎私访蜈蚣荡失踪，他就认为这是刘二虎带头抓了凤华遭到的报复，肯定是那几个放鸭人害的。上次进剿蜈蚣荡他侥幸没有受伤，却也吓得魂飞魄散——蜈蚣荡有那么强大的游击队，说明早就有共产党在那儿。幸亏刘二虎上次私访没有带他去，否则定然同归阴曹了。而那个凤华和她身边几个不好惹的放鸭人，肯定就是共产党领导下的游击队员。刘二虎兄弟抓凤华抓得对呀，抓得准呀，如果不是德源药房的林老板花银洋及时来赎(他不知道林华生还用了金条和玉饰)，不愁撬不开那小娘们儿的嘴。那为什么林老板来赎凤华，真的是因为他徒弟是凤华的丈夫吗？这世上老板、财主很多，有哪个愿意花大血本去为一个伙计排忧解难的！至少他夏疤眼没见过。从蜈蚣荡回来后他悟出这一点，可受伤后暴怒的黄德龙根本不让他开口，只是赏赐他几块舍身救主的银洋就打发他走了。可他事后越想越像那么回事——那林老板确实是可疑的——他不想让厉家兄弟知道他的想法抢了功劳，两天后还是畏畏葸葸地到小梅红家找到黄德龙，把心里话说了。

黄德龙听了后沉默了一会儿，没有说话，挥挥手让他走了。

但夏疤眼知道这次他听进去了。

这条忠心的狗,心里像除了一块大石头。

黄德龙决定仔细问一下袁保康,麒麟镇德源药房这个林老板究竟是什么来头。袁保康是土生土长的本镇人,之前又是镇上商会会长,不可能不了解林华生,从他嘴里肯定能问出点名堂来。

小梅红家离维持会不远,黄德龙让耿嫂过去喊袁保康。

耿嫂不止一次被派去维持会喊袁保康了。以至于袁保康看见耿嫂过来就紧张,因为总是让他带人去打麻将。跟黄德龙打麻将只能输不能赢,等于变相送钱给他,这样的牌局没有一点意思,还要花心思,输得顺理成章,实在是累人。但他不敢得罪这个老土匪,因为他是宫田的臂膀,得罪了他就等于得罪宫田,那可不是好玩的。好在黄德龙对赢多赢少并不是太在意,有得赢就行,主要还是"手爪子痒",时不时要过个赌瘾。

耿嫂也以为黄德龙让她来喊人打麻将的,见维持会里除袁保康外,还有另外两位手下,笑道:"还是你们仨呀,走吧,正好凑一桌!"

仨人就乖乖地跟过来了。

黄德龙让耿嫂去喊袁保康,想不到带回了三个人,怪自己没交代清楚:"得得,打麻将就打麻将,麻将桌上好谈话!"

这个老赌鬼干脆顺水推舟了。

麻将桌上牌声响亮。黄德龙说起对林华生的怀疑,想不到三个牌友都表示不屑。

"黄营,这您就多心了,怀疑天下人也摊不到林老板呀!谁不知道林家父子的人品?真正是古道热肠、安分守己的正人君子哩!"

“林老爷子就这么一个相公①,从小就教他学医。医者仁心,他怎么会去掺和共产党、新四军,做打打杀杀的事?”

“我倒是看到营里的兄弟和日本兵常去德源药房拿药求医,不见一个给钱钞的。他是我们麒麟镇的大善人呀!”

“那他为啥花大代价非把蜈蚣荡那个放鸭女子赎回去?那女子肯定知道蜈蚣荡有新四军的,硬咬口不说,肯定是亲共分子!”黄德龙打出一张闲牌说道。

“他站柜徒弟是那女子的丈夫呀,他能不帮?这人就是良心太好,所谓仗义疏财,救人急难,积阴功哩!”

“哼哼,积阴功!积什么鸟阴功!”黄德龙哗地把牌一推,“清一色——老子和了!”

大家纷纷给钱。黄德龙喜形于色,吩咐站在旁边“看斜头”的小梅红把堂屋里的烟枪拿过来给他吸两口。

“你还要吸呀,就剩一点儿烟土了,留给我过过瘾吧!”小梅红撒娇着说。

“你小娘们要过瘾,老子就不要过瘾?赶快去拿!”黄德龙吼道,张开大嘴打了一个长呵欠。

“黄营,我看您烟瘾越来越大了,这东西抽多了不好。”

“还不是这小娘们害的,要我吸烟止疼,不然哪会染得上!”

散了牌局,袁保康急忙悄悄来到德源药房,在里面的诊室把牌桌上黄

① 相公:指儿子。

德龙的话对林华生说了。林华生听了一笑，问道：

“袁会长，照你看我像不像个通共的人？”

“你怎么会呢？你家大业大，又有娇妻相伴，犯不上呀！”

“说老实话，”林华生目光灼灼地盯着袁保康，“我店里坐堂，四方巡诊，共产党、新四军我是了解一些的，他们是为穷苦百姓打天下的，是要把外来的强盗赶出中国去的，这些人吃得苦，不怕死，我林华生钦佩他们。我恨自己有家有室，又是一介书生，如果没有羁绊，保不定我会去参加他们！现在出了镇就有游击队，二十里之外就有新四军，麒麟镇等于是个孤岛，你以为日本人能在这里蹲得长久？一旦新四军打进来，所有帮凶都得消灭！我这话，你相信吗？”

“我相信，我相信！”袁保康抹着头上的冷汗，“我上有老，下有小，当这个维持会长也是迫不得已，‘身在曹营心在汉’哪！”

林华生放缓神情，说：“袁会长，你能来把情况告诉我，我表示感谢。不说‘远亲不如近邻’，我们还是好朋友，你的为人我清楚，我对你放心。”

“是的，是的。”袁保康连连说，“我家和你祖上就是世交，我能不呵护你吗？不然我怎会赶紧过来把情况告诉你。不过世侄，你还是小心一点好啊！”

“我知道。”林华生沉静地说，“改日我会再去拜访一下黄营长的。”

林华生来到小梅红家。见到黄德龙后，从牛皮手提包里掏出一个锡纸包放在桌上，笑道：“下乡出诊，病家赠送了一点好烟土，不敢独享，送一些过来给黄兄尝尝。”

黄德龙一见烟土两眼放光：“林老板真是救了我的急了，这两天家里确实没有存货了，正愁着从哪里弄呢！”

“要烟土直接跟我吱一声，我林某别的本事没有，替人治病消灾，江湖上确实有几位懂感恩的朋友的。”林华生说着和黄德龙分宾主而坐。小梅红见有了鸦片，欢天喜地地吩咐耿嫂赶快上茶。

黄德龙端起茶杯，皮笑肉不笑地问：“林老板怕不是专门送烟土来的吧，莫非还有别的事？”

“没有别的事。”林华生说，“黄兄贵为一营之长，是宫田太君的红人，把守咱们这个小镇，不能不来高攀，不然就是我这个卖药的不识相了——不是有人怀疑我这个帮黄营兄弟和日本士兵瞧病问药的人有通共嫌疑吗？”

“哪里，哪里，林老板家大业大，名望乡里，怎么会干通共的蠢事呢！”黄德龙脸上掠过一丝尴尬，哈哈大笑起来，探头对林华生说，“只要你我做真兄弟，你林老板发你的财，有什么事尽可以找我，我肯定帮忙，我黄某也不是一个没得数的人！”

“那敢情好，上次黄兄已经帮过我一次大忙了，林某会记在心上的。”林华生站起来，朝他拱手道。

“那是小事，理解，理解！”黄德龙忙不迭地请林华生坐下。

第十四章　县委决定

一

东方刚露鱼肚白，张正和宝春一身农村人装扮，走在弯弯折折的土路上。

昨天张正接到区委指示，要他到县委驻地朱家庄，岳群书记有重要事情和他商量。

朱家庄在沿湖村西南方向，有五十里路，考虑到张正腿伤恢复不久，又不认识路，先让宝春送到二郎庙村，余下的路程让张正骑驴子前往。

走了十一二里路，太阳升起来了，两人身上都出了汗。这时候二郎庙村也到了，村口古槐下站着蔡明海。蔡明海穿着一身蓝布小褂裤，牵着一头大白驴。驴背上搭着一条长捎袋，大白驴站在主人身旁，不停地打着响鼻。

“哎，小张哥就交给你了！”宝春笑着对蔡明海说。自张正受伤养伤，遵林华生所嘱，要他们平时以“小张哥”相称，倒也喊习惯了。如果改唤“张营长”，倒觉得有些不适应哩。

“你就尽管放心好了！”蔡明海笑着应道。

宝春便从另一条旱路回麒麟镇去了。

“我看还是步行吧。”张正说。他爱惜地摸了摸大白驴，心里很感激林华生对他的体贴。

“没关系，我家这驴能驮三百多斤黄豆哩！”蔡明海憨厚地说。

张正笑起来：“那我就骑上去。”

麒麟镇上的人爱吃豆制品，做豆腐的就有三家。蔡明海家里有只母驴，平时拉磨，下乡买黄豆时又用来当驮脚，后来母驴生了崽，就是这头白驴。现在驮黄豆的任务就由这只白驴承担。蔡明海和他父母一样，为人诚实、可靠，三年前林华生回乡后，发现这小伙儿是个好苗子，常请他代购一些药材。经过考验，蔡家父子成了我党地下交通员，去年蔡明海还和杜宝春、沈桂兴一起秘密入了党。

临近中午，俩人来到了朱家庄外。

朱家庄是一个四面环水的大垛子，河流两岸长满了各种树木，有柳树、桑树、榆树、苦楝树、枫杨树等等。庄上住着十几户人家，以朱姓居多。从远处看，朱家庄就好像一片郁郁葱葱的树林。这样的村庄不仅隐蔽，而且易守难攻。

机警的张正老远就发现了新四军搭在两棵树之间的瞭望哨。走近进庄的桥头，还有两个新四军战士在站岗，跟他们要证件。

蔡明海从捎袋里拿出林华生写的信，一个战士让他们稍等，拿着信一路小跑，过桥进庄去了。

不一会儿，一个穿着便服的高个子和刚才那个哨兵一起走了过来。哨兵朝着这边招手，张正便上了桥，让蔡明海牵驴在后面跟着。

高个子笑容可掬地和张正握手："张正同志，欢迎你呀！"

"这是我们县委岳群书记！"哨兵在旁边介绍。

"岳书记好！"张正啪地立正，行了个标准的军礼。

"好、好、好！我们进庄谈。"

岳书记住的是一个地主家的院子。五间正屋关两厢，前面一个门楼子，天井是砖铺的地面。住这个院子的还有岳书记的警卫员小吴和县委其他工作人员。

进了院门，马上有人领蔡明海把大白驴牵到牲口棚吃草去了。

"小吴，你到厨房里去说一声，中午加两个菜。"岳群吩咐走过来的警卫员。

"是！"小吴响亮地答应道。

"岳书记，我是来谈工作的，不要这么客气。"张正说。

"哪里，你今天是重要客人，不可怠慢哟！"岳群爽朗地笑道，"我还没来得及感谢你和你的女朋友上次为后方医院弄来了一批好药品呢！"

"啊……"张正脸上一热，张了张口，想解释什么。连岳书记都以为宝玲是他的女朋友了，他的心里涌上了甜蜜的感觉。

来到书记办公室，岳群请张正坐下，亲手提壶倒了一碗凉茶："喝喝看，这大麦茶又香又解渴。"

张正真的是渴了，接过来咕噜咕噜一口气喝个精光。

"你腿上的伤怎么样了？"岳群关心地问。

"已经好了，就是阴雨天有些发酸，这不算问题！"

"这就好。"岳群说，"这半年多来，你利用在蜈蚣荡养伤的机会，像一粒火苗一样燃起了当地群众的抗日烈火，功劳很大啊！"

“岳书记，这不是我一个人的功劳，而是区委领导得好，还有县委、县大队对我们的支持。”

“你和林华生同志当年在‘陈团’就是战友，你们俩人搭档真是天作之合哟！”岳书记笑道。

岳书记继续说：“现在全国抗战形势越来越好，局部地区已经进行战略反攻。上级对我们湖西地区很重视，要把它打造成淮南淮北根据地稳固的大后方，这就不容许日伪军在麒麟镇一线长期据守，一定要尽快把他们赶走和消灭掉！

“由于我们发动群众挖路、拆桥、毁坝、坚壁清野，特别是上次蜈蚣荡水上民兵在区中队的支持下打的那场漂亮的伏击战，大大灭了敌人的嚣张气焰，现在盘踞在麒麟镇的日伪军不敢轻易下乡‘扫荡’，下了乡则寸步难行，饱受打击，只能龟缩在镇里，靠高邮大本营的水上运送给养来维持。如果我们把他们的水路切断，那他们就会不打自退。”

张正一听精神大振，直起腰板来说：

“我也这样想过。日本鬼子有武装汽艇，下乡‘扫荡’和补充给养才得以耀武扬威，无所顾忌。如果想办法切断敌人的水路，敌人就会失去一大半优势。”

“那怎样才能切断敌人南下北上的水路呢？”岳书记问。

“这肯定要选择特别有利的河段，我回去就找两个民兵一起去勘察。”

“行，这事请你抓紧，一旦确定地点马上向我汇报。”岳书记站起来拍了拍张正的肩膀，郑重地说，“根据当前斗争的需要，经淮南区党委和军区批准，淮宝县委决定在县大队的基础上组建淮宝支队。我们已经跟罗炳辉司令通过气，罗司令同意你继续留下来，帮助我们组建支队，并由你出任副支队长兼参谋长，程县长任支队长，我任政委。眼下县委、县政府的工作千头万绪，支队的日常工作就由你来负责。”

“我能力有限，就怕辜负组织的期望。”张正听了很激动，心里却也有顾虑，他一直在部队，没有多少地方武装工作经验。

“我们总是从战争中学会战争嘛！”岳书记说，“只要我们扎根于人民群众之中，就没有什么学不会、做不好的事情。你这次回去后，请你配合区委林华生同志，依靠群众，广泛考察和调查，构思一套切断鬼子水上给养运输的完整方案。有什么困难，或者需要什么支持，直接让林华生同志和县委联系。”

“好，保证完成任务！”张正立起来，庄重而坚决地回答。

月亮挂上树梢，张正和蔡明海回到沿湖村。吃完晚饭后，杜俊山把村里准备的两袋黄豆搭到大白驴背上，让蔡明海回了麒麟镇。

第二天，林华生来到蜈蚣荡。张正向林华生汇报了这次到县委接受的任务。两个人的手紧紧地握在一起，他们知道：一场真正的战斗就要开始了！

晚上，张正在村庙里召集民兵水上中队，传达了县委切断敌人水上运输线，断绝给养，逼鬼子撤出麒麟镇的设想。大家听说要把鬼子和伪军赶出麒麟镇，无不欢呼雀跃。

二

麒麟镇的伪军面临着粮荒。从高邮运送过来的给养都供应给了日军，宫田只是催黄德龙下乡去抢粮，但每次下乡抢粮都遭到民兵打击，简直等于送死。伪兵个个怨声载道，士气低落，思乡、思逃的情绪在军营萌动着。

想想也是可怜又可笑，日本人本来想在湖西地区建立一条封锁线，想不到倒把自己封锁起来了。麒麟镇的日伪军就像住在一座孤岛上，只凭借自己的优势兵力和优良装备维持着据守。

正月里镇上大户人家在日伪侵犯时纷纷出逃，留在镇上的店铺大多是小本生意，日伪军买东西常常不给钱，这些店铺难以为继，有的不得不关门歇业。但以经营油盐酱醋为主的小店铺想不开也难，因为是日伪军日常生活所必需的，只好糊一天了一日。三个豆腐坊都被日伪军统包了，东、西两家豆腐坊因买不到黄豆，借机停业，只有镇南蔡家豆腐坊还能勉力维持。

本来蔡家豆腐坊无论规模还是资本，都不是东、西两家豆腐坊的对手，它现在的优势在于有较稳定的黄豆供应渠道。县委要求千方百计支持蔡明海父子以收购、运输黄豆为掩护，做党的地下交通工作。现在连蔡家豆腐坊的豆腐渣也被伪军控制起来。不论什么时候，只要是蔡明海父子赶着大白驴驮运东西，进出镇都是一路绿灯，问都不问，查都不查，值班的士兵还热情地打招呼。

一天下午，伪兵小锁子挑着一副空担桶去蔡家豆腐坊挑豆腐渣，在路上正好遇到宝春。宝春明知故问："哎，小锁子，这么急急忙忙的，干什么去啊？"

小锁子不好意思地说："能干什么呀，弄吃的去呗！"

"弄吃的，那不找家饭店？"

"现在镇上连一家小吃店都找不到了，还找饭店？话又得说回来，营里兄弟一个个像饿死鬼一样，哪家小吃店敢开呀！"

“唉,我说你们现在连肚子都吃不饱,还能安心当兵吗?”

“可不是嘛! 弟兄们满肚子怨气,不少人想跑。可怎么跑得掉? 前几天一个弟兄只发了几句牢骚,就被厉老五打得半死哩!”

宝春叫小锁子等一下,跑到不远的杂货铺,跟老板协商匀了两包桃酥,外面包上一块破布,过来递给小锁子。

“什么东西? 脏兮兮的。”小锁子红着脸。

宝春笑着说:“一点零嘴儿,就算我请你下馆子的。上次我家凤华被抓到里面,幸亏你赶过来报信,我都没来得及谢你。”

“应该的,应该的!”小锁子接过桃酥布包揣进怀里,欢天喜地地走了。

宝春回到药店后,把遇到小锁子的事告诉了林华生。

林华生说:“你反映的情况很重要。我们要因势利导,争取把像小锁子这样的伪军拉拢过来,为我们下面赶走鬼子暗中策应。你今天回去后,也把这个情况告诉张正同志,看看他有什么想法。”

晚上,宝春来到张正的看鸭棚,转达了林华生对争取伪军的意见。

张正沉思了片刻,说:“下一步我们要利用小锁子,接触更多的伪军士兵。伪兵们现在最差吃的,你请林老板安排一个地方,要小锁子带几个靠谱的兄弟,给他们改善一顿伙食,增进一些感情。要通过我们的秘密工作,争取他们成建制地‘反水’。如有把握,要接触几个有正义感的小头目,摸清他们的兵力部署、火力配置,为把敌人赶出麒麟镇做准备。这只是我个人的想法,还要根据实际情况随机应变。”

林华生同意了张正的建议,决定就在蔡明海家里请小锁子和跟他要好的伪军兄弟吃顿好饭。蔡明海家不太显眼,不少伪军士兵也知道这个地方，便于集中。蔡明海对林华生说，这次请以小锁子为主的伪军吃饭不能说为了答谢上次小锁子到药店报信的事，以免给小锁子和药店带来怀疑和麻烦，就说是感谢他家下乡买黄豆来来去去，伪军兄弟们主动放行，因而略备菜肴薄酒请他们赏光，更为妥当。林华生夸他想得周到。

晚上，小锁子联络的伪军弟兄三三两两、陆陆续续地来到蔡家豆腐坊。宝春在门口等候，蔡明海在堂屋接待。堂屋里摆了两张方桌，显得有点拥挤。小锁子他们十多个弟兄分两桌坐，林老板身份高，蔡锦高年长，被推到上席就座。桌上菜品是红烧肉、红烧鱼、豆腐、粉丝和烧扁豆角等家常菜，但分量很足。酒是散装的大麦烧酒。开席前，林华生站起来微笑着向大家点点头，以柔和客气的语气说道：

"今天请弟兄们来，主要是给大家改善改善伙食。我知道，大家都是劳苦家庭出身，是有良心的中国人，当伪军也是迫不得已。现在日本鬼子领着你们占据着麒麟镇，到处烧杀抢掠，无恶不作，我想兄弟们谁也不愿意做帮凶。日本鬼子下乡'扫荡'把你们推到前面送死，你们的长官吃香的、喝辣的，而你们连肚子都吃不饱，这也太不公平啦！"

桌上的伪军们交头接耳，叽叽喳喳，都赞成林老板说的话。小锁子激动地站起来说：

"林老板，我们今晚来的弟兄，个个都恨死鬼子和伪军，早就不想干了！"

"是的，我们都想逃出麒麟镇！"

"我们想投新四军！"

另外几个伪兵应和道。

林老板示意小锁子坐下，接着说：

“大家能有这个态度很好，镇外就有新四军，他们会真诚地欢迎兄弟们的。但是，大家现在还要耐着性子，先留在伪军里，不要暴露自己，如果有什么事要办，会有人跟你们联系。好了，不说了，请大家喝酒，饭菜管够！”

顿时两张桌上都热闹起来，伪军们已经记不起什么时候吃过这样的好饭菜了，简直像过年一样哩！

三

立秋以后，蜈蚣荡的水位逐步下降。上游的淮河来水已不是先前的汹汹气势，而是悠悠荡荡、慢条斯理地流向下游，经高邮湖、京杭大运河汇入长江。

这天，张正和洪强、唐福兴撑着一条小船沿着蜈蚣荡主航道顺流南去。行了五六里水路，河道南折，不久前面出现了一片较窄的水面，西斜的太阳光洒在水面上，像一条红河，波光粼粼，煞是美丽。东边是成片的芦苇，西边却是一带缓坡，有五六个很突出的高墩子，生满了蒿草和红柴。洪强指着高墩子向张正介绍说：“这个地方叫西台高地，也叫六丘坟，可能是从前渔船上的人死了葬在这里的。”张正凝神观察着，突然喊：“停！”

唐福兴不解其意，篙子往前一甩，马上逼停了小船。张正笑着解释：“我不是要停船，是要向岸上靠。”

小船随即打横，驶向右岸。从航道到岸边，水渐渐地变浅，形成一片撇滩。张正连声说：“好地方！好地方！”接过唐福兴的竹篙，仔细地测量水的深浅和淤泥的厚度，问：“好不好上岸？”唐福兴回答：“这里不好上岸，要到下游,有个野渡口。”张正把手一挥,说:“好,继续走!”

到了下游渡口,三个人跳上岸,把小船拖上岸藏在茂盛的草丛间,然后沿着过渡的人们踏出的羊肠小道向六丘坟方向走去。走了没多远,羊肠小道拐了向,他们只好在大半人深的草棵里摸索前进。唐福兴拿着撑船篙子走在前面左拨右敲,既是打草惊蛇,又是为后面探出一条路形。就这样,大家深一脚浅一脚地来到了六丘坟。张正以一个指挥员的眼光仔细勘察了周边地形。在六丘坟南边,还有一条东西向的旱沟,他目测了一下旱沟到岸边的距离,不禁喜形于色……

四

宝春正在柜台上为病人按方抓药,听见门外有人操着外地方言问:“林先生在家吗?”宝春抬头一看,居然是日军翻译潘奇,不由得一怔,但看对方满脸笑容,似无什么恶意,便转头朝诊室喊道:“林老板,潘翻译找您来了!”

林华生并没有立即出来,潘奇耐心地在店堂里等着,踱着步欣赏悬在板壁上的几幅古字画。其时林华生正在给一个乡下病人诊疗,开了处方让他去柜台上抓药,才不卑不亢地走出来和潘翻译打招呼:“潘先生稀客,光临敝处有何贵干呀?”

潘奇朝林老板拱拱手,小声说:“宫田中队长有点不舒服,请你去看看。”

林华生心里一动,对宝春说:“你等会到后院跟师娘说一声,我去镇东出趟诊。”回诊室拎出药箱,就跟潘奇走了。

大前年日军占领高邮、宝应,一路杀人放火,城镇富商财主皆受到掳掠，甚至家人、用人都被欺凌强暴，令人发指，远近皆知。因此正月宫田率日伪军北上沿水路占领麒麟镇时，镇上大户人家纷纷举家朝东、西、北三面逃逸，很多府宅便落入日伪军之手。徐德和家因筑有私家炮楼，被日军改造成中队部，粮行里的五谷粮食和未带走的财产也尽数落入敌手。

林华生心想，宫田请自己到中队部看病，倒是天赐良机，可以亲自摸一摸里面的日军情况，正好沈桂兴又在那儿当厨师，可以相互配合一下。

自西向东过市河大石桥，桥头两个站岗的日本士兵上前拦住他，喝问："你的什么的干活？"潘翻译忙代他回答："他的医生的干活，是给宫田中队长看病的。"两个士兵向后退了两步，放他过去。

林华生跟着潘翻译往前走，一路注意留心镇东的情况。

不一会儿，便到了德和粮行。

德和粮行大门朝南，从前到后有四进二十多间砖瓦结构的房屋。临街的五间门面房，过去是卖粮的门市，现在是营房，门口有两个哨兵站岗。第二进是库房，成了士兵的宿舍。第四进是生活用房，由东西厢房和第三进围成一个院中院，伙房、潘翻译的宿舍都在这里。宫田住在第三进。粮行的院子很大，东西宽有十来丈，都是小青砖铺的地面，严丝合缝，可以晒粮食。房屋的两头各有一条一丈左右的运输通道。院子的西北角有一座近两丈高的私家炮楼，炮楼上的火力可以覆盖全院，在炮楼上也能够俯瞰全镇。河边上的运粮码头成了鬼子的军用码头。

潘奇带林华生进了中队部，来到宫田的卧室。宫田坐在椅子上，看上去个子不高，团脸上留着一撮仁丹胡子，面色萎黄，缺少精气神。潘奇跟他说了一阵悄悄话后，对林华生说："林先生，请你给太君查一查。"

林华生给他搭了搭脉，又看了看舌苔，点点头，心里有数了，转过脸对潘奇说：

“太君得的是疟疾，俗话叫‘打摆子’。我们这儿是水乡，毒蚊子多，这病是常见病。西医用奎宁治，我是开中药房的，要治只能用中药，药效肯定要慢一些。”潘奇和宫田叽里咕噜说了一阵后，告诉林华生：“太君说中药虽然慢一些，但是副作用小，同意用中医治疗。请你给他开药方吧。”林华生说：“开药容易，煎药麻烦一些。哪个负责煎药？我要跟他当面交代一下。”“林先生先开药吧，煎药的人伙房里有的是。”

林华生于是坐到桌前，拿出笔和纸开起药方：

柴胡三钱　茯苓三钱　知母三钱　陈皮一钱五分　半夏三钱　黄芩三钱　黄连二钱　枳实二钱　常山三钱　竹菇三钱

林华生把处方单交给潘奇，说：“先打三剂，吃三天看看。”

潘奇接过处方单，跟宫田说了几句话后，对林华生说：“太君要你亲自给他煎药，等他的病好了你再回去。”林华生沉默了一会，知道这时候是不能拒绝的，心想也好，在这里待两三天，正好可以全面摸摸情况，于是爽快地说：“行！请派人跟我去拿药。”

“还是我跟你去吧！”潘奇说。

回到药店，趁宝春抓药的当儿，林华生到里屋对吴琼说：

“宫田患的是疟疾，要我住在那里给他煎药治病，可能要两三天时间，家里就由你和宝春照应一下。”

吴琼有些担心，神情凝重地说：“你在里面是跟魔鬼打交道，要多留些心眼呀！”

林华生说：“你放心，敌人是请我看病，不会为难医家的。我也正好利用这个机会，摸摸里面的情况。”

林华生拿着吴琼帮他收拾的几件衣服和洗漱用品回到店堂，对宝春说：

“我在太君那儿要住两三天，药店你要多忙了。还像以前一样，心稳些，不要忙中出错。”

“老板请放心！”宝春心领神会地回答道。吴琼这些时害喜了，因此林华生总是让她在后院休息，除非特别忙才让她出来帮忙。这段时间县委和区委来联络也多起来，所以一定要小心谨慎。

林华生和潘奇上街挑了一只煎药的瓦锅子，又回到德和粮行。

潘奇把林华生带到伙房。伙房里有两个伙夫，一个是日本人，做日本料理；一个是沈桂兴，做本地风味菜肴。见潘翻译和林华生一个拿着药包，一个拎着瓦锅子进来了，日本伙夫丈二和尚摸不着头脑，而沈桂兴知道是干什么的。林华生对沈桂兴使了个眼色，两人心照不宣地微笑了一下。

潘奇说：“林老板是来给宫田中队长煎药的，你们看放在什么地方煎好？”他又用日语说了一遍。日本伙夫不懂中药煎法，茫然地摇了摇头。沈桂兴接口说：

“伙房里都是大锅大灶，这瓦锅子没法安，只有用砖头支个小锅炝子煎药。”

林华生说：“也只能这样了。哪里有砖头？我过去搬。”

沈桂兴便说：“炮楼下边有呢！”

潘奇这人有洁癖，说：“那你还不带林先生一起去搬？”

在炮楼下边的砖头堆旁，林华生边选砖头边对沈桂兴小声说：

“我在这里帮宫田看病，要待两三天时间，你要想办法把鬼子的兵力、火力、工事等情况画成图交给我带走。”

“我已经画了一张简单的图，等下次煎药时，找机会揣给你。”沈桂兴得意地说。

两人把砖头搬进伙房，沈桂兴很快就在窗户下面支好小锅炝子。林华生洗净瓦锅子，把一份中药倒进锅里，加了清水，然后端到小锅炝子上，先用大火烧开，又用小火煎了大约半小时。等药锅稍冷却，他把浓浓的药汤滗在一只大碗里，对潘翻译说：“药煎好了。”

“那我们送去吧。”

林华生双手端着药碗跟潘翻译来到宫田的卧室。宫田闻到浓烈刺鼻的药味，脸上的肌肉抽搐了一下。

林华生说：“这个药比较苦，请阁下谅解。”

宫田要潘翻译对林华生说：

“没关系，你们中国人不是有句俗话叫‘良药苦口利于病’嘛！”

林华生笑道：“原来宫田先生对中国文化颇有研究呀。”

宫田要潘翻译翻给他听，脸上露出一些笑容，说道：“哟西！”

原来，宫田的父亲早年在中国东北地区做过人参生意，喜欢中国文化，时常把在中国的见闻讲给儿女听。宫田自小耳濡目染，不仅喜欢中国美食，对神奇的中医也充满好奇，因此这次得了个忽冷忽热的疟疾，他就要潘奇去请德源药房的大夫来治。春天里他要找一名擅做面点的中国厨师，袁保康向他汇报是德源药房的林老板帮忙选的，对此他很满意。

宫田把碗里的药倒了一部分在一只玻璃杯里让林华生先喝。这其实是林华生早就估计到的,他毫不犹豫地端起杯子,一口气喝了下去。宫田从眼镜后面端详着林华生,见没有任何异常,才端起碗,憋住气,喝完大碗中的汤药。

林华生住在一间空房间里,一天煎两次药,其余的时间都闲着,看看医书,到院里溜达溜达。在院里潘奇就上来跟着,林华生哪儿都可以去,就是不许出大院。

林华生和潘奇扯上了闲篇。

“听口音,潘先生府上好像是扬州那边的。”

“是的,我是扬州人。你对扬州熟悉?”

“熟悉谈不上。我夫人是扬州人,我去过几次;以前去镇江,有时也从扬州经过。”

“哎呀,我们还是半个老乡来!”这么一说,潘奇倒热情地套上了近乎。

“不敢高攀哪,潘先生可是太君身边的红人哟!”林华生笑道。

“哪里,我在这儿也就是混口饭吃。”潘奇谦虚道,脸上却浮出一些得意,又问道,“哎,你以前去镇江干什么?”

“我是经人介绍去广济堂药房学配蛇药的。我们这水网地区蚂蟥多、蚊子多、毒蛇多,你没听说过一个顺口溜,叫‘蚂蟥当裤带,毒蛇钻铺盖,三个蚊子一盘菜’?”

“乖乖隆哩咚①,瘆死人了!”

“因为蚊子多,所以‘打摆子’的人也多。还经常有人被毒蛇咬伤,如不

① 乖乖隆哩咚:扬州方言,表示强烈的惊讶、赞叹语气。

及时救治，就可能丢了小命。为此，我专门去学习了治疗毒蛇咬伤的方法。”

“噢，是这样的。”

“哎，这么多日本兵在这里，怎么不配军医啊？让宫田太君病成这样。”

“唉，不瞒你说，现在各地方新四军和游击队不断袭击皇军，军医紧张呢。我们中队只配了一名军医，前几天借调到北面黎城据点去了——那边皇军中流行拉肚子，过去帮忙了。”

“日本一个中队有多少人呀？”

“有近二百人。但分了两拨小队到北边三河沿线的永丰和黎城，麒麟镇也就剩下百十号人。”潘奇觉得自己说漏了嘴，忙说，“我跟你随便谈谈的，你可不能拿到外面去讲哦！”

“我也是随便问问，你放心，我不会到外面去说的。”林华生笑道，心想，如潘奇所说，麒麟镇据点的日军顶多八十人了不起了，因为自春天“扫荡”以来，被四面的抗日游击队打死的就有十多人——光蜈蚣荡上次就打死了七名——还不排除重伤丧失战斗力的。

他改口问：“潘翻译在军营这么长时间不回去，难道不想家吗？”

“还能不想吗？我有老婆有孩子，父母大人也健在，但太君不让回去，有什么办法？”

“我看皇军汽艇不是开来开去嘛，不能跟它走一趟？”

“那是运粮、运菜、运弹药的，不准带人。”

“噢！”林华生没有再问什么。

宫田喝了两天汤药，自觉神清气爽，对林华生跷起大拇指，说：“你的，医术的高明，良心大大的好！”

林华生强压胸中怒火,笑着回答:“哪里,哪里,太君过奖了!”

第三天,林华生去伙房煎药时,故意把火弄熄,伙房里烟雾弥漫,呛得日本伙夫跑到门外弯着腰咳嗽,潘奇也跑得远远的。沈桂兴趁势上来帮忙,把一个小纸卷揣进了林华生的口袋。到了晚上,林华生煎好最后一次汤药陪宫田喝下,对潘奇说:“太君的病已经好了,我是不是可以回去了?”潘奇请示宫田后,说:“太君说你可以回去了。”

林华生回住处收拾行李。沈桂兴画的图被他塞在空了一半的牙膏管里。这几天潘奇已经跟林华生相处出感情来了,亲亲热热地把他送出德和粮行大门。但在过桥时,两个日本兵还是把他全身和药箱都仔细检查了一遍后才放行。

五

林华生离开药店三天,宝春和吴琼俩人配合默契,业务正常开展,经营也没受多大影响,林华生很满意。他对宝春说:“你今晚回家告诉张正,过两天我过去谈事。”

宝春说:“今天不行吗?早点过去,我让凤华杀只鸭子为你接风!”

林华生说:“我倒是想今天去,正好散一散身上的晦气味儿,但还是待两天过去好。”

宝春灵醒地点点头,心里对华生很佩服。林华生刚从日军中队部回来,防止宫田派人暗中监视他,有意观察两天,看看有什么动静,再安排怎么和张正碰头。

两天过去了,林华生没有发现鬼子对他进行盯梢监视,便对宝春说:

“明天去你家吃晚饭。”

“好、好！”宝春高兴地连声答应。

第二天黄昏，林华生和宝春一起来到沿湖村，张正已早早在杜家门口等候着了。两个战友手拉手地一起进屋，见香喷喷的饭菜摆了一桌，林华生开玩笑地对杜俊山夫妻说道：“呀，这么丰盛，这不是招待我，是招待你们女婿吧？”

这一说，张正和宝玲脸一下子都涨红了。

桌上的菜肴是：油炸花生米、咸鸭蛋、咸菜烧杂鱼、红烧小公鸡、煨老鸭、冬粉荷包蛋、扁豆角烧芋头。

韩桂云笑着说：“都是土菜，只要林老板不嫌弃就好了！”

凤华说：“今天一大早爸爸就到湖里张卡了，好像知道今天要来客，一下子收了两三斤哩！”

“好吧，那就不客气啦，大家都坐，动筷子！”林华生大大咧咧地说，看得出来他今天的心情是格外放松的，这是因为前几日对敌人情报的侦察和搜集都颇为顺利。

杜俊山问要不要喝酒，张正说不要，马上还要谈工作。林华生说：“这酒先留着，等赶走麒麟镇的鬼子再喝，到时候咱们来个一醉方休！”

大家听了都乐开了。

吃过晚饭，林华生和张正、宝春一起在小油灯下研究起工作来。

林华生从口袋里拿出一张叠得方方正正的小纸片，展开来，是一张用铅笔画的简图。

“这是我在德和粮行给宫田看病时，沈桂兴给我的敌情图，鬼子的兵力、火力配置都在上面，与我了解的情况基本一致。鬼子全部驻在镇东和镇东南，本来是完整的中队，因分兵永丰、黎城两个据点，现在实不足百人。桥头驻一个小队，南北两边各有一个地堡；东南进镇的路口驻一个小队，住在民房里；东面码头的汽艇上也驻着一些鬼子；其余的都驻在中队部——德和粮行。德和粮行的西北角有一个炮楼，配有一挺歪把子。鬼子的情况主要就这些。伪军的情况主要是宝春打探的，也说说吧。”

宝春简明扼要地介绍道：

“根据小锁子他们提供的情况，伪军的兵力主要布置在南、北、西三个桥头。守南桥的人约一个排，二三十人，驻在柏家染坊；守西桥的也是一个排，驻在关帝庙；北桥由营部直接派士兵站岗，定时轮换；镇西的炮楼以前是鬼子把守，现在又交给了伪军，每个炮楼上都有机枪。”

张正仔细地听着，不时地点头。

“麒麟镇四面都是河，鬼子、伪军又在镇上筑了不少地堡，他们白天大都在地堡和炮楼里，很难接近，确实是易守难攻。如果正面攻击麒麟镇，难度很大，正月里那一仗就是个教训，那次我军还是采取守势呢！”林华生说。

张正微笑着说：“我已经有想法了！”

“什么想法？”林华生和宝春异口同声问道。

“调、虎、离、山！”张正一字一顿地说。

“你是说把鬼子调出麒麟镇来歼灭它？”林华生用探询的口气说。

“是的，如果鬼子不听调，那就要逼鬼子出镇，我们再加以伏击。前些时候我和洪强、唐福兴往蜈蚣湖下游去勘察地形，有个地方左边是芦苇荡，右边是叫六丘坟的一带高地，岸高坡陡，很适宜打伏击战——我们就选择在这个地方伏击鬼子。我们用猛烈的火力进攻麒麟镇,逼迫鬼子乘汽艇南逃,当汽艇进入伏击水域时,前后一堵,中间开花,把鬼子埋葬在六丘坟!”

林华生听了,大为振奋,说:“我马上把这个设想整理成一个完整的材料,抓紧向县委汇报。”

张正说:“行啊,但有些具体问题还没有考虑好。比如,鬼子的汽艇驶入伏击水域后,用什么把它打翻、炸沉?单靠投手榴弹肯定不行,那就要有水雷。上次敌人“扫荡”蜈蚣荡我们发明了‘地雷床’,敌人不会再上当,看见这种浮状物用枪一打就爆炸了;再说操作也不方便,牵绳拖曳的人容易被发现,非常危险。对付汽艇,水雷的威胁最大,效果最好——可现在我们连地雷都不过关,哪里还谈得上水雷呀!今天上午我还和洪强他们议论这件事呢,他们说还要找金国才来商量,但我觉得把地雷改造成水雷技术含量太高,短时间内解决恐怕不太容易。还有,鬼子的汽艇怎么堵?在蜈蚣荡打桩下梢的方法还能不能用?这些问题都要考虑得周周到到,容不得半点疏漏。”

“金国才那边我来联系,让他尽早过来。”林华生说,看宝春眼睛亮灼灼的,问,“哎,你是不是想到什么点子了?”

宝春红着脸说:“我们能不能扎两个很大的芦柴筏子,到时候鬼子汽艇进入六丘坟航道,从岸上、草丛中往河里一推,两头一拦,鬼子的汽艇不就前进不了,也后退不得了吗?”

“哈,这倒是一个大胆的主意,值得考虑!”张正说。

第十五章　改制水雷

一

“补锅哦——”

金国才挑着补锅担子来到沿湖村，走到杜俊山的屋墩子。正在厨房里准备烧午饭的韩桂云迎出来，笑着说：“国才，一听吆喝声就知道是你！”国才也笑道说：“这是大妈耳朵灵，警惕性高。是林老板通知我来的，说张营长有事找我商量。”韩桂云说：“他们在湖荡里，我撑木桶带你去！”国才说好，先把补锅担子放进西厢屋，跟韩大妈来到园沟，上了木桶。

随着对敌斗争的深入，张正、洪强、唐福兴、纪同富几个放鸭的在有其他事情时鸭子都请人代放，在这方面韩长庚主动做了协调，有时让家里雇工来代，有时甚至让韩小甩子代上半天。代张正的自然是宝玲了，但张正就是不做别的事务，宝玲现在也赖在湖上，年轻人都知道她和张正成了恋人，时常拿她打趣。

看见金国才来了，张正和洪强他们几个放鸭人立即靠拢过来。

张正开门见山地问：“我们目前能不能把普通地雷改成水雷呢？”

金国才老老实实地说：“以前没有想过这一层，所以上次蜈蚣荡反‘扫荡’,采纳洪强的提议,改成了‘悬雷’,设计了‘地雷床’,就是因为土地雷防水不过关——要把地雷改成水雷,防水是最大的难点,是关键的关键!”

“那么,怎样才能解决防水问题呢?”

“首先,在浇铸雷壳时不能有砂眼,这点只要仔细、用心,完全可以做到。主要是雷帽——我们现在做的地雷雷帽是卡口,下了水肯定会渗。如果改成螺口,可能要好得多。但我们乡村铁匠没有做螺口的工具和技术呀!”

“明白了。”张正点了点头说,“我这次要的水雷不是触发雷,全是拉雷,你回去后找一些同行商量商量,过几天再过来商量。时间比较紧,争取早日研制成功才好。”

“好的!”

吃过午饭,金国才挑着补锅担子回去了。回去之后他立即去找同行师傅研究陆上地雷改水雷的问题。针对雷帽和信管插口防水这个要点,有的说用蜡烛油封,但有人认为蜡烛油温度高,搞不好会爆炸,太危险;也有的提出用补船的油灰封,有的提出用糯米汁封。金国才听了一一记在心里,决定回家都试试,看哪种方法比较有用。

试验的结果令人失望:用蜡烛油和糯米汁封的空雷,放到水里不足一支烟的工夫就剥落销蚀了;油灰在水里虽然没有变化,但它没有黏性,水很快从四周的裂纹间浸了进去。

二

在金国才在家里潜心试制水雷的当儿,林华生和张正带着整理后的战斗方案，来到县委驻地。

在会议室，岳书记、程县长和政治部熊主任都站起来热情招呼他们。岳书记笑着说：

“二位车马劳顿，要不要稍微休息一下？”

“不用了！”他们同声回答。

“好，那就开始吧！”

张正从贴身衣服的口袋里掏出一沓纸，展开放在大家面前，说：

“麒麟镇四面环水，东面的外大河就是淮河入江水道，敌人只要控制住南、北、西与镇外通联的三座桥和河面，是很难攻进镇里去消灭他们的。

“南北市河把集镇分成东、西两部分。镇东是鬼子中队驻守，因为分兵北上，目前兵力八九十人，有五挺轻重机枪和两艘汽艇，另外还有掷弹筒。西边的石桥头和东面的路口各有两个地堡；中队部设在德和粮行，西北角有炮楼；沿河边都拉起了铁丝网。镇西由黄德龙的伪军负责，号称一个营，经过几个月‘扫荡’的人员损耗，实际上不足两个连，而且如今军心涣散，士兵缺粮挨饿，已经不可能形成太强的战斗力。最近经过我们秘密做工作，争取了刘长锁等一些士兵，如果发起进攻，可以作为我们的内应。

“这次攻打麒麟镇的主力，是我们淮宝支队和区大队、蜈蚣荡水上民兵中队，其他几个乡的民兵中队给予配合。用支队的大部分兵力，从南、北、西三面完成对麒麟镇的包围。对鬼子先围而不打；对伪军采取里应外合，等拿下镇西后，再以其为依托，从西、南两面同时向鬼子发起总攻，逼迫鬼子乘汽艇南逃。

“我们经过勘察，确认六丘坟这个地方很适宜打伏击战：航道南边是一带高地，可以居高临下，用火力控制航道；北边是芦苇荡，便于战斗人员隐蔽。这样,我们在包围麒麟镇的同时,派支队一个连埋伏在六丘坟,蜈蚣荡水上民兵中队隐蔽在芦苇荡里,当撤逃的鬼子进入伏击航道段时,立即从两边堵死其进退的水路,拉响水雷,炸翻汽艇,然后动用各种火力,以迅雷不及掩耳之势,把鬼子歼灭在六丘坟。

“为了确保这次伏击顺利,请县委在武器方面给水上民兵中队适当支持,特别是水雷和手榴弹。水雷是这次战斗的关键性武器。我和林华生和一些制造土地雷的能工巧匠商量,着眼点放在用拉火地雷改制水雷上,做了不少试验,防水关还是过不去。我们不泄气,还要继续研究下去,但是,战机是不允许这么研究下去的。因此,请求支援。

“另外,县支队参战人员要进行实地训练。请求先派一些战士去六丘坟,协助水上民兵一起做战前准备工作。”

张正汇报结束后,岳书记问林华生有什么补充的,林华生说:“这个方案是我们在一起研究的,没有什么补充的,还是请书记、县长和主任做指示吧!”

岳书记把脸转向程县长,说:“请程县长先说。”

程县长说:“张正同志的汇报方案很翔实,也很周到,我听了很有启发。之前我们县委的思路是,既然麒麟镇是鬼子的中心据点,兵力、火力配置都比较强,地形复杂,想先啃硬骨头,打掉麒麟镇的敌人,然后北面三河沿线的永丰、黎城就好解决了。现在我想以张正同志的方案为基础,大胆修改和扩充一下:以县支队为主力,各区民兵配合,来他个秋季攻势,把麒麟镇和永丰、黎城的鬼子统统消灭,收复三河南片各镇,彻底打破鬼子控制江淮水上通道的妄想。在具体战斗部署上,可以先易后难。永丰、黎城驻的鬼子少,比较容易打,我们可以先集中优势兵力,拔掉这两个据点,敲山震虎,然后挥师南进，和先期围攻麒麟镇的支队主力一起向鬼子发起总攻，把鬼子赶出镇，在六丘坟彻底消灭他们。”

岳书记用征询的目光望着熊主任，熊主任面带笑容地点点头，表示没有其他意见。

于是，岳书记作了总结：

“综合程县长和张正同志的意见，我们的方案可以概括为三步：一、敲山震虎，先把永丰、黎城的鬼子消灭掉，震慑麒麟镇的鬼子。二、围攻麒麟镇，打掉战斗力疲软的‘黄营’，然后赶蛇出洞，逼迫鬼子从水路南逃。三、关门打狗，在六丘坟伏击南逃的鬼子。请熊主任按照这个部署整理一个书面材料，向军区党委请示。我派陶参谋协助你完成这个任务。张正同志提到的水雷研制，如果麒麟区民兵实在解决不了，可以向二师兵工厂求援，这样在时间和质量上都有保证。

“从现在开始，我们就要抓紧时间分头准备。请程县长重点抓支队的训练。麒麟镇那边的准备工作由张正、林华生你们两位负责，我们不另派人了。二师兵工厂那边等我联系好再通知你们。”

程县长问：“张正同志，你们在六丘坟做准备这个阶段，需要安排支队多少战士去帮忙为宜？”

张正想了一下说：“我们民兵中队能安排全天出勤的只有几个人，就派十个战士过来吧。”

“好！我先给你派一个班，在战斗打响前再给你调配力量。”

“行！”

三

太阳西斜了。一个庄稼人装束的青年走进了德源药房。林华生正低头给病家开处方,见有人来便抬起头,青年朝他笑了笑,没有说话。这人很面熟,就是一时想不起来他姓甚名谁。他赶紧打发了患者,站起身,青年双手递给他一封信。他打开信:

林华生同志:

现派县支队冯瑞华排长前去协助你们开展伏击战准备工作。他是你们区的人,对情况比较熟悉,便于工作的开展。请你安排他和张正见面,具体工作事项由你们三人研究。祝你们成功!

此致

敬礼!

岳群

1942年9月18日

林华生看着熟悉的岳书记的笔迹,高兴地伸出右手握住冯排长的手说:“欢迎!欢迎!你是不是前年报名参军的小冯啊?”冯排长笑着说:“是啊!还是你给我戴的大红花呢!”林华生叫来宝春,向冯排长介绍说:“这是宝春,是自己同志。张正同志就住在他家。”他又向宝春介绍了冯排长,并要宝春先回去送个信,他和冯排长随后就到。

晚饭后,宝春到门外放哨,张正、林华生、冯排长三个人在油灯下商量着准备工作。

张正说：

“六丘坟伏击战前期准备工作主要有三件事：一是扎两个大芦柴筏子，每个芦柴筏子长四丈，宽一丈。扎好后运到六丘坟，先隐藏在芦柴棵里，在战斗打响前推到指定位置，并在上面插满鲜芦苇，用来拦截鬼子的汽艇。

“二是准备一丈以上的木桩一百根、粗麻绳五百丈、细麻绳二百丈，主要是用来捆绑水雷和做水雷拉绳，准备好后送到六丘坟。

“三是抓紧研制水雷并进行试验。

“前两件事，请区委和民兵们来完成；后一件事，由冯排长带领支队战士和研制人员负责。

“后期的准备工作有两件事：一是在航道里打桩、布雷。二是在六丘坟南边挖一条八十丈长的壕沟。前一件事以蜈蚣湖水上民兵中队为主，支队派人协助；后一件事请冯排长安排战士去完成。”

林华生赞许地点点头，微笑着对冯排长说：“冯排长，你听明白了吗？”

“听明白了。”冯排长补充道，“研制水雷要找一个比较隐蔽的地方，这要实地勘察一下。”

张正说：“对，如果走漏了风声，被伪水警发现或敌特知道了去报告宫田，这个老狐狸肯定会猜到我们的意图，就不会上当了。”

冯排长对张正说：“那我明天就和你去找地方吧，我家住在徐家舍，离六丘坟不远，我对那边地形熟，可以当向导。”

“我也去！”林华生说。

“那吴琼一个人在家……”张正犹豫地说。吴琼已经怀孕好几个月了。

“不要紧，我出来时跟她说过，今晚可能不回镇的。”

清晨，秋雾像一面面白纱，在西台高地的芦苇尖上飘来荡去。冯排长领着张正、林华生在芦苇丛里钻来钻去。他们浑身上下都被露水打湿了，头上还沾了不少恼人的蜘蛛网。三人在高地里转了大半天，终于在其腹地选择了一个墩子，作为试制场所，又选择了附近一面水塘作为试验场。

程县长派的十名支队战士也在上午时分被向导领到了六丘坟。

冯排长到附近农民家里借来镰刀，和战士们一起把墩子上和水塘周边的芦苇全部砍光。林华生找到西安乡李乡长，要他们把区里分给他们的木桩、麻绳的任务提前完成，现有的木桩有多少送多少到冯排长家，有急用。战士们七手八脚，有的搭棚架子，有将割下来的芦苇扎成一块块笆子，既可以盖棚顶，又可以作挡墙，搭好了三个简易棚屋。一个棚屋作车间，另两个作食宿用。战士们又在棚屋四角打了拉绳，四周挖了排水沟，防止大风大雨来临时倒塌。一切准备工作就绪，即将开始试雷生产。

这次金国才、邹荣庆带来了另两个会造地雷的民兵小李和小徐，张正和林华生召集他们开了一个生产会议。大家你一言我一语地议论开了，有人说要抓紧浇铸雷壳；有人提出浇铸雷壳需要焦炭、生铁，还要制模的砂子，这些材料都不就手，怎么办？金国才却一直没有吭声。

“国才，你说说意见。”张正点名要他发言。

“要我说，我们可以不用生产雷壳，目前麒麟镇的敌人不敢下乡‘扫荡’，把各乡民兵没有填药使用的雷壳收集一部分过来，直接进行改制，这样省工省时。根据我们试验，确实是拉火地雷的雷壳最适合，就是暂时无法解决防水问题。”

大家都认为金国才的意见好。

张正问:“试验用的雷壳要多少个?”

金国才说:

“起码要三十个吧?”金国才也没得数,因为要看试验效果,试验成功得快就用得少些。

“就五十个吧!”最后拍板说。挑上淮宝支队副支队长这副担子后,张正做事比以前更有决断了。

“我回去就去落实这件事。”林华生说。

四

林华生把收集好的五十个拉火雷空壳派人送到徐家舍冯排长家里。冯排长让父亲帮忙用船送到了工棚。

张正、冯排长、邹荣庆、小李、小徐五个人立即开始讨论试验计划。

因为金国才在家里已经排除了用蜡烛油防水、用糯米汁防水、用捻船的油灰防水三种方法,面对一大堆空壳地雷,他们发现下面的试验竟然无从下手,都比较烦恼。

小李抽着旱烟开腔了:“我看还是要在油灰上打主意,既然油灰捻船风浪吹打都不浸水,用来捻地雷应该就没问题。”

张正问金国才:“油灰是不是你自己做的?”

“嗯。”

“那会不会是做得不对呢?这要请教造船的木匠师傅才行呀!”

邹荣庆、小李、小徐也认为张正说得有道理,木匠拌制油灰是有技术的,一般的外人还不让学呢!

冯排长说他认识一个钉船师傅，可以去找他问问。

“还等什么，我们现在就去吧！”张正说。

木匠师傅告诉他们，捻船用的油灰要与火麻拌起来，用榔头反复锤烂，捻到船板缝里等油灰干了，船才能下水。回来后金国才他们依言照办，做好了新油灰。然后拿了一个空雷，卸下雷盖，抹上油灰，盖上雷盖，用小竹片把油灰塞紧、抹平，放在太阳下晒干。晒了两天后，用手捺捺，看干得可以了，把它放到水里去试。过了一夜打开雷盖一查，小徐高兴得连声说：“可以了，可以了！里面干焦焦的！”金国才却说：“不要高兴得太早，空雷可以，实雷不一定行。”他们向冯排长报告后，同意进行实雷试验。

金国才、小李、小徐在两个战士的帮助下，拿来三个空雷进行检测，确认没有砂眼后，装好炸药，然后按试空雷的程序，抹上油灰，盖好雷盖，装好信管，放在通风的地方阴干。两天后，金国才检查了一下，不放心，又多放了一天。末了，金国才向冯排长建议说：

“可以先拿一个雷在水里泡一天就试爆，如果响，再拿第二个雷放在水里泡两天，进行试爆，如果还响，就进行第三个雷试验——三个雷都响，就没问题了。”

冯排长说：

“行，就这么办！”

试验场的水塘水不深，冯排长和两个人卷起裤脚下到水里打好桩。金国才下去把一枚水雷绑在木桩上。他们在做这些的时候十分小心和专注，以至蚂蟥叮到他们的腿上都浑然不知，直到从水里上来，两个小战士才惊叫起来。别的战士连忙帮着用手把蚂蟥一条条扒下来，两个小战士的腿上鲜血直流。冯排长笑道：“打仗流血你们不怕，几条蚂蟥倒把你俩吓得鬼喊鬼叫的!”

第二天,泡了一天的水雷开始进行试爆。大家都蹲在壕沟里,心里充满了期待。冯排长一声令:“拉!”一声巨响,水塘里的水冲上一两丈高,淤泥的臭味扑鼻而来。“噢,成功了!”大家跃出壕沟,高兴地欢呼起来。水塘里漂起了许多被炸死、炸晕的鱼,战士们把它捡回来,送到伙房做成佳肴。

金国才对张正、冯排长说:“现在说成功,还嫌早!如果经过两天、三天的防水试验,都成功了,才能算。”张正鼓励他说:“不管怎么样,总是一个进步吧!”

第二枚水雷试爆的时间到了,林华生也从镇上来到试验场。等大家进入壕沟,冯排长下令起爆,战士用力一拉,水塘里却一点动静也没有。整个试验场鸦雀无声。大家你看看我,我看看你,一时不知说什么。张正从壕沟里站起来,鼓励大家:

“试验嘛,本身就存在两种可能,一种是成功,一种是不成功。这次试验出现了哑雷,我看很正常。我们要认真分析原因,找到问题的症结,采取针对性的措施再试。”

冯排长跟着说:“张正同志说得对,我们不怕失败,就怕没有信心。大家待在原地不要动,我去取哑雷。把哑雷拆下来,看水是怎么进去的,采取补救措施后再试一次。”

“排长,你不能去,让我去吧!”战士们连忙拦住他。

金国才大声说:“你们都不要去!水雷是我经手改制的,它的结构我最清楚,还是我去取。”说完就跳出壕沟,小徐、小李想上去拉,但金国才已蹿出三米开外。

“小心啊,国才!”林华生在后面喊。

金国才下到水塘里，缓缓接近绑着水雷的木桩，小心解下捆绑的绳子，把水雷捧出水面，又缓缓踩着河泥挪到岸边，把水雷轻轻放到地上，谨慎而熟练地拆下信管。站在壕沟里的人随着他的动作紧张得心一阵阵抽紧，直到这里才舒了一口长气。看金国才捧着水雷向他们走来，一起跃出壕沟去迎接。金国才这时倒像一个孩子，朝大家腼腆地笑笑，说："没事，没事！"

检查分析结果是，水是从雷盖和信管插孔慢慢浸进火药的。

张正和林华生、冯排长统一了意见，说："不要再试了，看来只有去兵工厂求大师傅帮忙了！"

五

秋高气爽，天空湛蓝湛蓝的，没有一丝云彩。张正和冯排长、金国才跟着岳书记来到了仙墩庙——新四军二师兵工厂。仙墩庙建在一个墩子上，占地有五六亩的样子，四周是长满杂草的河沟，正南面有一条进出的道路，路口有两个战士在站岗。冯排长上前向战士说明来意，一个战士进去通报不一会，领着一个左腿有点瘸的高个子同志来迎接他们——他就是兵工厂厂长吴运铎同志。

"岳书记，哪阵风把您给吹来了！"吴厂长上前握住岳书记的手，笑着说。

"我是无事不登三宝殿哪！"岳书记笑着说，"我这次来是带人向你求援的。"

"求什么援？我又不是三宝殿的菩萨！"吴厂长也笑了。

岳书记把张正推到吴厂长面前，郑重介绍道："这位是张正同志，是我们刚建成不久的淮宝支队的副支队长兼参谋长，也是这次秋季攻势的主要指挥者和策划者。他需要在不久的战斗中使用一批水雷，本来想用地雷来改造，但防水问题始终解决不了，只好央求我领着他过来找专家。这是事关战斗成败的大事，还请吴厂长鼎力相助!”

“岳书记你放心，我们兵工厂要是解决不了这点麻烦，就没必要存在了。”吴厂长自信地说，领他们进了仙墩庙。

仙墩庙是一座古庙，因为兵荒马乱，现在香火稀落，便由新四军暂时征用成了兵工厂。殿里的菩萨塑像全都被请到了墙旮旯里。大殿和西偏殿是生产车间，前殿和东偏殿是办公和生活用房。他们先来到厂长办公室，也是小会议室。

岳书记和吴厂长谈了一会儿话，因为事多便先告辞，让冯排长送他回去。

张正、金国才和吴厂长把岳书记送到路口，又回到办公室。吴厂长说：“水雷，我们也没有搞过，没有经验，不过我们可以一起研究。”

“国才，你把我们改制水雷的情况向吴厂长汇报一下。”张正对金国才说。

金国才说：“我们的水雷是用拉绳地雷改制的。在防水上，我们用蜡烛油、糯米汁、捻船用的油灰试验过，可都不行。”国才说。

“你们拉火雷的雷帽、信管是怎么处理的?”吴厂长问。

“我们雷帽是卡口的，信管是锡做的。”

“这可能就是问题的关键。卡口雷帽是无法密封的，锡做的信管不耐高温。如果把卡口改成螺口，就能密封了；信管改成铜的，可以耐高温。这只是我的分析，我们可以试验试验。”吴厂长说完，到外面车间叫来姜师傅。

吴厂长要姜师傅根据他刚才的设想带领金国才去用拉火雷做一下改制水雷试验,特别强调了要对雷帽螺口和信管插孔用黄油进行防水处理。

“做好后,来通知我们去验收。”

“好的,吴厂长!”姜师傅应道,领着金国才到车间去了。

吴运铎和张正在办公室谈话,没多久姜师傅就进来说水雷改制好了。张正笑道:“真不愧是兵工厂师傅,手脚就是快!”

来到车间,吴运铎仔细对改制的水雷进行了检查,说:“行,下面进行防水试验吧!”转脸问张正,“你看防水试验以多长时间为宜?”张正回答:“空雷一天,装药后三天。”吴运铎对姜师傅和金国才说:“你们就按这个要求去办吧!”

六

晚上,张正宿在吴运铎宿舍里。吴运铎很喜欢这个年轻英俊的指挥员,像故知一样和他在油灯下交谈。

“小张啊,听岳书记对我讲,你原来是在正规部队的,怎么到后方来了?”

张正简要地告诉他,正月里率新四军二营在保卫麒麟镇的战斗中腿部负伤,无法跟随部队西撤,被当地地下党组织送到蜈蚣荡边上的沿湖村养伤。在县委的领导下,和区委领导同志一起,发动当地群众,成立水上民兵中队,与麒麟镇下乡“扫荡”的敌人进了各种斗争。

“就这样,我暂时留下了。因为我武装经验比较充足,县委成立淮宝支队时,又委任我担任了副支队长兼参谋长。”

“哦——”吴运铎恍然大悟。

张正继续说道：

“眼下麒麟镇上的日伪军经过周边游击队的打击，已经不敢轻易下乡‘扫荡’，仅靠从百里外的高邮送给养来维持，因此县委决定利用敌人眼下的被动态势，一举打掉麒麟镇一线的鬼子，恢复湖西地区完整的抗日民主根据地，使之成为淮南、淮北战场稳定的大后方。麒麟镇上的敌人经过打击，肯定要从水路南逃，我们安排部队在地形有利的航道上予以伏击，但鬼子武器精良，火力太猛，我方不是对手，只有出奇制胜——利用水雷炸翻敌人汽艇，然后痛打落水狗——这就是我们这次来向您求教改制水雷的原因啊！”

吴运铎听得频频点头。

“我早就闻听您的大名了。”张正问，“您又是怎么来到湖西办兵工厂的？”

“说来话长啊——”吴运铎也打开了话匣子。

“1940年7月18日，日寇集中了万余人，加上李长江和杨仲华两部伪军共约两万人，分四路合击我苏北抗日根据地，妄图一举消灭我新四军军部及我军主力。当时我在军部军工厂任政治指导员，在上级的指示下，我们全厂同志和家属都拿起了步枪和手榴弹，开展了反‘扫荡’的战斗。我军经过三十四昼夜的浴血奋战，最后取得了反‘扫荡’的巨大胜利。

“在取得反‘扫荡’胜利后不久，军部决定将军工部一部分干部和工人，跟随军工部副部长吴师孟同志，分配到二师的淮南抗日根据地去建立新的兵工厂。当我们到达淮南新四军二师司令部时，受到了罗炳辉师长的热烈欢迎，并宣布成立二师军工部，吴师孟任部长，分配给我的任务是要从无到有地建立一个年产六十万发的步枪子弹工厂,还分配给我8名技术工人。

“兵工厂开始是办在湖西平安乡小朱庄北村一个姓徐的农民家的两间草房里,因而称之为‘茅屋工厂’。由于日寇对抗日根据地的严密封锁,所以工厂里所需要的生产工具和各种机床是一样也没有,于是我们就发扬自力更生、艰苦奋斗的精神,从铁锤、锉刀到各种机床都是自己动手制造。不久军工部想办法给我们送来了一部四尺皮带车床、一部皮带钻床和一部牛头刨床。这样‘茅屋工厂’就安装不下了,于是才把工厂搬到离朱庄北村不远的这座仙墩庙里,我们九个人就在大殿里把机床安装起来,从而建立了第一个机械加工车间……”

这个夜里,两个人谈了很久,直到远处传来鸡鸣声……

七

早晨,姜师傅和金国才兴冲冲地跑来向吴运铎和张正汇报空雷防水试验的情况。姜师傅说:“空雷在水里泡了半天带一夜,没有发现进一点水,是否可以进行实雷试验?”吴运铎问张正:“你看呢?”张正回答:“我看可以!”

姜师傅和金国才在大庙外的空棚子里小心地给空雷装填了炸药,在雷盖螺口上又加了一层黄油,拧紧后安上信管,并在插孔四周加涂了黄油。金国才把水雷放在一个筐里,榔头、绳子装在另一个筐里,挑在肩上,来到试验场。吴运铎和张正也跟过来了。

金国才下到河沟中央,迅速打好木桩,小心地把水雷绑在木桩上,把拉火绳从水里拖到岸上的埂畈子下,还找来一些杂草将绳遮盖起来,从头到尾做得既快速又稳当。吴运铎说:“很麻利呀,不愧是优秀民兵!”

三天过去了,对水雷进行试爆。吴运铎和张正又一次来到试验场。姜师傅对拉火绳等进行了检查后,报告说:“可以进行!”吴运铎下令:“起爆!”金国才用力一拉,“轰”的一声,河沟里的水冲上天空两三丈高,向四周飞散开来,像一组漂亮的礼花。“成功了!”大家高兴地叫道。金国才高兴之余,心里却像有块石头没有放下来似的,自言自语地说:“在这里试验是成功了,可回去以后,我们可能还是造不了,我们的工艺跟不上呀!”张正一听,眉头也拧了起来。吴运铎看出两人情绪的变化,说:“噢,先别提这个,回去我们再商量!”

回到工厂办公室,吴运铎对张正说:“你带来的这个小金不错,肯动脑筋,人又勤快,还有责任心。”

“怎么,吴厂长看中他啦?”

“我是想要,不知你肯不肯放?”

“这个我说了不算,回去我跟林华生说说。他这个人组织观念很强,会照顾大局,只要你们真要,他肯定会支持。不过现在不行,等打完了这一仗再给你们。国才刚才说的也是实话,在这里试验是成功了,回去后我们能不能搞成功,还是没有把握。”

“你们布雷的阵地有多长啊?需要多少雷,说给我听听。”

“我们布雷的阵地大约有一里路长,需要布多少雷,准确的数字可能要等到现场布置时才得出来,估计得要三四十枚水雷。”

“这样吧,我支持你们五十枚拉火雷,你们拿回去改造。另外再给你们一百颗手榴弹!”

“哎呀,这怎么好意思!这叫我们怎么感谢您呢!”张正抓住吴运铎的手摇了又摇。

“谢什么呀！我们开始办兵工厂的时候，人民群众给了我们无私的大力支持。别的不说，就说熔铁的那个坩埚吧，还是请补锅匠教我们的呢！去洪泽湖里打捞敌人散落的钢材，也是人民群众提供情况，帮我们打捞和运输的。没有人民群众的支持，就没有我们兵工厂的今天！支持你们的螺口拉火雷和手榴弹就算我们对人民群众的一次报答吧！”吴运铎动情地说。

“我还有个建议，用我们的一个雷配上你们的两个雷，捆在一起，作为一组。有一个雷爆炸，就可以引爆另两个雷，这样不就大大增强爆炸的威力了吗？”

张正说：“这个办法好，我们回去就按你说的去办！”

第十六章　备战六丘坟

一

张正、金国才在兵工厂取经的这几天，冯排长带领战士们按照张正事先要求的，在六丘坟南侧，距航道岸边七八丈的地方，沿着航道的走向，开挖战壕。齐肩的芦柴密密麻麻，使人无法下足。战士们先用镰刀砍出一条五尺来宽的通道，然后在上面开锹挖土。年轻战士有力气，但没技巧，芦柴盘根错节，挖不成垡块，进度很慢，像这样下去，怕是十天半月也挖不成战壕。冯排长着急，回家向老父亲请教。老冯跟着儿子来到六丘坟，现场示范给战士们看。他接过战士递来的大锹，在地上挖了一个长方形，左脚向后退了一小步，右脚用力一蹬锹拐，弯腰端起一块方方正正的垡头，整个过程就像庖丁解牛，游刃有余。他还告诉战士们，可以几个人合作，有人挖，有人撬，挖成长条垡，进度快。去掉表层土，往下就好挖了。战士们按照老冯教的方法，将表层的土和草根挖成一块块长条垡，两三个战士抬着堆到航道一侧，垒成一条土埂。这样，人在战壕里可以不露头。

中午炎热，战士们索性赤膊上阵，个个汗流浃背。早晚比较凉快，干活效率高，战士们天不亮就吃完早饭来到工地。休息的时候，有的战士用自制的简易钓竿钓鱼，这里的鱼儿很容易上钩；有的战士下河洗澡，顺便采一些野藕。虽说挖战壕又苦又累，但每天都能吃到红烧鱼、炒小藕，这日子过得还真有滋有味！

二

林华生在区里和其他同志分头到各乡去帮忙动员群众，抓紧准备木桩和绳子。在丰乐乡孙家庄，老百姓主动将家里最好的树锯下来砍成木桩。金国才的奶奶对乡干部说："你们看到什么树适用锯就是了，哪怕是要屋梁也尽管抽，我没一点意见。"林华生动情地说："大妈，感谢你对我们的支持！"金国才奶奶含着激动的泪花说："林老板哪，你们为我们打鬼子，我们应该感谢你们，国才他爷爷在阴曹地府也看着哩！"好多村民白天在地里干农活，夜里抓紧搓绳，手掌皮都搓破了，短短几天时间，各乡都超额完成了任务。

林华生拎着藤条药箱到蜈蚣荡来检查扎柴筏的情况。这是由洪强负责的。水上民兵分成两部分，一部分在岸上扎"柴龙"——两人一组，面对面坐着，一人拽一个绳头。小斗粗的青柴捆像一条青龙，在他们中间滚来滚去，越滚越长。另一部分民兵在湖荡里割芦苇、运芦苇。凤华和宝玲用小船把男民兵们割的青芦苇往岸上运。小船一靠岸，大家七手八脚把芦苇往岸上抱，看见林华生也在帮忙，凤华高兴地喊："林老板，你什么时候来的？"林华生笑着说："刚来一会，看看扎柴筏进度。"凤华说："您就放心吧，人多力量大，肯定误不了！"林华生笑道："这我就放心啦，不然你们小张哥回来我交不了差呀！"

宝玲几天看不到张正，本来心里就念得慌，听见林老板提到他，更增添了几分思念……

林华生临走时交代洪强说："柴筏一定要扎得很牢固，叫鬼子的汽艇冲不散。"

"您放心，我们保证把它做成结结实实的'拦鬼工事'！"洪强响亮地表态道。

三天下来，洪强算算柴龙的长度，估计差不多了。他调整了分工，把民兵们重新搭配两组，每组负责扎一个柴筏。他们把柴龙锯成四丈长一段，每个柴筏十段。十段柴龙铺好后，在两边加上用长树棍接成的木框，两横头用四根一丈多长的树棍对夹起来，用铁丝绞紧，并在四个角的木棍接头处，正反两面各钉了两根请铁匠专打的特长拐子钉，中间又加了六道横担，也用铁丝绞起来。柴筏扎成功了，大家分别站在柴筏两边，弯下腰用双手抓住柴筏的边框和横担，等待命令。洪强喊着号子："大家加把劲啊！""吭唷里好哇！"大家应着，一齐用力，一步一步把柴筏挪到水里。柴筏像一个大木排漂在水面上。凤华、宝玲和几个男民兵一起站上去，也稳稳当当，不往下沉，这时大家才松了口气，嘻嘻哈哈，打打闹闹，开心得不得了。

三

张正从仙墩庙回来没几天，就接到县委的通知，要他们去运"地瓜"，并指示要组织好运输队伍，选择好行走路线和做好途中的保卫工作，确保万无一失。张正和林华生、冯排长按照县委指示，进行了具体安排。决定运输任务主要由县支队战士们负责，蔡明海协助，选择南线为运输路线，途经西安乡、平安乡。张正和冯排长去察看行走路线，林华生去安排沿线各乡保卫工作。

半夜，月朗星稀。运输队员们穿着便衣出发了。冯排长在前面带路，后面三人一组，自动拉开距离。每组配一支短枪、一副挑担，还有几块银元，预防万一要使用。张正持枪断后。待太阳竹竿高的时候，他们到了仙墩庙，蔡明海已牵着大白驴站在路口等他们了。站岗的战士认识张正和冯排长，向他们敬了礼，其中一个进庙去报告。不一会儿，吴厂长出来把他们迎进了大庙。

吴厂长已经准备好了五十枚拉火雷和一百枚手榴弹，要姜师傅带战士们去装筐。他对张正说："为安全起见，雷壳、炸药、信管要分开装。"张正说："好！我现在就去安排。"炸药、黄油由蔡明海用驴驮，一个担子挑信管和十二个雷壳，还有两个担子挑手榴弹和剩下的雷壳。分装好后，安排战士们在厂里休息，等天黑再上路。晚上，吴运铎厂长款待战士们，烧了一大锅红烧肉。

晚饭后，大家辞别吴厂长，借着昏暗的月光，来到平安乡缪乡长家。林华生和缪乡长已经准备好黄豆等杂粮，坐等他们，他们迅速整理箩筐，有的装满了绿豆，有的装满了赤豆，有的装满了爬豆或棒头，蔡明海的口袋灌的都是黄豆，正好回家磨豆腐。伪装好箩筐后又抓紧赶路了。队形和来时差不多，仍然是冯排长开路，张正和林华生压阵。夜深人静，一行人走在乡间小路上，听到的只有嚓嚓的脚步声。

他们经过陆家甸村外时，都格外凝起神来。陆家甸以前是个出名的土匪窝，打劫客商，无恶不作。如是这里还有土匪遗留，相撞起来，那动静就大了。

果然前面的冯排长看见村口巷子有两个人影,一闪就不见了。他向前疾走了几步,大声问道:“什么人?请出来说话。”

从巷子里转出两个黑衣人来,说:“我们是打更的。”随即又问道,“你们是什么人?这么晚干什么的?”冯排长回答道:“我们是到西边贩豆子的,耽搁晚了,因此走夜路。”那两个人说要看看豆子,冯排长便让蔡明海把驴赶到他们面前。两个家伙用手捏捏,确实是豆子。但是他们想捞一点油水,故意找麻烦,说:“现在村村联保,防止坏人,你们最好跟我们到保里去说明一下。”冯排长说:“兄弟,这月黑风高的,我们是早赶回去早好,就行个方便吧!”这时暗中保护运输队的地方联络员也赶到了,上前打起了圆场:

“哟,是你们哪!人家卖粮食的拦住做什么?”

“我们巡更时碰上了,不能不问问呀!”

“应该问问,问过了没事就让人家赶路,做生意的赚几个钱不容易啊!”冯排长听联络员在暗示“钱”,上去塞给巡更的每人一块银元,便很快获得放行离开了。

鸡叫头遍时,他们才到达徐家舍冯排长家,小心地放下了辎重。冯排长父母亲起来要做饭给他们吃,都说不饿;要烧水给他们洗脚,也说不用。他们实在太累了,在堂屋地上铺上稻草,一个个和衣就睡下了。

四

张正将打闷桩的民兵交给冯排长。打桩的民兵以蜈蚣荡水上民兵为主,由洪强带队。民兵和战士们一起,两个人一条船,一人稳船,一人打桩,轮流换班,人歇船不歇。在水里打桩可不是一件容易的事儿,不但要有力气,而且还要有技巧。船小人站不稳,常常把桩打歪,有时还翻船,双双变成落汤鸡;即使打下去的桩,打到平水就无法再往下打了。冯排长看见这种情况很着急,洪强也没有经验,只好找张正汇报。张正说:“去找寿义叔呀,打桩他可是行家里手,上次打石头坝不就是他主持的吗?快去请。”

洪强一拍脑袋,说:“看我,头都忙昏了——我这就去!”

苗寿义乘小船来到六丘坟,对簇在他身边的年轻人讲解:

“打桩,木榔头力量小,打得慢,要用木夯或石夯打,力量大,打得快。用夯打桩,要把两条船并帮连靠起来,可以用绳子绑,也可以用钉子钉,木桩从两船之间的空当插下去,一条船上站两个人,四个人一班,四人一齐举夯,先轻轻蹾几下,等桩扎根打稳了,再抬高夯用力往下打,要不了几下,就可以打到平船台。”

接着他问:“打到平船台后,还要再往下打多深?”

冯排长说:“还要往下打三尺多吧!”

“这也容易!找五六尺长的粗木棍,接到木桩上,一个人扶棍子一个人继续往下打,一直打到要求的深度为止。木棍最好选桑木或刺槐,木质硬,不容易开裂。”

有苗寿义这么一指导,大家茅塞顿开。大伙儿绑好了船台,洪强吩咐两个队员回家借木夯、石锤,冯排长亲自去选直木棍。苗寿义教的方法真管用,打桩的质量和效率都大大提高了。

在航道里打桩,既不能妨碍正常航行,又不能泄露机密,引起敌人的怀疑。打桩的战士全都是农民装扮,和民兵一样。他们起早带晚,充分利用没有行船的时间,抓紧打桩。还在航道上架了一张大罾,哨兵远远发现行船,就通知这边装作捕鱼,等船过去了再打。就这样,打打停停,停停打打,二十根桩打了将近三天时间才完成。

洪强安排民兵将两个大芦柴筏也撑到了六丘坟。根据张正的要求,在六丘坟航道两头,一头放一个大芦柴筏。他又带着打桩的民兵,按照芦柴筏的长宽,在四个角的大概位置各打了四根长桩,用作扣芦柴筏绊绳,固定芦柴筏。洪强请张正和冯排长去看。张正看后说:“行! 就这样。你们现在把芦柴筏先隐藏到芦柴棵里去,接到命令后再把它推到航道中央,用绳绊牢。”

五

金国才从仙墩庙回来,对水雷改造的技术悟到了不少,觉得上次走访造船木匠回来,做的油灰可能哪个关键环节没有符合要求,便又登门造访了一回。他把自己做油灰的过程说给木匠师傅听,师傅听后笑道:“油灰和火麻拌起来,要反复锤打,把火麻打烂,但不能把麻丝打断,打断了就没有拉力了。因此,不能用铁榔头、石榔头,只能用木榔头,锤打时用力要适中,一直打到油灰不粘榔头为止。在捻油灰的时候,要尽量捻紧,越紧越好,捻好后用小腻子抹平,等风干后才能下水——所谓干,就是用手指捺不动了,才叫干。”金国才这下才恍然大悟。回到工棚,他按照木匠师傅教的方法重新制作了油灰。他叫小李、小徐拿一枚空雷来,经检测没有砂眼后,用油灰将雷盖塞紧、封严,放在阴凉地方风成半干,又重新加工了一次,并插上空信管,用黄油封好,放在水里进行防水试验,一天一查,三天考验过了关。

他们把情况向张正、冯排长作了汇报,并请他们验收。张正接过空雷,翻转着仔细看了一遍,又转给了冯排长看。两人看后都满意地笑了,夸国才他们工作很有成绩,同意进行实雷试验。

实雷试验取得了圆满成功。张正根据吴运铎的建议,要求大家以兵工厂的水雷为一,他们的土水雷为二的比例,抓紧改制水雷。

完成了制雷任务后,金国才他们又开始琢磨起挂雷的事来。要把三个雷绑在一根桩上,怎么绑?他们思来想去不得要领。他们拿空雷做试验,始终无法把三个雷并列绑在桩上。这时,张正想起小时候立夏和村里伙伴斗蛋的情景,个个脖子上挂着用彩线编成的网兜,里面装着鸡蛋或鸭蛋,遇到了就斗,撞破对方的算赢。他问是不是可以把水雷装进网兜再挂在木桩上,大家觉得很有道理。正好小李、小徐都会编网兜,当下找麻绳编了起来,很快编了三个。在旁边看的人一看也都学会了,其实真的挺容易的。金国才用网兜把三个水雷绑在木桩上,这下子可以完全固定了。大家七手八脚,一起编织水雷网,不到两个时辰,所需的水雷网就完成了。

——六丘坟伏击战的各项准备工作至此完成了。

第十七章　解放永丰、黎城

一

县委岳书记、程县长在麒麟区委书记林华生的陪同下，来到六丘坟。张正向他们汇报了各项准备工作的进展情况，得到了他们的充分肯定。

“既然这里万事俱备，我回去就向地区党委和军区请示展开战斗行动。”岳书记再三叮嘱道，“你们一定要做好水域警戒工作，千万不能过早暴露目标！”

第二天下午，岳书记带着警卫员和支队的一名同志又一次来到六丘坟，把张正、林华生和冯排长召集到一起说：

“根据地区党委和军区首长的指示，决定后天夜里对占据永丰、黎城、麒麟镇的日本鬼子发起进攻。永丰、黎城一线由支队二营担任主攻，北湖区大队负责守住北湖口，防止鬼子南逃会合麒麟镇，这一线由程县长和熊主任指挥。在二营向永丰、黎城发起进攻的同时，支队的一营和三营完成对麒麟镇的包围，这一线由我和张正同志指挥。为了强化六丘坟伏击的战斗力量，把三营一连调给你们，这是连长高永成同志。”岳书记用手指着站在身旁的年轻同志向张正他们介绍。张正上前握住高连长的手说：“欢迎你，永成同志！”

岳书记接着又说：

“现在，你们这里的新四军就有一个连和先前在这里做协助做各种准备工作的一个班，加上蜈蚣荡水上民兵中队，由张正同志统一指挥。麒麟镇的攻击开始后，鬼子必定乘汽艇南逃。你们要把其他航道统统堵死，硬逼鬼子走六丘坟航道。当鬼子的汽艇进入雷区后，立即发起进攻，力求把鬼子彻底地歼灭在湖荡里！”

张正和冯排长向岳书记庄严地敬了一个军礼，齐声说：“保证完成任务！”

送走岳书记后，张正马上安排战前布置。

首先是布雷。冯排长要金国才先给战士们做个示范。金国才拿出一个水雷摆进网兜，把两头的钢绳收绑在木桩上，又如法把另两个水雷绑好，然后小心地把三个雷的拉火绳接到一条绳上，理好后盘起来，用小绳暂时固定在桩头上。战士们如法炮制，把所有水雷都绑好了。经过金国才和冯排长逐一进行检查，确认符合要求后，又安排两个做事谨慎的战士将拉火绳全部拖上岸，用土盖好，设置了警戒标志，派专人值班。

洪强带领水上民兵中队在六丘坟对面的芦柴棵里布置了鸭枪小队和几个精干民兵。鸭枪和大抬杆都架在小船上，已经预填了火药和铁砂。鸭枪和小船都用青芦苇遮盖得严严实实，看不出丝毫痕迹。

二

程县长的指挥部驻在小集。小集到永丰的直线距离只有七八里路，可走起来并不容易。

永丰镇位于三河南岸，云山北侧。集镇不大，只有一条不足一里长的东西向的小街道，住着几十户人家。集镇东、西、北三面是河，南面是山，陆路交通不太方便，水路倒能四通八达。整个集镇像一个两头通的口袋，可进可退。如果从陆路进攻，必从云山脚下经过，云山是天然屏障，即使攻进了镇，也可以从水路退到三河中的衡阳滩、大墩岭的芦柴棵里。如果新四军从水路进攻，敌人只要守住三河沿线，就很难突破；就是突破了，还可以从云山直接进入皖东丘陵山区。日本鬼子选择这里为据点，正是看中了这里的特殊地理环境，其目的是控制三河这条交通运输线。

日本鬼子驻守永丰镇的小队住在街东头一户姓汪的地主家。汪家除有良田出租给农户耕种以外，还做木材生意，素有"汪木排"之称。听说日本鬼子要侵占永丰镇，"汪木排"带着贵重物品举家逃亡，有的说逃到了盱眙，有的说逃到了十里长山。他一家走后，日本鬼子就住了进来。他家前后两进，再加东西厢房，围成一个大四合院。鬼子除到河边码头轮流值班外，基本上是不出院，只有伪乡长莫守仁可以进出自如。

莫守仁曾参与杀害共产党的民运干部，后畏罪潜逃。日本鬼子占据永丰、黎城后他又回来当了永丰乡的伪乡长。他手下的自卫队有二十多人，里面有我地下党组织派进去的同志。看到自卫队以维持地方治安为名，为非作歹，这几个同志常在我方乡长彭庆余面前嘀咕，抱怨他不该派他们进去，想退出来。彭乡长劝他们说："派你们进去是革命斗争的需要。你们在里面对干坏事的人能劝阻的就劝阻，不能劝阻的离他们远点儿，没有我的通知不能退出来。"经彭乡长这么一劝说，大家也就认了，等待着发挥作用的那一天。

在程县长指挥部的简易办公室里，彭庆余见到了担负永丰镇主攻任务的二营一连的连长苗凤明。熊主任给他们作了相互介绍后，说："凤明，彭庆余乡长是永丰本地人，熟悉情况，请他给你介绍介绍。"

彭乡长便详细地讲了永丰镇的地理环境和敌人驻守情况，苗凤明边听边在笔记本上记录，说：

"我们已经对永丰镇的地形作了勘察，现在日军盘踞在汪家大院，如果坚守不出，我们只好强攻，但肯定要付出很大代价——最好能够智取。"

熊主任听到这里点了点头，这想法和他不谋而合。

苗凤明问彭乡长："有没有熟悉这家情况的人？"

"鬼子来之前，这家人就逃亡躲起来了，至今也不知其下落。听说他家有一个姑娘在我们队伍里，不知是真是假。"

"这姑娘叫什么名字？"

"小名叫小真子，大名我也不知道。以前一直送在外面读书，后来参加了革命。"彭乡长想了想又说，"有一个叫赵加林的一直在他家做长工，现在在莫守仁的自卫队当差，他知道汪家的情况肯定要多一点，这个人是我派进去的，要不要找他来？"

"好的，那今天晚上请他悄悄过来一趟，注意别走漏了风声。"

"好的。"

彭乡长离开后，苗凤明对熊主任说："彭乡长说的小真子，会不会是我抗大的同学汪敏真？我听她说过家在永丰，是地主家庭。我可不可以去找她问一问？"

"可以，"熊主任对汪敏真也熟，笑道，"但她现在不在我们这里呀！"

“我现在就去找她!”苗凤明又请示说,“如果她果真是小真子,能不能叫她一起来?”

“能呀! 可现在战事紧,你们见了面不要光顾谈情说爱,把正事给忘了——快去快回!”

苗凤明郑重地说:“主任,您放心,绝对不会的!”说完,就带领通信员小唐走了。

苗凤明和汪敏真是在龙岗抗大分校学习时认识的。汪敏真聪明活泼,为人善良,给苗凤明留下了很深的印象;而苗凤明性格爽朗,乐于助人,也让汪敏真刮目相看。一来二去,两人就互相暗恋上了。有一天晚饭后,两人相约到湖边散步,汪敏真向苗凤明如实地讲了自己的出身和家庭情况,凤明说:“一个人的出身自己是无法决定的,但是走什么样的道路却是可以自己选择的。你选择参加革命这条道路是正确的,也必然是光明的。我们一定要坚定不移地把这条路走到底!”汪敏真听得心头热乎乎的,幸福地倚上了凤明的肩膀。

抗大分校结业后,苗凤明被分到县大队,汪敏真被分到医疗队。虽然相距只有十几里路,但由于训练任务紧,又没有邮差,两人很少联系。今天彭乡长提到的这个小真子,如果就是汪敏真,该是多巧,又该是多妙啊! 苗凤明在路上疾步如风,恨不能一步就能跨到医疗队。

医疗队驻在瓦庙乡栾家庄。汪敏真正低着头给伤员换药,听护士长叫她:“小汪,有人找你,我来替你换药。”汪敏真丢下手里的绷带朝屋外走去,一眼就看到风尘仆仆的苗凤明,高兴极了,上去抓住他的手问:“你怎么有时间到这里来的?”

敏真的落落大方倒使苗凤明感到有些拘谨，本来满肚子的话一句也说不上来，只好直通通地说：“来找你！”

“好，到我宿舍去！”

通信员小唐识趣地说：“连长，我在门口等你。”

苗凤明说：“好，我马上就出来。”

到了医务人员集体宿舍，敏真要凤明坐在她的床上，自己拿了一张小板凳在对面坐下，笑眯眯地问：“我托人给你带的信收到了吗？”

“什么时候带的？”

“有三四天了。”

“没有收到——我现在在你老家呢！”

“啊，你是说你到永丰打鬼子去了？”敏真听了有些意外。

“是的，我们连负责主攻任务。”苗凤明说，“我今天就为这事来的。”

“哎？”敏真有些不明白。

“敏真，你小名是不是叫小真子？”

“是呀，你怎么知道的？”敏真很惊奇。

“这就好了！”苗凤明高兴地说，“我是刚刚了解到的。正月里鬼子侵占永丰之前，你家里的人就全部转移掉了。现在鬼子小队就住在你家的大院里。如果我们发起强攻，在地形和武器方面都不占优势，恐怕会造成不少伤亡，还会把你家的屋打成断壁残墙。因此，我来找你了解，可有什么别的办法能进入你家院子。据我所知，我们湖西地区大户人家的房院为防兵灾匪患常有些特殊构造的。”

敏真想了想说：“我家确实有条暗道，入口在磨房的风斗下面，出口在屋后茅房里草堆下面，不知现在还在不在！”

“还有没有别人知道这条暗道?”

“有。我本来也不知道家里有这条暗道,还是在我家做长工的赵大哥,偶然发现磨房的风斗下面有一个洞,他试着下去,摸黑往前走,一直走到后面茅房里,推开堆草钻了出来。后来他带我钻过两次,我父亲常年做木材生意,家里的事都由赵大哥帮助打理,他对我家的情况比较熟悉,你们可以找他问问。”

“这我已经安排了。”苗凤明听到这里,心里一阵轻松,笑着说,“你愿不愿意跟我一起回去参加这次战斗?”

“当然愿意啦,但要我们领导同意呢!”

“这不用你操心,由我去跟你们领导说。”

“那太好了!”

敏真收拾好东西跟着苗凤明来到队部。队长祁学智同意放敏真走,说:“正好支队要我们派卫生员哩,就派你过去吧!”

苗凤明和通信员带着汪敏真回到指挥部时已经是深夜了,可熊主任、彭乡长和汪家长工赵加林一直在等他们回来。

汪敏真打了个标准的立正,向熊主任敬礼:“报告首长,卫生员汪敏真向您报到!”

熊主任微笑着说:“欢迎你,汪敏真同志!”

在旁边抽着旱烟的赵加林问:“你就是小真子?”

汪敏真这才发现赵加林,高兴地叫道:“赵大哥,你也在这里呀!”

“从前在家里她总是赖着跟我玩,”赵加林对大家说,“想不到现在长成大姑娘了,变化也太大了!”

“一晃好几年过去了，人能不变吗？”汪敏真调皮地说。

“这就叫‘女大十八变’！”彭乡长笑着说，家乡出了这样一位聪慧活泼的女新四军，他心里相当高兴。

熊主任要通信员去让炊事员做六个人的夜宵。饭前这段空当，他们一起谈起汪家大院暗道的事儿。

“赵大哥，你还记得我家那个暗道吗？”

“记得！我在磨房做粮食时无意中发现的，我还带你钻过两次呢。”

“不知现在这个暗道还有没有用？”

“不晓得，长期用不着，不打理，就怕里面堵起来。”

“这个必须调查清楚。”苗凤明说。

“外面的出口在屋后茅房里，”赵加林说，“要么我明天偷偷到那儿去看看？”

“我明天跟你一起去！”汪敏真说。

“你不能去，”熊主任说，“你一个大姑娘家，又长期不在镇里，被鬼子发现了很麻烦。”

他对赵加林说：“老赵，事不宜迟，吃过夜宵你过去，以自卫队巡逻的名义去，万一被鬼子发现了，就说是自卫队巡更的，走到这里上茅厕。”

大家都认为这样比较稳妥可行。

赵加林和另一个自卫队员从街西头转到街东头，又从东头转到西头，一边走一边嗒、嗒、嗒地敲着竹梆，边敲边喊：“各家各户，小心火烛啊——”汪家大院炮楼上的鬼子已经习以为常，也不问什么，只是不允许他们在院外停留。再一次来到汪家大院外时，赵加林对另一个队员说：“我今天吃了脏东西，闹肚子，去上个茅厕，你先巡一遍吧。”

那个队员敲着竹梆，拉着长腔：“二——更——天——啦——”慢慢地朝西走了。

赵加林顺着汪家院墙根轻手轻脚地来到后边的茅房，慢慢扒开草堆，掀起盖洞口的厚木板，一股带着霉味的凉气冲得他打了个寒噤。他用脚试着台阶一步一步下到底，摸索着朝前走，转了几个弯到了头，又顺台阶向上走，用手托了托洞口上的盖板，听听没有动静，果断地掀开盖板，从风斗下面往外爬，咚的一声，头撞到了风斗上，尘灰洒了他满头满脸。他趴在风斗下面不敢动弹，竖起耳朵倾听周围的动静。磨房里伸手不见五指，弥漫着米糠的霉味，说明已经很长时间没有人进来了。他站起身，摸到门口，用手轻轻拉了拉门，门外面上了锁。他不敢多停留，赶紧回头，又从茅房暗道口钻了出来……

三

苗凤明听了赵加林报告的情况后，进攻永丰据点的方案在心里就成形了。他把方案向程县长、熊主任作了汇报。程县长和熊主任稍事商量，回过头对苗凤明说：

“这个方案我们同意！可仗打起来，情况会不断变化，我们还要随机应变、灵活机动，及时调整部署。总之，坚决不打无准备之仗，不打无把握之仗，不打击溃战，一定要打歼灭战！”

苗凤明根据程县长的指示，和连里干部进一步细化了作战方案。

日脚平西的时候，全连就开完了晚饭，士气高昂，整装待发。夜幕降临，苗风明和乔指导员进行了简短的战前动员后，就带领战士们向永丰镇进发了。当部队前进到云山脚下时，彭庆余乡长和赵加林等自卫队队员已经在那里等他们。今晚值班的自卫队队员都是赵加林安排的自己人。部队顺利而快速地前进，临近永丰镇，部队分成两部分：一排和从全连挑选出来的六个枪法较准的战士，由苗风明率领，赵加林为向导，从西河边经集镇向汪家大院接近；二排、三排由乔指导员率领，彭庆余为向导，沿东河畈向三河边码头前进。

半夜，万籁俱寂。远处巡更的敲竹梆声和喊叫声，更增添了夜的凄清和寂寞。苗风明把战士们分成五六个人的小组，由赵加林打头，一小组一小组地顺着居民住房的后檐墙，悄悄向汪家大院靠近。到达汪家大院附近时，苗风明对一排长说："你带领战士们利用地形就近隐蔽，战斗打响时，首先敲掉炮楼上鬼子的火力点，我带六个战士从暗道进入院内，来他个内外夹攻。"说完就带战士跟在赵加林后边向院后茅房移动，鱼贯闪进了茅房，一个接着一个地下到了暗道，摸进了磨房。赵加林把随身带来的一壶水浇在门臼里，然后轻轻掇下木门。大家屏住呼吸，只等待乔指导员那边发起攻击信号。

夜风渐大，把三河水推起层层波浪，撞击着永丰码头，发出啪啪的水响。两个站岗的鬼子看河面上没有什么异常，猫着腰钻到岗棚里避风去了。两个化装成乡自卫队巡逻队员的战士来到棚子门口，向里喊道："太君！"鬼子听有人叫，从里面钻出来，还没来得及问话便被后面的战士冲上前蒙住嘴缴了械，嘴里被塞了毛巾，捆得像两个肉粽子扔进岗棚里。另一边，乔指导员留一个班守码头，带领其余人飞快地穿插到镇东头汪家大院附近。两个化装成自卫队队员的战士揣着盒子枪大模大样地向汪家大院走去。炮楼上的鬼子问:“什么的干活?”两人回答:“送夜宵的干活!”鬼子听回话不对头,立即朝他们开枪。两人迅速跃进到炮楼脚下,进入鬼子射击死角。枪声就是信号,乔指导员指挥战士从南、北、东三面向炮楼射击,吸引敌人火力。

汪家大院里正在酣睡的鬼子骚动起来,正在开灯摸枪,苗凤明已经带着战士以迅雷不及掩耳之势冲了进来:“不许动! 缴枪不杀!”黑洞洞的枪口对准他们。赵加林快速打开汪家院门,一排长带领战士冲进了大院。炮楼上的鬼子掉转枪口向院内射击,被隐蔽在外面的新四军神枪手一枪就解决掉了。嘀嘀嗒嗒的冲锋号吹响了,外面的战士高喊着,从南、北、东三面一起冲向汪家大院。炮楼上的鬼子在猛烈的攻击下,见大势已去,缴械投降了。这时留守码头的一个班也押着两个鬼子来汪家大院会合。永丰这一仗,打死四个鬼子,其余全部俘虏,缴获了一大批枪支弹药,我方仅有两个战士挂彩。

永丰镇里的居民们深夜听到激烈密集的枪声和爆炸声,不知究竟,不敢出来。早晨听说新四军已经打败了鬼子,解放了永丰,全都拥上街来,欢庆胜利。几个自卫队队员押着伪乡长莫守仁来到了汪家大院,群众愤怒地高喊:“枪毙他!”

苗凤明对大家说:“乡亲们,伪乡长莫守仁为非作歹,祸害乡里,你们要枪毙他的心情可以理解。枪毙他很容易,但要由县委、县政府来决定!”

彭庆余乡长接着说:“乡亲们,我们把莫守仁交给县委、县政府处理,到时候我们可以要求把这个汉奸押到永丰来公审!”

镇上陈大婶在人群中认出了汪敏真,高兴地叫:“小真子!”汪敏真连忙挤到她面前,亲热叫道:“大妈!”陈大婶眼里含着泪花,激动地答应:“哎!”

把汪敏真搂在怀里。原来汪敏真刚出生时，母亲没有奶水，是陈大婶当了她的奶妈。陈大婶说："孩子，你父母逃出去好长时间了，知道新四军把鬼子赶走了，就该回来了。"

"是啊，可他们躲在哪里呢？"汪敏真听了有些伤感地说。

四

在永丰战斗打响的同时，程县长按预定部署指挥二连、三连向黎城镇进发。

侵占黎城镇的鬼子小队驻在街北头的大佛寺里。大佛寺临水而建，寺外就是波涛滚滚的三河。三河这段河面宽阔，有长江的浩渺之势。河中心的大墩岭、二墩岭上面长满了一人多高的芦苇，重重叠叠，是这个小镇的天然屏障，湖匪常隐蔽其间，侵夺渔民财产，抢劫过往船只。现在他们投靠了日本鬼子，成了二黄，要从水上进攻镇上鬼子先要过这一关。

三连到达北河口，和北湖区大队会合，留一个排守北河口，防止鬼子经此南逃。其他两个排和区大队在李连长和汪队长的带领下，从北河口乘船进入了二墩岭子。战士们在茂密的芦苇丛中艰难地摸索前进。太阳下山了，夜色笼罩着大地，河面上亮起了星星点点的渔火。当看到远处岸上黑魆魆的大佛寺里透出微弱的光亮，听到大殿挑檐上摇动的风铃声时，指战员知道他们已经到达指定位置。

守在二墩岭西头的一队二黄，酒足饭饱之后，留两个兵放哨，观察河面上的动静，其余的挤在棚子里，围着马灯玩起了小纸牌。

玩牌的人两眼紧盯着牌，周边看牌的人也聚精会神，哪里顾得上留意棚子外面什么动静！殊不知两个新四军战士已经从黑暗中跃出，用匕首结果了两个哨兵。李连长带着战士冲进了棚子，举枪喝道："都不准动，不准出声，谁想顽抗就打死谁！"二黄们一个个呆若木鸡，打牌的不知道放下手中的牌，看牌的嘴张着合不拢，全被按倒在地。

两个化装成二黄的战士分乘几条木船向南岸大佛寺划去。快到岸时，岸上站岗的伪兵问："什么人？干什么的？"船上人回答："水上值勤的，上岸去拿点衣服就走。"哨兵"噢"了一声，没说什么。船靠了岸，两个乔装的战士上去，突然拔出匕首干掉了两个哨兵，堂而皇之地站起了岗。其中一个哨兵没死透，突然抱住一个战士的腿，战士情急之下，用匕首给他补了几下才不动弹了。听见外面有异常响动，大佛寺院门"吱嘎"一声打开了，一个鬼子探出头探视，见两个岗哨好端端的，又缩了回去，嘴里咕哝着关上了门。后面的船快速靠了岸，战士们跃出木船，迅捷在大佛寺院墙脚下隐蔽了起来。

二连在金家大塘，看到北边传来信号，周连长命令部队跑步前进。黎城镇就一条南北向的街道。部队到了镇南头，周连长带领一排从中间街道顺着居民家的屋檐墙向大佛寺前进，指导员和副连长分别带领二排、三排从街道的东、西两侧包抄大佛寺。顿时杀声震天，枪弹如雨。大墩岭上的二黄听到枪声，几次企图上岸增援，都被北湖区大队击退。大佛寺里的鬼子惊恐万状，丹羽小队长强作镇静，决定背水一战，命令机枪掩护，指挥鬼子冲出大门，向三河边逃窜。到了河边却傻了眼：一条船也没有了。战士们端着枪逼上来，边射击边高喊："缴枪不杀！"鬼子利用码头的地形继续顽抗，突然从背后响起了哒哒哒的机枪声，原来隐蔽在港湾里船上的新四军开了火。鬼子腹背受击，没有半点招架的能力，全部举手投降。

黎城镇解放了，部队没有休息，直接挥师南下，去增援攻打麒麟镇的一营和三营。

第十八章　全歼日寇

一

上次岳书记和林华生视察六丘坟后，临分手时，岳书记说：

“华生，这次秋季反攻，最硬的骨头是麒麟镇。为了减少攻镇阻力，减少我方伤亡，顺利把宫田从镇里逼出来，你还要抓紧做‘黄营’的工作，使那些有正义感、有良心的官兵，能策应我们进攻日本鬼子，起码在我们向日本鬼子进攻时能不抵抗或者假装抵抗，减少进攻的阻力。伪军是日本鬼子的挡箭牌，第一道防线，如果伪军不能使唤或‘反水’，宫田就会更加恐慌，迫使他率日军从水上南逃。”

林华生说：“我明白，请岳书记放心！”

林华生回到药店，宝春正准备上门板打烊。林华生说：“上好门板你别忙回去，到我小书房来，我跟你商量事情。”

宝春来到小书房，见林华生表情凝重，在旁边椅子上坐下，说：“有什么事，林老板你尽管吩咐，我一定努力去做！”

林华生说：“县委要我们做伪军的策反工作，在部队向镇上日伪军发起进攻的时候，能主动当好内应。吃过晚饭你去找小锁子，要他串联上次在蔡家豆腐坊聚会的那些士兵弟兄。你做工作时一定要注意方式方法，要注意保密，不能过早暴露我们的意图和身份。”

宝春说：“好，我马上就去找小锁子。”

“不要‘马上’，”林华生说，“你先陪我和师母吃完晚饭，趁夜色过去，比较安全。”

小锁子正在真武庙大殿里跟人聊天，见宝春在门外朝他招手，便走了过去。

“宝春哥，你找我？”

宝春把他拉到一个隐蔽的地方，问：“你今晚站不站岗？”

“不站。”

“太好了，我们聊聊。”

宝春把从店里带出来的一块蜂糖糕递给小锁子，他三两口就吞下肚去，连说：“好吃！好吃！”

宝春问：“弟兄们近来情绪怎么样？”

“能怎么样？窝囊气受够了。不少人想逃又不敢，就是不知道共产党什么时候来打鬼子！有的人想趁那时候逃，还有的想投新四军哩！”

“上次在豆腐坊聚会的那帮弟兄怎么样？”

“他们没的说的，都是我的好弟兄。”

“如果新四军打过来，你怎么办？”宝春试探他。

“我想参加他们，不晓得人家要不要我呢！”

“肯定要，我和林老板负责介绍你。”宝春目光灼灼地看着他，“只是希望新四军来的时候你能在弟兄们之间串联好，配合他们进攻鬼子！”

“没问题，宝春哥，请你相信我。”

“我早就相信你了，好兄弟！”宝春说，“你现在能不能给我找一套伪军服装？我想混在你们中间摸摸底。”

“行，不过你要小心，厉氏兄弟的耳目不少，不能让他们识破了。要是有他们的人在场，我会给你丢个眼色，帮你打圆场。”

小锁子拿来一套脏兮兮的伪军服，给宝春换上，一起来到伪军士兵中间。偌大的殿堂里只点着一盏马灯，显得昏黄无力，伪军士兵三个一堆，五个一群，有的在吹牛，有的在地上下棋。角落里有一堆伪军簇成一个圆，在听一个马夫说扬州评话。

“话说宋江前两次打祝家庄没有打下来，倒被活捉了时迁、杨林、黄信、秦明等弟兄，宋江十分气恼。吴用让孙立利用和栾廷玉的关系，打着登州兵马提辖的旗号，带着孙新、解珍、解宝等人进了祝家庄。祝朝奉见是栾廷玉教师的兄弟，哪里有疑心，只顾杀牛宰马款待。忽有庄兵报告：宋江军马来庄前挑战。堂前祝氏三杰都披挂上阵迎战，祝龙战林冲，祝虎战穆弘，祝彪战杨雄……”

说的人绘声绘色，听的人津津有味。“三打祝家庄”讲完了，宝春在暗处不紧不慢地说：“如此说来，宋江还是因为有孙立等人做内应，内外夹攻，所以才攻下了祝家庄。”说书的马夫朝他这里点点头，说：“这位兄弟听懂了，古今好多战事都是这样，强夺不如巧取，必须用计策才行啊！”众伪军也连连称是。

宝春假装叹气道：“最近风声有点紧，这个时候不宜说《水浒》哦，搞不好会引起当官的猜疑，还是小心为妙！”

有人气愤地说：“怕什么？与其在这里饿死、憋死，还不如轰轰烈烈地干他一场。要是‘老四’来打鬼子，我就学孙立当个内应，就是死也死得风光些！”他的话在伪军中产生了共鸣，不少人附和着说：“对！对！”宝春朝小锁子看了一眼，小锁子领会其意，开口道：“既然各位弟兄不愿给鬼子卖命，万一‘老四’来了，我们要拿出行动来，光在这里发狠没有用的。”有人问：“那你说怎么办？我们听你的。”小锁子压低声音说：“现在鬼子缩在据点里，就是怕‘老四’集中兵力来进攻。我们弟兄们要像以前一样，站岗放哨，吃饭睡觉。如果‘老四’攻进来了，我们要暗中配合他们，就是打枪也朝天上打，做做样子。”

说书的马夫沉着声音说：“我们就按小锁子说的去做。依靠日本人是靠不住的，打起仗来先拿我们当炮灰。中国人哪能打中国人？到时候我们见机而作，大家都要放聪明些。”

宝春听到这里，确定伪军们基本都有“反水”心态，拉着小锁子悄悄退到庙堂门外，说：“兄弟，一旦战斗打起来，你就要出头，不要怕，有人保护和配合你。”

小锁子点点头：“好的，宝春哥，你放心！”

二

林华生在宝春去了真武庙后，到房间里取了一个纸袋，放进提包里，也出门去了。

他这是去杨家巷小梅红家。如果黄德龙在，就说送烟土给他的；如果黄德龙不在，他要做一做小梅红的策反工作。

耿嫂出来开开门，见是林华生，转头向里面喊：“闺女，林老板来了！”

她这一喊，林华生便判断黄德龙人暂时不在这儿。最近新四军要打进来的风声一天比一天紧，作为伪军头目，他不能总待在姘妇这儿。

“请林老板客厅坐，我这就出来。”小梅红在房间里答应。

林华生跟耿嫂来到客厅，在椅子上坐下。耿嫂又去端来一杯茶，放在他的面前，林华生微笑着欠了欠身子。

小梅红从房间出来，带着一阵脂粉香气，也在椅子上坐下，侧着身子笑问：

“林老板晚上过来，一定有什么事吧？”

“也没什么大事，弄到一点好烟土，给你俩送来。”林华生说完从提包里拿出一个小纸袋。为了方便接触黄德龙，林华生到县委要了一些收缴的大烟土带回来。

“那敢情好，多谢林老板！”小梅红连忙接了过去，放在鼻子下面贪婪地闻了闻，一脸陶醉。

“怎么！黄营长这么忙，这么晚也不来陪你？”林华生假装不经意地问。

“最近外面风声有点紧，他不放心，吃过晚饭就到营部去了。”

“那我坐会儿，拉几句家常就走。”林华生端起茶吹了吹浮沫，轻轻啜了一口。

“拉呗，我正好闲得慌哩！”小梅红轻佻地说。

林华生正色说道：

“我们现在是好朋友，知根知底的。亲望亲好，邻望邻好，远亲还不如近邻呢，所以有几句话我想说一说。我是个卖药诊病的人，接触的人多，确实听说新四军要来攻打麒麟镇了。自从日本人占了咱们这儿，老百姓就不曾安生过。好端端的集镇，现在是墙倒屋塌，瓦砾遍地。黄营长虽说给日本人做事,但也受了不少窝囊气,下乡‘扫荡’带头打冲锋,差点儿连命都送掉,何必这么死心眼哪,该给自己考虑一条后路了!”

“是哎,你说的都是好话! 可他这种人你不是不知道,不跟鬼子干,鬼子放不过他;跟鬼子干,新四军饶不了他——就是不跟鬼子干,新四军也饶不了他。说得直白一点,就是上了贼船,骑虎难下呀!”小梅红叹息道。

这时耿嫂在旁边插话说:“是啊,这些天总见黄营长唉声叹气的,心事挺重的!”

林华生点点头:“黄营长确实是跟着日本人做过不少坏事,或者说是违心事吧,但如果真的新四军打进来了,他能做到不配合鬼子,新四军和老百姓对他的看法和态度肯定会改变的。你唱过戏,是个明理的人,难道没有听说过‘放下屠刀,立地成佛’这句话吗?”

“话是这么说啊,谁知道到时候会怎么样呢?”小梅红锁着秀眉,眸子里有了泪光,“自古红颜命苦,总想一辈子能傍棵大树,谁知总不能长久!”

“我也知道这些年你不容易,有些事是不得已而为之。”林华生眼神里带着一些怜惜看着她,“如果你和黄营长是真感情,你就有责任帮帮他。我早就看出来了,你是一个有良心的人。黄营长回来,你好好劝劝他,如果肯听,就多说几句;要是话不投机,也不要硬往下说,直着膀子穿不好衣服。要是新四军打来了,你能想办法拖住他就把他拖住,不让他出去为鬼子卖命。如果做到这样,这是你为老百姓做了一件善事,善有善报,不然新四军打进镇子来你怎么去面对呢? 你要往远处想想啊!”

小梅红听到这里,油然想起余四娘的下场,不由打了一个寒噤,脸色都变白了,说:“林老板,你的意思我明白,我一定试试看!”

林华生见话说得差不多了,站起来告辞:“那行,我就先走了! 这烟土你收起来自己抽吧,黄营长回来如果不问,不要提我来过的事。”

“我知道,林老板!”

“如果有什么要紧事,可以让耿嫂跟我联系。”林华生说,把“要紧”二字咬得很重。

“好的,好的。”

小梅红亲自把林老板送到门口,说了声“慢走”,把院门关上,一个人站在花影下怔了好久……

三

岳书记来到设在十友庵的指挥部,在听取了陶参谋关于麒麟镇敌情的汇报后,命令部队趁天黑迅速推进到指定位置。一营担负主攻镇东日本鬼子的重任,彭营长指挥一连从牛塘沟沿高沟帮向北桥运动。在北桥岗棚外站岗的是小锁子,宝春悄悄走到他身边,悄声说:

“今晚有任务,你们要配合好!”

“没问题!今晚在北桥、南桥站岗的基本上是我们的人。”

“那就好!我负责北桥,蔡明海在南桥那边。”

“行,你就放心吧!”

宝春当即去南桥和当向导的区大队同志取得了联系。又回到北桥,把手里拎的一包猪头肉和一瓶烧酒给小锁子,说:

“你拿进棚子里,带弟兄们喝两口。”

“你也进来吧!”

两人进了岗棚,小锁子大声说:“弟兄们,宝春哥舍不得我们辛苦,又把酒菜送来了。宝春哥陪你们喝两口，岗我一个人站就行了，有事我叫你们。”

几个伪军高兴地吃喝起来。宝春借故出恭走出来，学着两声鸟叫。隐蔽在桥北的向导听到暗号，拉了一下身边的张连长。张连长示意部队迅速过桥。战士们轻快地从小锁子眼前一闪而过。小锁子等部队过完了，按宝春的安排，立即带着站岗的弟兄回到真武庙。宝春和向导引着部队从后街向东，到福隆巷，这里离河边已经很近了。为防止暴露目标，战士们打通了沿街一些房屋的墙，从屋里直达河边，隐蔽在临河的屋子里，既便于观察对岸的敌情，又不易被敌人发现。

二连、三连迂回到镇南。区大队王大队长带领民兵用六条木船把战士们送到对岸，战士们顺着小圩畈子向镇东接近。

二连埋伏在双坟滩附近，他们的任务是佯攻，吸引敌人的注意力和火力。三连在刘营长的指挥下，已接近南桥，隐蔽在暗处。蔡明海以送豆腐到伪军伙房为由，进一步探听虚实。站岗的士兵都认识他，是街上磨豆腐的，打打招呼就过去了。蔡明海来到伪军营房，东张张、西望望，见伪军士兵懒懒散散，有的在昏暗的灯光下抽烟聊天；有的在赌钱，围观的人站了一圈；有的躺在铺上跷着二郎腿摇晃。他兜了一圈，从里面出来，对站岗士兵说：

“兄弟，你们也知道，我是街上磨豆腐的，晚上附近农民给我送黄豆来，请你们给行个方便哦！”

“小蔡哥，看你说的，平时你没少给我们照顾，这点事我们能不给你行方便吗？就怕被当官的看见了麻烦。”一个站岗的士兵说。

正说着，一个伪军小头目过来了，拉着长腔问：

“你们什么事啊?”

“队长,是这么回事,晚上附近有几个农民给蔡家豆腐坊送黄豆来,要我们行个方便。”站岗的士兵赶快回答。

蔡明海立即迎上前去,客气地说:

“长官,请您给行行方便。”说着塞给他两块光洋一包烟。

小头目便对两个站岗的士兵说:“可以放行,送过黄豆马上离镇。宫田太君交待了,防止新四军的人混进来!”

蔡明海飞快地跑过南桥,找到区大队接头人,不一会就领着十来个挑的挑、扛的扛、抬的抬的“农民”,越过岗亭,朝自家豆腐坊走去。队员们放下挑担和口袋,从里面拿出武器,换上伪军服装,绕道来到附近的伪军营房。陈指导员派两个战士去库房点火,不一会儿库房里烈火熊熊,浓烟滚滚。战士们高喊:“库房失火了,快救火啊!”营房里伪军听到救火声,全都冲出去救火。见伪军混乱在一片,南桥的部队在王连长带领下,乘机冲进镇,直奔真武庙。

伪军去库房救火,枪支全留在营房里。陈指导员带人冲进来,叫战士们把枪支全收了。等伪军士兵救火回来,个个都“洋鬼子看戏——傻了眼”。

这时陈指导员走出来讲话了:

“伪军弟兄们,我们都是新四军。我们是来打鬼子的,不是来打你们的。你们跟着黄德龙为鬼子卖命,可是得到什么了?什么也没有得到!你们的父母、妻子、儿女,还是一样吃苦受罪。你们要看清形势,黄德龙快完蛋了,日本鬼子也快完蛋了,不要再为他们卖命了!新四军是共产党的队伍,也是我们老百姓自己的队伍,你们如果愿意起义参加新四军,我们现在就欢迎！如果你们要回家，我们也不阻拦，全由你们自己决定！”

伪军士兵们一阵骚动，叽叽喳喳起来。一个士兵说：“报告长官，我愿意参加新四军！”陈指导员笑着问：“你叫什么名字？”“我叫田成金。”“欢迎你，田成金同志！”田成金一听陈指导员喊他“同志”，激动得都哭了起来。跟着不少人报名参加了新四军。几个想回家的人，新四军每人发了两块大洋，要他们天明动身。

陈指导员问：“你们知道黄德龙在哪儿吗？”有人说：“可能在小梅红家。”陈指导员手一挥，说：“走，去小梅红家！”

四

那天林华生造访小梅红家，黄德龙很迟才从营部回来。见小梅红从亮着灯光的房间里迎出来，问：“怎么了大美人，这么晚还没睡呀？”

“你不回来，我怎么睡得着觉呢？”小梅红嗲着声说，“赶紧坐下来歇一歇，我给你沏杯茶来！”

“还是小梅红对我好，知冷知热的。这几天烦死人了，哪里都要操心！”黄德龙把军帽脱下来，狠狠地扔在桌子上。

小梅红说：“您就少操点心吧，毕竟快五十的人了，就是新四军打进来了，不是还有厉氏兄弟和‘皇军’吗？”

“你这是什么话，我是中队长呀！”黄德龙坐下喝茶，也不嫌烫，几口就喝下去了。

“难道新四军来了，你真要上去打冲锋啊？你如果有个三长两短我可怎么办呀！”小梅红偎在他身边，嘤嘤地哭起来。黄德龙笑着拍拍她：“算了,不说这些了。我们睡觉吧,时候不早了。”

两人上了床,黄德龙忙不迭地剥小梅红衣服。小梅红吃吃地笑道:“你都这么累了,还要来缠人!”

“土匪就这个德性嘛,快活一天是一天,”黄德龙调侃自己道,“还不知道能快活几天呢!”

“不许你瞎说……”

两人云雨过后,黄德龙舒心地叹了一口长气,说:“好几天不打麻将了,手痒得很,哪天约几个人来,好好地玩个通宵!”

今晚上,小梅红在西房间开起了牌局,喊的是镇上三个开店的老板,知道黄德龙许赢不许输,都自认倒霉,带足了赌资。本来请维持会会长袁保康的,袁会长说身体不好,也就算了。黄德龙老奸巨猾地笑道:“这个鸟人,上两回输惨了,准是诈病!”几个老板附和说:“把钱输给黄营长不是输给外人!”黄德龙更是大笑:“我可没叫你们放水哦!”

打到小半夜,四个人肚子饿了,让耿嫂下了四碗面,送到牌桌上吃,吃过了继续打。

三个老板输得不露痕迹,黄德龙赢得不亦乐乎。咚!咚!咚!有人敲院门。耿嫂刚拨开门闩,一个伪军连招呼都没打,就直奔西房间,气喘吁吁、语无伦次地报告:“黄、黄、黄……爷,新、新、新……四军包围了真武庙。”

“啊!有多少人?”黄德龙大吃一惊。

“天、天、天……黑看不清,反、反、反……正四面都是人。”

黄德龙把面前的牌一推,站起身,去小梅红房间拿枪,枪却不见了。

“小梅红,我的盒子枪哪去了?”

“枪是你们玩的,我哪知道啊!”小梅红坐在椅子上身子也没挪一下。

黄德龙火了,瞪圆了双眼冲向小梅红吼道:

“小梅红,你不要不知好歹,你到底想干什么?”

想不到小梅红猛地往起一站,气愤地说:

“我看你三魂少了两魄,自己放的枪找不到,倒拿我撒气!”

黄德龙怔住了,猜想自己是不是把枪带进麻将房里了。走回来一看,三个老板正在拿他赢的钱,怒吼道:“你们在干什么?!”

老板们忙把钱扔到桌上,面色尴尬地缩成一堆。

这时外面“嘭”的一声大响,院门被人闯开了,一下子就拥进十几个人,有伪军,有新四军,个个端着枪对着他。黄德龙想往外逃根本不可能,像泄了气的皮球,一屁股瘫坐在椅子上。伪军中走出一个小个子,来到黄德龙面前,恭恭敬敬地说:“黄爷,我叫田成金,是守南桥的士兵。”又指着站在身边持驳壳枪的大个子介绍说:“这是新四军的陈指导员,是我领他们过来的。”黄德龙不敢正眼相看,闭口不言一声。田成金弯着腰,诚恳地劝说道:

“黄爷,打从进了麒麟镇,每次下乡‘扫荡’都是您的兵打头阵,这大半年死了二十几个好弟兄啊!我们为鬼子卖命,鬼子却不给我们给养,要我们下乡去抢,弟兄们忍饥受饿,甚至连豆腐渣都吃不上。我们是中国人,不能帮鬼子去欺负、去打我们自己人哪!黄爷,您不为自己着想,也要为弟兄们着想啊!你就发个话,叫真武庙里的弟兄们放下武器吧!”

“黄爷,你就听这位兄弟说的发个话吧,也算立功赎罪,积点阴德!”小梅红也过来了,在一旁好言相劝。黄德龙侧过头用阴冷的目光看了她一眼,又耷拉下脑袋,一言不发。他还心存侥幸,指望宫田派日本鬼子来救

他。陈指导员猜透了他的心思,大声警告说:

“黄德龙,你不要做梦了! 日本鬼子是不会来救你的,他们现在是泥菩萨过河,自身难保。不信,明天上午你就知道了!”黄德龙摆出一副死猪不怕开水烫的态度,就是不开口。

时间紧迫,陈指导员不愿意在他身上再浪费时间了,果断地命令:

“不跟他啰唆了,把他带走!”

五

埋伏在双坟滩的三营二连见镇南火起,立即向驻守西桥的伪军发起进攻。守西桥的伪军见南桥营房起火,已心慌意乱,听见桥西响起枪声和呐喊声,更是惊恐万状,他们一边还击,一边等待真武庙过来增援。这时,在南桥被放回家的伪军士兵,到西桥来找老乡,告诉他们,新四军已经冲进镇,守南桥的士兵绝大部分参加了新四军,真武庙被新四军围得水泄不通,劝他们不要再抵抗了,赶快投降。这时新四军也冲过西桥,堵住了关帝庙的大门。守西桥的一个排伪军宣布起义,投诚新四军,和三营二连一起向真武庙开去。

陈指导员一行人押着黄德龙来到真武庙。庙外全是新四军,围得跟铁桶似的。一个战士拿着铁皮喇叭筒在向里面喊话:

“里面的伪军弟兄们,黄德龙已经被抓起来了! 日本鬼子也快完蛋了! 你们放下武器开门投降吧,新四军优待俘虏!”

庙里的小锁子见现场一片混乱,趁势领着他串连的那帮弟兄在士兵中间宣传、劝说。有人被鼓动起来,要打开庙门起义;有的对新四军的宣传将信将疑，不敢贸然表态；有的一言不发，想看看情势再说。厉氏兄弟看已经难以控制局面，声嘶力竭地叫喊：

“谁要是敢反水，老子先崩了他！”

小锁子索性走出人群，大声说：

“弟兄们，我们不要被当官的吓住了，现在外面都是新四军，当官的不敢把我们怎么样。大家想一想，当官的把我们弄到麒麟镇来，他们吃香的、喝辣的，花天酒地，可我们呢，连豆腐渣都吃不上！大家说说，我们还能再为他们卖命吗？”下面齐声回答：“不能！不能！”厉老四气极败坏，向小锁子举起盒子枪。没等他枪响，就听“砰”的一声，他手上却中了枪，枪掉落到地上。士兵们义愤填膺，一拥而上，下了厉氏弟兄的枪，把他们五花大绑。树倒猢狲散，黄德龙和厉氏兄弟手下的爪牙也都一个个束手就擒。只有夏疤眼混在伪军士兵里，躲躲闪闪。因为人多，光线又暗，一时没有引起注意。

崔妈跑过来，拉着小锁子，指着身边的一位新四军说：“好险哪，要不是这位同志，你今天小命就没有了！”。另一位新四军说：“这是我们的王连长。”小锁子拉着王连长的手，说：“谢谢长官的救命之恩！”王连长笑着说：“不要谢，你做得很好！”

原来新四军是崔妈带进来的。崔妈为伪军烧饭，经常买柴草。为了方便，在围墙上开了一个草窗子，平时用砖头垒好，里面用草堆着，只有买柴草时才打开，一般人不注意。新四军虽然包围了真武庙，但各道门都有伪军把守，强攻要付出很大代价。崔妈想到这个草窗子，何不利用它悄悄地把新四军引进来呢。于是，她偷偷过去抱走墙根的柴草，扒开草窗子的砖头，探出半截身子，小声喊：“哎！哎！”把外面两个新四军战士吓了一跳，端着枪对着她，喝道：“你是什么人？”崔妈回答说：“我是在里面烧饭的，你们的人可以从这里钻进来。”正好王连长经过这里，先一个人钻了进去，躲在草堆后面观察了一下院内的动静，然后带着几个战士随崔妈进入院内混在人群中。看到厉老四正要向小锁子行凶，他抢先一枪把厉老四的枪打掉了。

从草窗子进来了不少新四军战士，王连长叫小锁子带战士们打开真武庙大门，请刘营长进来。

随着真武庙大门、边门全部打开，刚刚参加新四军的伪军士兵也争着拥进了大院。院子虽然不小，但是一下子进来这么多人，就显得特别拥挤。院外还有一些围观的老百姓。刘营长要三连仍留在院外负责警戒和维持秩序，刚刚安排好，林华生和宝春带着区大队的部分战士来到这里，刘营长对林华生说：“请你马上安排两个向导，下面展开对镇东日寇的进攻！”林华生说：“我已经安排好了，一个是宝春，一个是蔡明海，宝春负责北线，蔡明海负责南线。”

“那太好了！”刘营长说，跳上大院一个高台对着人群喊：

“同志们！投诚的伪军弟兄们！我们已经缴了黄德龙和厉老四、厉老五的械，解放了麒麟镇的西半部分。我们下面的任务是和兄弟部队一起消灭盘踞在镇东的日本鬼子，解放全麒麟镇！

“现在我命令：陈指导员带领三连一排，留守真武庙，看押住黄德龙和厉老四、厉老五等一帮俘虏的伪军顽固分子；原守南桥的起义弟兄，加上在真武庙的起义的弟兄，全部编入三连，由王连长统一指挥，跟随蔡明海同志从南街向镇东挺进；原守西桥的起义弟兄编入二连，由杜宝春同志当向导，从北街向镇东进发！”

六

随着部队向前推进，指挥部也从十友庵跟进到牛塘沟。

程县长率领二营在消灭了永丰、黎城的日伪军后也赶到麒麟镇，与一营、三营会合，参加解放麒麟镇的战斗。

三发红色信号弹腾空而起——总攻开始了！

设伏在市河向外大河拐弯处的二营，首先从河北岸向南岸的鬼子发起了进攻。轻、重机枪一起开了口，拖曳着一道道金光射向德和粮行的炮楼，交织成一个美丽的扇形，吸引着敌人的火力。隐蔽在镇东南大王庙附近的一营二连、三连也向驻守东南路口的鬼子发动了进攻，以猛烈的火力压住大王庙阁楼上的歪把子机枪。埋伏在市河西岸，从北街到南街约一华里段面上的一营一个连、三营两个连和刚参加新四军的原伪军约一个连的战士们，迅即从大石桥和水中强行过河。一营一连张连长组织几次冲锋，都没有冲过大石桥，双方陷入胶着状态。这时泅水到对岸的战士顺着河畈接近桥头，用集束手榴弹炸掉了日军的地堡，张连长带着战士乘机冲过桥，全歼了守桥的鬼子兵。跟着，后面的大部队在彭营长、刘营长的指挥下，像激流洪峰一样冲过大石桥，拥进镇东，按预定的路线向前推进。

林华生正带着区大队的人马从真武庙过来，准备去支援主力部队，突然看见小梅红急匆匆地跑上来，手里拎着一个布袋。

“林老板，这是黄德龙的盒子炮，是我藏起来的，没让他拿到，现在交给你。”

“小梅红，你这次立了大功了！”林华生夸奖道。这时袁保康带领一帮镇上居民赶了过来，看到林华生带领着部队，才知道在自己眼皮底下的这位药店老板原来是个新四军当官的，纷纷说："林老板，你要我们做什么，尽管吩咐！"

林华生大声说："感谢众位乡邻，新四军主力部队正在镇东跟日本鬼子激战，大家在袁会长的带领下，负责抬伤员，掩护镇东的居民向镇西转移！"

占据镇东的日本鬼子凭借天然屏障和精良的武器企图负隅顽抗。宫田自从听到新四军要来打麒麟镇的风声，调整了兵力部署和火力配置，增加了守桥的力量，在桥头左右两个地堡各加配了一挺歪把子。德和粮行的炮楼上除原有的一挺歪把子以外，又加配了一挺重机枪，在大王庙的阁楼上布置了一挺歪把子，和德和粮行炮楼上的机枪形成犄角之势，其火力足以控制整条大街。在此同时，他又增加了东河边码头的兵力，加强保卫和警戒，两艘汽艇都加满汽油，带足备用油和弹药。他的战术是守得住就守，守不住就南逃。

敌人的火力太猛，部队无法前进，形不成对鬼子的合围之势，当务之急，是要打掉德和粮行炮楼和大王庙阁楼上的两个火力点。这时带领群众运送伤员的袁保康带着沈桂兴来到前线，正好被林华生看见了。

"桂兴，你是怎么出来的？"

"我从伙房的后门溜出来的，一路顺着人家墙根跑到这里，正好碰到袁会长他们说新四军攻不下据点——我有办法！"

林华生马上把他带到了刘营长那儿。

"部队可以从居民屋里走，我路熟，给你们带路！"

刘营长命令王连长带领爆破组跟着沈桂兴，在通往德和粮行方向的人家一户一户地叫开门。前门进，后门出；没有后门的，在墙上打洞。一步步向炮楼逼近。在离炮楼还有十几丈远的地方,没有居民房屋可以利用,于是派人通知已经过河的二营战士加强进攻火力,吸引炮楼上的敌人,掩护爆破组接近炮楼。爆破手冲到德和粮行西围墙的墙根下,利用机枪的射击死角运动到炮楼下面拉燃了四十斤的炸药包。只听“轰”的一声巨响,德和炮楼垮塌了下来。

与此同时,袁保康如法炮制,带着两名神枪手一路插到大王庙附近的一户居民家里,找好有利位置,击毙了对面据点阁楼上的鬼子机枪手。

清除了日军的火力点,大部队山呼海啸般地发起了猛攻……

宫田见大势已去,慌忙带一个小队破门而出,且战且退,撤往东河码头,守码头的鬼子配合接应。宫田带着残部仓皇爬上汽艇,向东南方向逃窜,等战士们追到河边时,两艘汽艇已开到河中心。

七

侥幸逃跑出来的日本鬼子惊魂未定,上了汽艇就全速前进。宫田在前面一艘汽艇上,站在驾驶台后指挥。行驶至蜈蚣荡主航道时,天已蒙蒙亮了。两边阴森森的芦苇如铜墙铁壁,灰白的天空恰似裹尸布的颜色,湖水惨绿惨绿的,打着一个接一个的漩涡,汽艇上的鬼子如同到了鬼门关。宫田联想到夏天在蜈蚣荡吃的大亏,本能地感觉到一阵阵寒意,命令汽艇减速行驶,士兵全部钻出船舱,进入临战状态。他自己更是瞪大眼睛密切注意两边芦苇丛中的动静,一有情况马上命令开火。然而一路上很安静,两只白鹭扑扇着翅膀在前面飞,仿佛领路一般。宫田稍稍松了口气。根据地形图标志,过了前面六丘坟航段,再开上二十里,就进入高邮湖了。他命令汽艇加快速度，尽快驶出蜈蚣荡。

鬼子汽艇折了个弯，前面就是六丘坟。河道渐渐变窄，前面更是被堵住了——好像水路上凭空冒出一片芦苇。宫田意识到不妙，立即下令倒船，另寻水道突围。

原来是蜈蚣荡水上民兵中队在前边将一个大芦柴筏推到了航道中央，实施了“关门打狗”的第一步。

后面的汽艇还没有掉过头来，民兵们已经又把另一个大芦柴筏推上了航道中央。宫田的汽艇正在打横，发现这个情况马上举着指挥刀冲出驾驶室，哇里哇啦地命令日军朝两面胡乱射击。

张正一声令下，南面战壕里的民兵和新四军战士纷纷拉响了水雷，轰！轰！轰！轰！……航道上顿时升起了一排几丈高的水花，壮观至极！空气中弥漫着浓烈的水腥气和污泥味。雷声响过，在水汽硝烟中看到两艘汽艇已被炸歪在水面上，落水的鬼子在水里哀号、挣扎，像一群受伤的野鸭子。南线近一百米的阵地上，步枪、机关枪一起开火，手榴弹更是如冰雹一般朝河里扔过去，惨绿、污浊的湖水被鬼子的鲜血染得暗红。没死的鬼子以倾斜的汽艇为掩体朝高地进行顽抗，隐蔽在航道北面芦苇丛里的鸭枪队又嗵、嗵、嗵、嗵开火了，大抬杆那一枪像铁扫帚一样横扫过来，鬼子腹背受敌，完全丧失了战斗力！

“嘀嘀嘀……”冲锋号吹响了。在张正和高永成连长的指挥下，两岸的战士和民兵从战壕和芦苇丛中冲出来，呐喊着冲到河边，会水的跃入水中把鬼子拖死狗似的往岸上拖，企图顽抗的则被岸上战士一一“点名”。水上民兵中队把小船撑进航道打扫战场，这时唐福兴发现了一个活着的鬼子，他在伸手往船上拉时，冷不防被鬼子捅了一刺刀，大叫一声倒在了船舱中。

愤怒的战士们一齐射击，把那个可恶的鬼子浑身打成了筛子。

六丘坟伏击战打死、打伤鬼子五十多人，其余被活捉——日军中队长宫田在被拉上岸后因伤情过重毙命——还缴获了两艘损毁的武装汽艇和大量武器弹药，创造了水上伏击日本鬼子的成功战例。

第十九章　镇压地主

一

东方才鱼肚白，麒麟镇上蔡家饭店就开门了。饭店门前的长条桌上摆着热气腾腾的烧卖，大锅上的蒸笼摞得足有半人高。曹正富家的饭店也早就忙活起来，包好的馄饨摆满了一案板，下了满满一锅的馄饨正随着沸腾的汤水上下翻滚。徐三保挑着一担刚起锅的麻团、油条和米饼，在人群里叫唤："滚热的麻团、油条、早烧饼，哪个吃咪！"

街上大大小小的食品店全开张了，走上街头庆祝解放的居民们纷纷光顾，生意兴隆得就跟以前过年时一个样！

天亮后指挥部立即下令打扫战场，要求部队要特别注意藏匿的敌人，遗留的炸药、地雷、手榴弹，特别是要疏散出危房中的老百姓。

彭营长和刘营长按指挥部的要求，带领战士和投诚的伪兵由东向西像梳篦一样仔细清理。

小锁子现在已经暂时被委任为投诚士兵的排长，换上了新四军的服装，显得精神抖擞，英气勃勃。当他带领弟兄们搜查到庞家大院时，意外地发现了夏疤眼的尸体，脑壳上有一个大洞，手上还攥着盒子枪，显然是自杀的。原来这家伙在新四军占领真武庙时，自感罪孽深重，混在起义的士兵中朝镇东进发时，半路上偷偷折返庞家大院，在他的死党刘二虎的情人沈香苹待过的家里做了自我了断。

许多战士身上的衣服湿漉漉的，脸上手上沾满了黑灰。他们打了一夜的仗，到现在还粒米未进，在袁保康的倡议下，镇上百姓自发地为他们送早饭；沈锡朋家的烧卖一屉一屉被端走；曹正富家的馄饨来不及下；徐三保挑子上的麻团、油条、米饼被一搬精光。更多的人从家里打来米粥，煮好鸡蛋，亲手递到战士们的手上。小锁子端着一碗面在吃，吃得眼泪直流，想当初自己被抓到“黄营”当伪兵，被厉老四、厉老五逼着下乡“扫荡”，抢老百姓家的粮食，拿老百姓的财物，老百姓对他们恨得咬牙切齿，而现在参加了新四军，老百姓又把他当成了自己的亲人一样对待，真是两重天啊！他为自己从此走上了一条光明的新道路感到无比的庆幸和自豪！

集镇周边乡村的老百姓也赶来欢庆麒麟镇的解放。金国才的奶奶在儿媳的陪同下来到镇上，看到到处张灯结彩，人人欢天喜地，眼泪不住地流，嘴里念念有词：“这下好了，鬼子被打跑了，可惜你公公没能看到这一天。”儿媳说：“婆婆，公公在地下也会听到我们胜利的消息的，肯定也会高兴的！”

镇上会聚的人越来越多，激动、喜悦的心情化作笑容写在他们脸上，就像初升的太阳一样灿烂……

张正和高连长带着六丘坟大捷的民兵和新四军部队，押着一队日军俘虏回到了麒麟镇。人们争着挤上前去，有的愤怒地向鬼子吐唾沫，有的朝鬼子头上砸东西……张正大声喊道：

“乡亲们，你们恨鬼子的心情我理解，但是我们共产党、新四军不虐待俘虏，请大家克制自己的情绪，请给我们让条路！”人们这才自觉地两边后退，让出了中间的道路。

德源药房现在成了部队的医务所，汪敏真正和怀有身孕的吴琼一起为伤员包扎，忙得满头大汗。当两个抬担架的民兵把唐福兴抬进来时，吴琼一眼看到了后面跟的凤华，另外还有一个英姿勃勃的圆脸姑娘，估计就是宝春的妹妹宝玲了。凤华喊了一声“林师母”，和另一个穿着军装的漂亮女兵一起协助两个民兵把唐福兴抬到临时手术台上。吴琼剪开唐福兴包扎的纱布，看到左胸的伤口还在冒着血沫，连忙和汪敏真一起重新清洗和包扎，对凤华说，幸亏这是刀伤，如果是枪弹伤就危险了，就是这样还要赶快送往后方医院治疗，防止伤口感染。汪敏真在吴琼叫“凤华”时抬头看了凤华一眼，竟红着脸笑了，这让凤华有些莫名其妙。宝玲则对这个女卫生兵灵巧的动作心生羡慕，悄悄跟凤华说，她也要当卫生兵。这话被吴琼听去了，边撕新纱布边笑：“可以呀，不过你要向张营长请示，看他肯不肯！”宝玲说：“他有什么不肯的，肯定肯！”

这时苗凤明从外面风风火火地进来，手里捧着一包桃酥，是镇上居民硬塞给他的，他舍不得吃，就送到这儿来了，正想喊“敏真”，却一眼看见旁边站着的凤华，脱口叫道：

“姐姐！你怎么在这儿？”

“弟弟，你也来我们这儿打仗了？”凤华也是又惊又喜。

吴琼也不甚惊讶：“你俩是姐弟？”

“是呀，她就是我的姐姐凤华！”凤明说。

“我早认识你姐姐了，苗连长！”吴琼笑道，“你姐姐是大名鼎鼎的蜈蚣荡水上民兵副队长，真正的巾帼英雄——你知道不知道？”

凤明高兴极了。他从小就服姐姐，姐姐泼辣能干，是他的保护神呢！

凤华指着宝玲对他说：“她，你还认识不认识？”

“这不是宝春的妹妹宝玲嘛，都长这么高啦？”凤明说。

“老相，你才多大！”宝玲头一昂。

“哎哟，嘴还那么凶！”

“你可别撩她哟，她哥哥是你姐夫哩！”吴琼逗趣道。

凤明急得直抓头。他这几年在外头，家里的情况实在不清楚呀！

包扎好了唐福兴，唐福兴嘴里轻轻喊道：“凤明……”

凤明低头一看，失声叫道：“这不是福兴兄弟吗，怎么回事？”

凤华眼圈红了：“该死的鬼子……”接着便把唐福兴在六丘坟被鬼子刺伤的情况说了。

“姐，你放心，这伤不要紧，送到后方医院后会得到很好的治疗的！”这时，汪敏真脆生生地插上话来。

凤华见这个女兵亲热地叫她姐，疑惑地看了一下凤明。凤明这才想起介绍：“她……她叫汪敏真，和我是、是……”他不好意思往下说，脸都红了。

吴琼在旁边笑：“看看，解放了麒麟镇，你们一家人都聚在一起了！”

二

经军区党委批准，淮宝县委、县政府将移驻麒麟镇。县委、县政府安顿好后，还要召开祝捷大会，这下可忙坏了林华生和宝春。

林华生虽然是本镇人,但是什么地方适宜驻首脑机关,心中还是没有数。他想,首脑机关,一要安全,便于保卫工作。二是房屋要宽敞明亮,便于办公。三是要配套,便于安排吃、住和办公。他在镇上东转转、西望望,比较来比较去,最后选中了龚家大院和吴家大院。龚家大院房屋高大,宽敞明亮,可以作为县委、县政府的办公用房;吴家大院院子大、房屋多,可以安排警卫部门和其他行政部门。他找到两家大院的主人,说明了租用房屋的要求,两位老板二话不说,满口答应,说自家可以暂时搬到别处去住。

机关办公地点租好后,宝春和区里其他干部带领镇上居民把庭院、大厅和各个房间打扫得干干净净,收拾得井井有条,等待县委、县政府各部门搬过来。

苗凤明领着汪敏真回到沿湖村家中,整个村庄的百姓全都拥到苗家看稀奇。村民们想不到凤明这个小青年出门才几年,现在竟有这么大的出息,非但当了新四军的连长,还带回来一个在新四军卫生队当护士的漂亮女朋友,个个向苗寿义夫妇说着恭维的话。苗寿义老两口高兴得嘴都合不拢了,在院子里摆下流水席请庄邻吃饭喝酒,凤华和宝玲更是帮着忙前忙后。宝玲已经和敏真成了无话不谈的姐妹,因为张正已经跟岳书记说好让她当卫生兵了,以后敏真就是她的"师父"啦!酒席上苗寿义请韩长庚保长一家坐在首桌,领着儿子和准儿媳去敬酒,韩老太太身体已经复元,看到凤明精精神神的样子,不住地念叨自己在外地学生意的孙子,说如果也当上新四军有多好,看到敏真过来,特地掏出一个红包塞到她手里,夸"小姑娘长得像七仙女一样",把敏真弄了个大红脸。苗寿义向儿子介绍韩保长在几次反'扫荡'中为村庄立下的功劳,凤明说张正营长都告诉他了,说韩保长是“开明地主”，是抗日统一战线的重要力量，并恭恭敬敬地向他鞠了一躬，韩长庚高兴得乐不可支，连说“后生可畏”，说苗家出了一对好儿女。韩小甩子要求凤明也介绍他参加新四军，就有村民笑他“新四军里不要甩里甩气的人哦”，凤明却说：“你若真想当新四军，我们一定欢迎。”韩小甩子征求叔叔的意见，韩长庚说：“随你，想参加就去吧，我不差你这个保丁。”大家一听又笑了。韩长庚还说这半年来韩小甩子表现得其实还真的不错，如果他父母还在就好了。听到这里韩小甩子竟哭了起来，倒又让大家唏嘘了一回。

三

现在德源药房已经公开成为麒麟区委区政府办公地，后院的几间屋子也全收拾了出来。一大早就有几个镇上居民来报告，说龚家大院和吴家大院的门上被人泼了粪。林华生很震惊，马上带民兵去察看，果然见门上沾满了污物。打开两个院门一看，院子里居然还有摔破的酒瓶和瓦罐，一地狼藉。

林华生和张正二人一致认为这是潜藏在镇里的坏人在搞破坏活动，发泄对新政府的不满，甚至企图离间人民群众和新四军的鱼水关系，要求刚刚被任命为县委警卫连长的苗凤明一块破案。张正说：“要马上发动群众，在镇里进行排查，如果不尽快抓住破坏分子，他们很可能要变本加厉，搞出更大的动静来！”

林华生按照张正的部署，要求区大队王队长派民兵小分队全天候巡逻，一旦发现形迹可疑的人，马上带回区署审查。

第二天半夜，市河大石桥附近又发出了爆炸声。虽然没有伤到人，却把镇上的居民吓了一大跳，以至于很多人以为高邮的日军又反扑过来。民兵赶到那儿时，发现爆炸点在桥头不远的拐弯处，现场还有一条被炸死的黄狗。

到了白天，镇上就起了谣言，说是日本鬼子撤退时在镇里重要路段埋下了地雷，新四军到现在还没找到，昨晚肯定是被狗子绊上了，要是被人踩到了那就不得了啦！大家没事最好待在家里，不要出来瞎逛哟！

在周边的乡村，也出现了一些异常，有些伢子在念顺口溜：

拐子拐，
黄毛水怪，
头如笆斗大，
脚如小锅盖，
专拣女人、伢子害。

一时间，集镇上人心惶惶，街上行人寥寥无几，店铺门可罗雀。天一黑，家家就关门闭户，一家人都蜷在一起，不敢出声，全镇静得叫人害怕。

周边乡村更是人人自危。谣言越传越玄，有说北湖里的“黄毛水怪”到柏家湾，见女人就挖奶子，见伢子拐住就跑，说得活灵活现。白天，人们成群结队下地干活；晚上，单庄独户的一起聚到大庙里过宿，大人们手拿铁锹、草叉轮流守夜，让老人、伢子们睡安稳觉。就连乡村民兵的活动也难以正常进行，值班巡逻的民兵由于怕遇到“黄毛水怪”，执警时惊恐不安，看到黑影就开枪，造成了一些误伤。

林华生频频召集全区乡以上干部会议,听取情况,分析形势,商量对策。他觉得此事非同小可,向县委、县政府汇报了情况,请求指示。

县委岳书记、程县长和张正、熊主任等一起听了林华生同志的汇报,大家经过分析研究,一致认为,这肯定是对我党、我军怀有刻骨仇恨的阶级敌人甚至是敌人留下的特务和坐探在有组织有计划地策划着破坏活动,他们镇内镇外互相勾结,集镇乡村遥相呼应,意欲进行捣乱和破坏,企图挑拨新四军和人民群众的鱼水关系,阻扰我县委、县政府搬到麒麟镇来,必须采取有力措施,粉碎敌人的阴谋,打击敌人的嚣张气焰。

岳书记说:“我们党的部队打起仗来是战斗队,不打仗的时候是工作队。我们要深入群众中去,利用群众的智慧找出敌人的破绽,研究其行踪和下一步作案可能,一旦确立目标,立即予以抓捕,还麒麟地区一个真正的清平世界!”

回到镇上,林华生和张正把大石桥桥头的爆炸残片和那条死狗拿到药店里仔细研究,发现“地雷”的威力并不大,黄狗虽然被炸死,身体并无严重炸伤,只是狗毛被烧掉不少。张正喊来金国才反复观察弹片,发现铁片相当地薄,并且带有黑黄的锈迹,不像地雷的生铁雷壳,嗅嗅火药气味也不对头。他灵机一动,让人去找来镇上爆竹坊里的师傅,师傅闻过之后肯定地认为这“地雷”使用的是做烟花爆竹的土制火药。再仔细看,“地雷”残片倒像是居民烧灶上的汤罐外壳。这下子大家心里稍微放松了一些,认为破坏分子不可能是武装分子,他们只是因地制宜,利用手头上可用的物品造出了不大可能造成太大杀伤力的假地雷,目的还是制造恐慌和混乱。这些人肯定就在镇上,隐藏在居民中间,而且每天都在抛头露面,窥探着他们的破坏造成的效果和影响。

林华生命令区队战士加强对镇子的巡逻，专拣人多众广的交通路口列队行走，逐渐消除居民对于“地雷”的疑惑和恐惧。慢慢地，镇上行人又多了起来，而不甘寂寞的孩子们又到处嬉戏玩耍了。

熊主任亲自带着一支小分队来到风传闹“黄毛水怪”比较厉害的柏家湾。柏家湾濒临北湖滩，有四五十户人家，以前常有湖匪上岸打家劫舍。小分队一进村，就由村干部带路，直接去了柏本高家，因为麒麟地区都在传这家人就是“黄毛水怪”的受害者。

柏家夫妻又是搬凳请坐，又是烧水倒茶，新四军到他家里来，他们感到很有面子。屋子本来就不大，小分队同志进去就坐满了。左邻右舍见新四军来了，都赶来看热闹。

熊主任问：

“老乡，最近家里好不好啊？”

“挺好哇！”夫妻俩回答。

“听人说你家孩子被‘黄毛水怪’拐走了，有这回事吗？”

“也不知道是什么人在嚼蛆，咒我家的人不得好死！”柏本高的老婆愤愤地说。

“熊主任，我把我孩子领过来给您看看好吗？”柏本高说。

“好的！”

柏本高在围观的人群里找来找去，把两个小孩送到熊主任面前。小三子才六岁，牵着姐姐的衣服，怯生生的，嘴里正含着棒棒糖哩！

“小孩子怕羞哩，首长莫怪！”

“不怪，不怪！”熊主任笑眯眯地说，“你们夫妻好有福气，有儿有女啊！”他从凳上站起来，对围观群众说：

“乡亲们，现在外面风传柏家庄被‘黄毛水怪’盯上了，不但拐小孩子吃，还挖女人的奶子，所以我今天带人来调查调查，看是不是真的！”

“什么‘黄毛水怪’？光有人传，但我们长这么大都没见到过！”

“是不是黄鼠狼呀？但这东西光拖鸡，没听说还吃孩子呀！”

围观的群众看这个新四军干部挺随和的，纷纷说道。

村里一位大嫂爱开玩笑，敞开嗓门说：“我们的奶子不全在身上吗？一个也不少。”她回头盯着那些小媳妇大姑娘打量，“我看看，哪个少了奶子！”

群众们都被她逗得开怀大笑，小分队队员们也忍俊不禁。姑娘、媳妇们脸上通红，急忙挤到外面院子里去了。

熊主任喊道：“大家静一静，听我说！事实证明，外面风传的所谓‘黄毛水怪’，是阶级敌人在造谣吓唬群众，看到我们新四军要来，想制造混乱，破坏我们和老百姓的关系。我们千万不能上他们的当，不但要主动辟谣，还要擦亮眼睛，提高警惕，和他们作斗争！”

人群中有人说：“我们这里常有湖匪来骚扰，是不是这些家伙搞的鬼？”

熊主任说：“不排除这种可能，大家如果发现什么可疑情况，要及时和我们联系。”

访问过柏本高家，熊主任带队离开了柏家湾，走出村子两里路，突然利用芦苇滩和庄稼地的遮掩转了回来，悄悄地从村长柏友良家后院门进去了。

四

农村人白天劳作，吃完晚饭就早早地上床歇息了。小分队的战士和柏家村民兵埋伏在北湖滩进村路口两边的园沟边，目不转睛地注视着路口的动向。突然，有四个黑影远远地朝这边挪过来。到了路口，有的从地上抓泥土往四周庄稼上乱撒，发出“沙沙”的声响；有的原地手舞足蹈起来，口中唱起曲调怪异的歌来：

天黑黑，地荒荒，
黄毛水怪进村庄，
专拣伢子拐，
专挖女人奶，
要得天地太平，
共军离开麒麟。

战士和民兵们从园沟里一跃而起，端着枪围住他们。熊主任大声喝道：

“什么人？撕除你们的伪装！”

“长官饶命！”

“说！你们是什么人？干什么的？”战士和民兵喝道。

“是镇上财主庞德坤叫我们穿着皮衩和蓑衣，装成‘黄毛水怪’，到村里来吓唬老百姓的。”四个黑影说。

战士命令他们脱掉皮衩和蓑衣，拿在手上。民兵们在前，战士们在后，把他们夹在中间，押到了熊主任跟前。熊主任马上把人带到柏村长家进行了审讯。根据审讯的情况，他和村干部商量决定，连夜敲锣召开村民大会，让“黄毛水怪”公开亮相，彻底澄清事实，粉碎谣言。

村民大会在柏家湾祠堂里召开，十几盏马灯把里面照得通亮。主持会议的柏友良村长说：

“乡亲们，最近不少地方闹‘黄毛水怪’、闹‘拐子’，我们村也在闹，在外面传得最凶。到底有没有‘黄毛水怪’，有没有‘拐子’呢？还是听他们说说吧！”

民兵们押着四个穿着蓑衣和皮衩的家伙来到台上，那人不人鬼不鬼的猥琐样子吓得胆小的孩子都哭了起来，忙被大人哄住。

领头的家伙朝台下连连作揖说：

“我们是人，不是‘黄毛水怪’，是镇上财主庞德坤花银洋雇我们装的。我们对不起乡亲们，请你们饶恕我们！”说完，四个人一齐朝地上一跪，给村民们磕起了响头。

熊主任站起来，对全村群众说：

“乡亲们都看到了，根本就没有什么‘黄毛水怪’‘拐子’，都是坏人造的谣。大家想想，我们消灭了日本鬼子和伪军，解放了麒麟镇，建立人民民主政权，带领老百姓减租减息，那些靠剥削穷人的地主老财能甘心吗？所以，他们要造谣破坏，妄图挑拨老百姓和新四军的关系，让我们立不住脚。幸好我们识破了他们的阴谋诡计！”

台下掌声雷动，欢呼声一片……

五

熊主任让两个战士迅速赶回麒麟镇，把情况报告给林华生和张正，要他们连夜抓捕庞德坤。

庞德坤即庞家大院的主人，本来是社会上的一个小混混，家境一般。一天夜里有几个不名身份的黑衣人找到他："兄弟，后边有仇家追我们，我们把两个小坛子寄在你家，过些日子再来取。"庞德坤怕惹麻烦，正想推拒，那几个人已经走了。他无奈地在锅灶门口挖了个坑，把两个小坛子埋在里面，用脚踩实了。两个月过去了，一年过去了，一年半过去了，始终不见人来取。他终于控制不住好奇心，挖出两个坛子，打开一看，顿时惊呆了：里面是几条"大黄鱼"和白花花的光洋。他贪心顿起：如果拥有这两坛金银，他就一夜暴富了。他想"黑吃黑"，但又没有这个胆量，一块大洋也不敢拿，又把坛子埋上了。他在煎熬中又度过两年，还是没有人来取，便估计那几个人已经被仇家"做"掉了，既然死无对证，那这两坛财宝就是他的了！他开始买田置地，租给农户耕种，又盖了气派宽大的宅院，一下子成了麒麟镇上的财主，令人刮目相看。日本鬼子侵占麒麟镇时，他怕家中资产被抢，连夜派了一条船带上细软逃到白马湖去了，临走前把宅院托给表妹沈苹香帮着看守，家中粮食器物尽她使用，还留了一点盘缠，答应回来后还有重酬。现在日本鬼子被新四军赶走了，他又带着全家回到了麒麟镇。

庞德坤回镇后，发现沈苹香已死，家中一片狼藉，藏在地窖里的几十担粮食也没有了，甚至还有个水警副队长死在自己家里。新四军解放麒麟镇时，从他家房间打洞朝外穿行，敌我双方的枪炮毁坏了屋顶，藏在阁楼里佃户的契约也烧毁殆尽。他把这一切后果都无理地算在共产党新四军头上。听说新四军马上还要搞减租减息，甚至分掉地主富户的田地财产，更是恨得咬牙切齿，他暗中纠集了几个逃亡回来的地主，阴谋通过各种破坏手段阻止新四军县委、县政府进驻麒麟镇。他对其他地主们说："我们要趁共产党新四军立足未稳的时候，在集镇和周边乡村闹出些动静，搞出点大名堂来。”

几个逃亡地主一致表示同意。于是他们雇了几个镇上游手好闲的人暗中搞起了破坏活动。在镇上，他们先是往龚家大院、吴家大院大门上泼屎涂污，朝院里乱投瓶子瓦罐，跟着又在庞德坤的授意下制作“地雷”，预先逮了一只流浪狗勒死了，一起带到市河大石桥，像点炮仗似的引爆了“汤罐地雷”；在乡下，他们利用夜间装神弄鬼，白天到处宣扬“黄毛水怪”出世，用糖果哄小孩唱童谣，宣扬妖怪的出世是共产党新四军带来的孽障……

当林华生和张正带领民兵赶到庞家大院“嗵嗵”擂门时，庞德坤自知阴谋已经败露，要老婆帮着躲进地下室。老婆打开衣柜门，搬出衣被，挪开后挡板，让庞德坤猫着腰钻了进去，然后又把衣被整理好，关上柜门，才出来叫用人去开门。大门一开，一下子拥进来十几个民兵。林华生问：

“庞德坤在家吗？”

“老爷晚上出去打牌了，还没有回来呢。”用人回答。

“有人看见他回来了！”一个民兵说。

用人嗫嚅着：“没有，真的没有……”

张正不和她啰唆，说：“搜！”

战士们分头对正屋、厢房进行了仔细搜查，没有发现庞德坤的踪影。又把天井角角落落和后园各处检查了一遍，还是没有。张正冷笑一声，来到庞德坤的寝室，问他老婆：

“你给我老实说，庞德坤躲在什么地方？”

“长、长官，我、我真的不知道！”庞德坤老婆紧张得有点结巴，情不自禁地用眼睛的余光瞟了一下大衣柜。

张正目光如炬,马上命令跟进来的战士:

“把这个大衣柜打开!”

张正发现衣柜里面的衣物很凌乱,像是刚有人动过,要两个战士挪开衣柜。庞德坤的老婆吓得跪在地上哭着说:“求长官放德坤一条生路吧。”

挪开衣柜,便看见墙上有一个圆洞。张正厉声喝道:“庞德坤,快出来!”见里面没有回应,举起快慢机对洞里就是一梭子。庞德坤在里面连声说:“别开枪,别开枪,我出来!”

张正和林华生马上就在庞家大院进行了审讯,庞德坤交代出了他的几个同伙。民兵们展开行动,破坏分子一个个被瓮中捉鳖,无一漏网。

县委、县政府决定,在麒麟镇召开公审庞德坤大会,在永丰镇召开公审莫守仁大会。许多老百姓上台控诉了他们的罪行。有的义愤填膺,有的泣不成声,还有的挥拳便打,抬腿就踢,都被战士们挡住、劝住了。鉴于庞德坤、莫守仁罪恶深重,民愤极大,主持大会的首长代表县委、县政府宣布:判处庞德坤、莫守仁死刑,立即执行枪决!会场上欢声雷动,“共产党万岁!”的口号声响彻云霄。

永丰的日本鬼子被消灭后,汪敏真父母从外地回到家里,她赶回去配合乡政府做他们的工作,宣传党的政策。汪父将过去佃户抵租的良田全部退给了农民,还拿出不少粮食救济生活困难的人,对农民正在租种的土地都按政府要求减租减息,可以算得上是一个开明的地主。这一点让苗凤明深感欣慰,他对敏真更加佩服和爱惜了。

六

鉴于麒麟镇重要的战略地位,区党委和公署早就指示在适当的时候把县委、县政府迁到镇上来。现在日本鬼子被消灭了,“黄毛水怪”的风波平息了,时机已经成熟。县委、县政府准备在迁址的同时召开麒麟镇解放祝捷大会,要造成舆论和声势,以扩大政治影响。

祝捷大会会场设在关帝庙前的空地上,主席台就搭在关帝庙门口,坐北面南,主席台正面的幕布上挂着毛主席和朱总司令的画像。各区参加会议的人坐在会场前面,后面是麒麟镇和附近乡村参加会议的群众,会场的两侧和后面坐的是县支队的战士。会场上没有嘈杂声,大家静静地等待着大会的开始。

祝捷大会由程县长主持。他宣布大会开始,鸣炮奏乐,顿时会场上鞭炮声、锣鼓声响彻云霄。

等锣鼓鞭炮声停了,程县长宣读了县委、县政府和县支队的表彰决定。这次表彰的有群众,有干部,有前线作战的指战员,也有后勤人员。宣读完毕,受表彰的人员依次走上主席台,由诸位县领导颁发奖励证书,台下响起热烈的掌声。

程县长用双手示意会场安静,说:

“现在,给光荣参军的同志披红戴花!”

洪强、金国才、杜宝玲等十多名同志在一名新四军战士的引导下走上了主席台。岳书记、程县长等领导亲自为他们披红戴花。台下又响起了一阵热烈的掌声。

掌声过后，程县长说：

“现在，请县委书记岳群同志讲话。”

岳书记站起身走到主席台前，向大家敬了个礼，说：

“父老乡亲们，同志们，我们消灭了三河沿线到麒麟镇一线的日本鬼子和伪军，让湖西地区成为解放区，这是非常了不起的！因此，我们有心，要开这次庆祝大会。在这次抗击日伪军斗争中，涌现出了许多英雄人物和英雄事迹，今天表彰的就是他们中的突出代表，因此这个大会又是一个表彰先进、学习先进的大会。

“父老乡亲们，同志们，这次胜利来之不易啊！我们之所以能取得这次胜利，最根本的原因是人民群众拥护共产党，支持新四军，敢于同生死，共患难！所以，发动人民群众，依靠人民群众，同敌人进行坚决的、殊死的斗争，是我们取得胜利的基本经验。我们要在今后的对敌斗争和工作中，更自觉地坚持和运用这些经验，去争取新的胜利！

“现在，在罗炳辉司令的指挥下，淮南、淮北抗日斗争如火如荼；同时，在苏北、苏南地区，抗日形势也一片向好。但是我们不能掉以轻心，日本鬼子是不会甘心失败的，他们现在还盘踞在我们周边重要的城镇，控制着重要的水陆交通线。我党在湖西地区建立淮宝县，成立淮宝支队，组织各区乡民兵自卫队，就是要利用湖西独特而有利的地理优势，同时借助这里坚强不屈的人民群众，把整个湖西地区打造成一个抗战稳固的后方。在以后的日子里，我们要进一步组织、强化和扩大抗日力量，提高对敌斗争的经验和本领，随时准备抗击来犯敌人，叫他们有来无回！”

会场上掌声雷动，口号声山呼海啸！

接下来，岳书记对下一阶段的抗日和拥军工作做了具体部署。到了最

后,他带着笑容对大家说:

“张正同志和我们共同战斗了两百多天,在春天的麒麟镇保卫战中,在组织蜈蚣荡反‘扫荡’和解放麒麟镇战斗中,发挥了非常重要的作用。在他回部队之前,我们请他给我们讲讲话,好不好啊?”

台下一片喊“好”声,很多人都情不自禁地站了起来。

张正走到前台,高声对大家说:

“父老乡亲们,同志们,此时此刻我非常激动,想说的话很多,但又不知从哪儿说起。在今年正月初三保卫麒麟镇的战斗中,我受了重伤,是麒麟镇的地下党组织把我隐蔽到蜈蚣荡,那里的乡亲用身家性命来保护我,给了我重新站起来的机会。而我也在县委、区委的领导下,和当地人民群众组织起一支水上抗日力量,给予日伪军以沉重的打击,为新四军秋季攻势的形成和最后消灭以麒麟镇为中心的三河沿线的敌人创造了条件,让这条黄金交通水道又回到了湖西人民手中。人民群众是我们力量和智慧的源泉,而党的领导是我们指路的明灯!我永远忘不了可亲、可敬、可爱的麒麟地区人民群众,请相信我,我以后还会回来的!”

会场上再次响起了经久不息的掌声。回想这大半年和张正共同对敌的经历和产生的革命爱情,坐在台下的新兵战士宝玲早已热泪盈眶。她已经被批准加入新四军卫生队,马上就要参加工作了。听说张正有组织调动的消息,她既高兴又十分不舍,哭得眼睛都红了。张正勉励她参军后好好学习和工作,让她等着他,等时机成熟自己回来和她成亲。

第二十章　梁营攻心

一

1942年10月13日傍晚，张正带领新四军二营神不知鬼不觉地包围了高楚交界的梁家营镇。几天前，张正接到命令，指示二营负责拔除这里的伪军据点。

梁家营伪军据点，建在镇东南古城隍庙里，就像一把刀子砍在高邮、宝应之间的大道上，把两县相连的根据地分割成东西两片。

这里驻扎着伪军二十八师一团二营，他们在大庙四周筑起围墙，修起碉堡，挖了壕沟，埋了鹿寨，还架设了一圈满是蒺藜的铁丝网。伪军营长郑少鸣扬扬自得地说："咱这工事，里三层，外三层，真是固若金汤，万无一失！新四军想来碰碰，先得准备一千口棺材。话又说回来，就算他们肯豁上千儿八百条人命，我姓郑的放不放他们进庙还是另一回事呢！"

郑少鸣这番狂言，不是没有一点道理。我军若是采取强攻，势必造成重大损失。但这支部队的底细早为我摸清，是以当地自卫队队员为主组成的，多半居住在附近的郑家垛和梁家营。而今，二十八师即将北调徐州，军心动荡，不少士兵见机潜逃，就连见习官一级的人物也有逃走的。我军抓住这个机会，决心拿下这座“堡垒”。

这是张正回部队后指挥的第一场战斗。事先指战员经过认真研究，确立了两套方案。第一套方案：偷袭，打他个措手不及！

天，很快就要黑到底了。二营在夜色中悄悄逼近大庙。张正凝神看去，影影绰绰看到寨门口的伪军夹着枪，小距离来回游走。从围墙里传出来伪军的点名声和应到声，间或还有询问口令的咋呼声。这一切，说明敌人还没有察觉我们这次的军事行动。张正稍微松了一口气，正要通知后面部队小心跟进，却突然听见西南边传来“轰！”的手榴弹的爆炸声，恰如巨石投入静湖，立刻翻腾起无数浪花——据点伪军慌忙抽去吊桥，关起寨门，并不停地朝外猛烈射击。

“怎么回事?!”张正莫名其妙，传令部队后撤。

参谋长于国柱同志气喘吁吁地跑过来，见面就说：“真糟糕！想不到几个伪军伙夫从临泽镇赶集回来，发现了我们二营，还扔了一个手榴弹，偷袭梁家营的计划就这么吹了！”

张正心里郁闷，也只好说：“那就按第二套方案打吧！”

“好的！”于国柱当即带领几个人匆匆进镇去了。

而张正带领二营在原地按兵不动……

第二套方案即是以政治攻势为主、军事压力为辅的瓦解战，难度虽然比较大，但新四军运用过多次，运用得法，成功率也是蛮高的。

于国柱回到镇里，让敌工干事郁占刚到伪军郑家垛邀请伪军家属，自己和政治处的同志一起，在梁家营镇挨家串门，找到一些伪军家属，而且抓到一部分游兵散勇。两地的人聚到一个大院里，认识的人互相寒暄，问长问短，十分热闹。战前动员工作进行得非常顺利。一位白发苍苍的老太太，跌跌撞撞地来到于国柱面前说："同志啊，你放心，今晚就是豁上这条老命，也得把我那个不争气的儿子叫回来，不然我老太婆哪有脸见人呀！"

夜已黑得伸手不见五指。三支由伪军家属组成的喊话队同时出动了。他们来到部队后面时，张正把他们安排到比较安全的低地蹲了下来。

张正回到阵前，朝据点大声喊道："据点里的伪军兄弟们，你们被包围了！我劝你们放下枪投降吧！"

据点里传出一阵嬉笑声，伪军满不在乎地回喊：

"包围？围就围吧，围有个屁用！"

"老子的枪在手里呢，崭新的三八大盖，有种就进来拿吧！"

"当心点，进来的时候别被铁丝网扎穿手心！"

"注意脚下，不要掉到沟里喂了王八！"

……

面对伪军的嚣张谩骂，战士们被激怒了，有的奋不顾身地冲上前去。据点里的枪响了，漆黑的夜空蹿动着红通通的火链子，子弹打在平地上，尘土飞起来，叫人不能睁眼，部队被阻拦在阵地前不能行动……

"水生呀，水生！别开枪，娘在这里哩！"这时候，枪声中突然响起那个白发苍苍老太婆悲怆的声音。紧跟着，三十多个伪军家属都喊叫起来。据点里的枪声稀落下来。伪军家属们全都站起来，纷纷通名报姓，其中有营长的侄女、连长的父亲、排长的老婆，还有士兵的父亲、母亲。他们指名道姓要他们的亲人放下武器，不要白白送死。这突如其来的亲情攻势使得战况急转直下，整个战场上的枪声完全消失了。

阵地两边，由刚才的激战变成了双方交谈。一个伪军士兵带着颤抖的哭音央求着："娘，你走开吧！"

"儿呀，你不过来妈妈不走。"

"我、我过不去，大门上上着锁呀！"

"你们队伍里不都是咱们一带的人吗？不能用钥匙把门打开？"

"我们营长……"

提到郑少鸣，这位老娘一下子火了，不等儿子讲完就大声说："亏他同咱们还是亲戚！光图自己做官，也不替我孤老婆子想想，领着你开拔了，到时谁来埋我这把老骨头！"说完，痛哭起来。

新四军阵地前令人肝胆欲裂的哭声、叫喊声和规劝声混合在一起，冲击着整个据点。

碉堡里死一样沉寂。忽然听见郑少鸣朝外大叫："乡亲们，你们快回家吧，别听新四军宣传，我们不开拔的！"

"不是新四军的宣传，是我亲耳听见东庄癞痢头的大儿子说的——人家离开你们这个窝，回到根据地，都快要成亲了！"这边有个大伯喊。

这消息就像往油锅里倒了一杯冷水，"哗"地沸腾起来。癞痢头家的大儿子原是这个连的一个班长，他逃回家后传来的喜讯拨动了所有伪兵的心弦。围墙内传来一阵高过一阵的议论声，只听有人大声问："营长，今天早会上你还说不开拔的，原来是骗咱的？！"

"浑蛋，扰乱军心，老子枪毙你！"郑少鸣吼道，"你们别听新四军吹牛，他们没法攻进据点来的！"

这边的伪军家属听得真真切切，大声喊道："北乡的钓鱼台四面是河，都被新四军解放了。吴家窑子，能说它不结实？都被新四军炸开了！莫说你们这两层砖的薄圩子了，能顶事吗？”

新四军进入这一地区后，连战连捷，威震八方。郑少鸣无法辩驳，又放出谣言：“乡亲们，我劝你们还是赶快回去，天一亮潘师长就要带着人马接应我们，可别夹在当中挨打呀！”

“做梦！”新四军三连二排排长捺不住火气，站起身喊道，“通往梁家营的道路都被我们卡住了！”

“什么？卡住潘师长的人马？你们吹破天吧！”

“潘干臣算老几？我们新四军压根儿没把他放在眼里！”

“给我打！”郑少鸣疯狂地吼起来。

“不许打！”三十多个伪军家属列成一道人墙朝前走了一步。枪声响了，稀稀落落的，却是朝天上放的。

张正和于国柱笑了。

二

鸡叫三遍，据点里闹腾起来了，伪军士兵背着背包走来走去，吵吵嚷嚷。混乱中突然听见郑少鸣的声音：“各连兄弟们，你们不要慌，潘师长带着人马就要过来啦！”

这消息惊动了外面的伪军家属。郑老头是伪军五连郑行书的父亲，郑少鸣的叔子，他提醒张正说：“张营长，你们也得准备准备吧，有道是‘无风不起浪’，潘干臣的人马多，来了怕你们抵挡不住哇！”

“大爷，这是郑少鸣兴风作浪，哄骗士兵的。”张正说。

“他、他会自欺欺人？”

“郑大爷,他就是在哄骗士兵。您想想,那潘干臣在宝应刮足了油水,正忙着回北方做生意,根本不会担风险来救援梁家营的。”于国柱说。

“但愿如此,但愿如此……”

这天是郑行书祖父的六七祭日,照原来的安排,郑老头要劝儿子回家上坟的。为了安定伪军家属,使他们更积极地开展劝降工作,部队临时决定让伪军家属先回去,干脆等天亮再进行下一轮喊话,如果据点里的敌人仍不投降,就发起强攻消灭他们!

天渐渐亮了,寨内伪军的幻想,寨外伪军家属的顾虑,像早晨的薄雾一样随着日出消失了。张正正和阵地上的战士们吃早饭,郁占刚来找他,说郑老头坚决要求打头阵。正说着,只见老人已经披麻戴孝装束完毕来到面前,后面的伪军家属全家出动,竟有一百多人!

攻心战又开始了。郑老头站在鹿寨边,大声朝里喊:“行书呀,今日是初几,你还记得吧?”

“爹,我忘不了。”

“是孝子,就该听话。赶快放下武器,跟你爹回家上坟!”

“我……”郑行书讲不下去了。

“你祖父活着的时候说,人生在世,要讲究忠孝仁义呀!”

“……”

听据点里没有回声,一百多个伪军家属一起拥到工事跟前,大声疾呼,召唤着他们的亲人归降。郑少鸣察觉军心不稳,慌了起来,对着郑老头方向喊:“叔,你带乡亲们快走吧,自古忠孝不能两全啊!”

“呸,你这不要脸的东西!”郑老头怒气冲天地质问道,“投靠日本,背叛国家,忠在哪里?!祖父祭日,不回去祭奠,孝在何方?!新四军没有狠狠揍你们,可以说是仁至义尽了。少鸣呀,你当真指望着姓潘的来搭救你们吗?”

郑少鸣挨了这通责骂,哑口无言。

“郑少鸣,快躲开,我们要炮击你们的指挥所啦!”张正指示战士用集体喊话的方式发出了通知,话音刚落,三发炮弹飞了过去,碉堡盖儿被打穿了,竖在上面的旗杆也被打断了,一下子伤了碉堡里七八名伪军。

三发炮弹充分显示了我军的威力。时机已经成熟,于国柱让一个战士投进信去,警告郑少鸣悬崖勒马为时不晚,同时又向据点的全体官兵提出五点保证:

“一、生命绝对安全;二、财产不受侵犯;三、决不虐待俘虏;四、生活困难的予以帮助;五、自愿抗日的,可组成一支部队。”

信件传开后,伪军的动摇表面化了。一个伪兵探出头来问道:“五个条件我们都记下了,你们不会变卦吧?”

“我包啦!”新四军那个火气大的三连二排排长腾地一下站起来说:“若有二话,找我好了!”

“你叫什么?当什么官?敢不敢实打实地告诉我们?”

“我叫顾维本,是新四军二营三连二排排长!”

二排排长在通名报姓的时候,看见一些军官伸出头来打量自己。对于郑少鸣来说,现在已经是外无援兵、内无斗志的严重时刻了。我军对他发出了限时投降的最后通牒,战士们大声喊道:“十分钟内,若不缴枪,我们又要开炮了!”

郑少鸣十分惊恐,请求进行谈判。张正和于国柱商量,决定抓住这个时机,继续宣传我军的俘虏政策,进一步瓦解敌人。于是通知他们,谈判地点就在围墙跟前。张正派郁占刚同志过去，于国柱对他说：“郑少鸣可能会耍花枪，葫芦里还不知道装的是什么药呢！要随时识破他的鬼把戏，指明前途，告诉他当汉奸是没有好下场的！早一时投降，就多一分光明！”

三

双方代表进行谈判的时候，周围站着很多伪军士兵，我军的严正立场已被伪军官兵看得一清二楚了。

谈判过程中，伪军一再讨价还价，归根结底，还是迷信他们那里三层外三层的工事，断定我军攻不进去。郁占刚灵机一动，决定引他们出来看看我们的实力。为了打消对方的疑虑，我军表示派一个卫生小队进据点，帮助包扎伤兵。郑少鸣接受了。

这场攻心战进入了决定性阶段。卫生小队进入据点后，据点里也派出一个家伙跟我方来到营部。张正料定这家伙负有侦察使命，因此做了相应的准备。

这家伙一进屋就自我介绍他姓陆，说见到各位抗战官兵感到很惭愧。于国柱接上口说：“当伪军是做日寇的帮凶，中国人打中国人，当然是可耻的！”

“可不，若非生活所迫，谁又肯干这种众叛亲离的差事呢！”姓陆的打出了伪军惯用的一张挡箭牌。

“既然掉进了深坑里，就要赶快爬出来，弃暗投明才是唯一的出路！”

“对对对，就为这个，郑营长才特地派我来联系，听听贵军有什么条件。”

这家伙是个地地道道的滑头，又开始讨价还价了。

于国柱说："你不要跟我们要花枪，我方已经把信送进你们据点，想必你和郑营长已经看过了，还有什么话说？"

"这……"姓陆的正想说什么，桌上电话铃响了，于国柱抓过话筒："嗯，张营长，是我……嗯，陆代表还在谈条件呢……什么，不跟他多磨蹭？要发动进攻？不急嘛，再等会儿……好的，好的。"

其实这是张正预先和于参谋安排好的插曲，果然惊动了姓陆的，没等于参谋放下话筒，姓陆的抢着说道："长官，别误会，我想问问贵军攻打梁家营，是为枪，为人，还是为了这块地方？"

"什么，为枪？"于国柱顺手推开窗子朝外一指，"你看看！"

大院里站着二连一个排，清一色的三八大盖步枪上插着明晃晃的刺刀，地上还有两挺歪把子机枪。当然，这些枪都是从鬼子手缴来的。

"若说为了人嘛，也可以这样说吧！你们这些伪军都是中国人，但跟了日寇做帮凶，迟早都是要被消灭的，新四军不愿意中国人打死中国人，给你们机会了，你们不想抓住是你们的事。

"若说为了地，这地本来就是中国的土地，属于广大老百姓的。现在日本人要占我们的土地，还派你们守着，新四军当然不允许，所以要赶走日本鬼子，消灭他们的帮凶。怎么样，说得够明白了吧？"

姓陆的听得头上冒汗，要求回去再商量商量。

"行啊，十分钟！"

"再宽限一些。"

"好，那半小时。"

"再长些，全营官兵都得通气做工作呢！"

“现在是十一点。”于参谋有些光火，“十二点前如果还不缴枪，我们就要发起总攻了！”

陆代表出了屋门，见新四军战士们对他怒目而视，吓得打了一个寒噤，赶紧侧着身子贴着墙根走。这时迎面走来了团部侦察排，一长一短的装备，个个精神抖擞，斗志昂扬。就在这当儿，一帮伪军家属赶上前来，都要他给郑少鸣带个口信，说外面的大炮已经昂起头来了。姓陆的一面揩汗一面说：“诸位请放心，陆某心里有数了。”

陆代表刚刚回到据点，外面的号声开始吹响，好像千军万马正在出动。郑少鸣急问：“过去达成了什么协议？”

“十二点前是我们的考虑时间，协议就是让我们投降，他们照书信中的保证办。”

“现在还没有到十一点半呢，怎么就吹号了？还不给我回去问问！”

姓陆的只好又出去了。这时伤兵们拥到了营部里。刚才我卫生人员一面包扎伤员，一面进行宣传劝说，晓之以理，动之以情，感动得他们热泪横流。现在他们爬的爬，扶墙的扶墙，有的吊着膀子，都在吵嚷着：“营长，我们已经伤成这个样子了，你不能再让兄弟们流血了呀！”

郑少鸣正在想措辞，陆代表上气不接下气地跑回来报告：“新四军的部队已经调动完毕，只等十二点啦！”

郑少鸣的脸上一阵灰一阵白，浑身打起了哆嗦。

伪军把营部挤满了，都在议论纷纷：“可别错过机会呀！”“新四军真是很宽大呀！”“兄弟们都不愿意打啦！”“可不，有道是故土难离，谁愿意到徐州喝西北风！”这时，那个叫水生的青年伪军挤出人群，到郑少鸣跟前把枪一摔：“营长，这枪还给你，我娘在外面等我回去呢！”

郑少鸣不知所措,郁占刚走过来说:“郑营长,你听听下面的呼声,想想你自己的前途,赶快拿主意吧!现在还有五分钟,你一定要打的话,我们就离开这里了。”

我方的军号声一阵紧似一阵。郑少鸣额头上黄豆大的汗珠直滚,上前抓住郁占刚的手:“我……我投降。”

据点吊桥刚刚放下,四百多个伪军争先恐后地拥了出来,他们各自找到亲人,跳跃着,欢呼着,庆幸自己获得了解放。

二营仅以几个人的伤亡,便拔除了梁家营据点,将高邮、宝应根据地连接在了一起。

第二十一章　全歼匪帮

一

张正想不到，自己家乡的老百姓居然不远近百里，找到了他们这支部队。

前年十月，国民党江苏省主席韩德勤不顾民族大义，派重兵向苏中黄桥抗日根据地发起了进攻，新四军在陈毅、粟裕指挥下与之展开决战，韩德勤部被彻底击溃，散兵游勇到处流窜，其中不少跑到楚泽这百里水乡，落草为寇，巧取豪夺，骚扰百姓。去年二月，日寇占领楚泽县城，国民党地方政权随之土崩瓦解，各级政府人员如鸟兽散。世乱魔鬼出，一度收敛蜷伏在家的惯匪徐保山见时机已到，收容流窜散兵，网罗流氓无赖和不法渔民，加上他黑风荡的一帮老土匪，成立了所谓“自卫大队”，自封大队长，于今年八月攻占了附近的安平镇，建筑据点，扩充匪徒，妄图称霸一方。

徐保山占据了安平镇，自恃人多枪多，耀武扬威，气焰嚣张，光天化日之下强取豪夺。短短两个月时间，徐匪抢劫了十几个村庄，烧毁房屋五十多间、草堆一百六十多个，抢去粮食衣物无数。除抢劫外，徐匪还向镇里商户和附近村庄敲诈勒索，摊派送礼。匪徒们将抢来的财物任意挥霍，过着花天酒地的生活，而受害群众却无家可归，无衣可更，无米可炊，担惊受怕，度日如年。

漫漫长夜盼天明，安平人民深受匪患灾难，迫切希望共产党来解救他们于煎熬之中。他们打听到西面高邮县有新四军，刚刚取得了梁家营大捷，便推举了镇上贩牛出身的胡老爹过去求援，请新四军过来剿匪。

胡老爹昼伏夜出，走小径，涉水路，吃尽千辛万苦，终于找到了张正的部队。听完胡老爹老泪纵横地诉说了当地群众深受匪害的情况后，张正怒气填胸——正是这个徐保山，五年前被人买凶，率土匪到陆洋村害了自己一家！想不到这个匪首现在趁境内混乱竟变本加厉，拉起了“自卫大队”为害一方。这次家乡百姓来找他们新四军，正好回去加以歼灭，既报家仇，又除国害——如若不除，假以时日，这股土匪力量肯定会被日寇招安，成为又一支伪军武装——何乐而不为？义不容辞，顺理成章！

但他又有些为难，自己所属的新四军二旅正准备开赴淮南津浦路一线，对日伪进行新一轮反“扫荡”斗争，这几天就要开拔。可是，家乡百姓遭受土匪蹂躏的悲惨境遇，使他内心难以平静，拯救民众于水深火热之中，这是共产党人不可推卸的责任，即使困难再大，也应为民除害。再说，安平镇具有独特的战略位置，剿匪对日后在那里开辟抗日根据地具有十分重要的意义。张正送走老乡后，立即召开连以上干部会议，统一了意见，马上派人跟新四军二旅取得了联系。旅部同意二营奔赴安平镇，迅速肃清徐匪武装。

二

部队开进离安平镇二十里的竹园村。张正和参谋长于国柱侦察匪情回来,商量剿匪计划。于参谋说:“徐匪虽为乌合之众,但有二百多号人,枪支弹药也不少,加上镇内外地形复杂,聚歼不容易;如果土匪混在百姓中,部队难以区分,搞不好容易伤了群众。张营长你看怎么办?”

“徐匪作恶多端,百姓深恶痛绝,部队剿匪,民众自会全力协助。”张正自信地说。他想起父亲王如贵带领村里壮丁打击盐匪和偷盗蟊贼的往事,那真是一呼百应,其势不可阻挡!

“对! 我们部队率先出击,攻下安平镇炮楼,土匪势必成惊弓之鸟,四处逃散,然后……”

“然后,我们发动当地和周边群众,群起而清剿之!”张正接上话茬。

二人确定于十一月十七夜间率部队发动进攻。

这天向晚,新四军神不知鬼不觉地开进了安平镇外五里的西龙墩。张正下令封锁消息,派出岗哨,扣留所有东去的船只。

夜幕四合,河面幽暗。一条小篷子船幽灵般向东滑行,被机警的新四军岗哨及时发现,立即截下。船舱里爬出一老妇人,跪在船头哀求:“我儿子患重病,我是出来求医买药的,求你们行行好,给个方便吧!”岗哨将她带到岸上,张正派人喊来当地群众对证,老妇人脸上倏地变了色。原来,她是徐匪二中队长钱福财的娘,是土匪的坐探,刚才正准备给安平镇土匪报信去。

张正厉声问:

“今天有没有土匪外出抢劫?”

“没有。”

“为什么?”

“听说新四军要来,都小心提防着。”

“徐保山在镇上吗?”

“这几天他很紧张,有时住镇里,有时住乡下,有时住船上,搞不清楚。”

“晚上岗哨设在哪里?”

“东面大码头、四面镇口桥头都有,发现情况就开枪报警。”

“夜里暗号是什么?”

“是……是……”

张正一拍桌子:“快说!”

“问‘干什么的’,答‘打野味的’。”

审问了女匪探,又根据安平镇地下工作人员送来的匪帮兵力部署,徐参谋长召开了排以上干部会议,对剿匪战斗作了具体部署:一连加上三连划出的一个排从北进镇攻打炮楼;二连从东、南两方进攻,防止顽匪突围,利用水路逃逸;三连两个排在西面阻击逃向黑风荡的土匪。以三声枪响为信号,同时发起攻击。

下半夜,部队分乘几十条小船向东行去。尖刀班顺利地抹掉了岗哨。部队迅速展开行动。张正发出了进攻命令。一时,枪声大作,手榴弹爆炸声震天。从睡梦中惊醒的匪徒,不知新四军从何而来,纷纷往镇外逃窜,遭到迎头痛击,有的又往回跑,如没头苍蝇四处乱躲。匪二中队长钱福财钻进一家饭店的厨房里,当场被擒。但驻守炮楼的土匪却很顽固,居高临下疯狂射击。新四军怒火万丈,利用机枪封住匪徒火力,用炸药和集束手榴弹进行轰炸爆破。半个小时后,炮楼全部被摧毁或攻陷,侥幸活命的匪徒仗着对地形熟悉逃出镇外,迂回溜向他们的老巢黑风荡。

三

在部队实施剿匪计划的同时,楚泽县委书记杜国楷已通知安平地区地下党组织,要求广泛发动群众,配合新四军围剿逃散的匪徒。

十一月十八日一大早,新四军剿匪的枪声刚落,各村的锣鼓就响起来了。“一户一个,打土匪去!”群众一呼百应,拿起扁担、木棍、钉耙、鱼叉,纷纷出了村。

一时间,安平地区几十个村庄的群众从四面八方蜂拥而来,愤怒的吼声震荡着黑风荡。滩里的土匪,一个个被抓获,被打死;匪船,一只只被搜出,被砸碎。深受匪患的群众,终于有了报仇雪恨的机会,人人挺身当先,个个勇往直前!

陈家窑小河道里,一只住家船行色匆匆,行动诡秘。附近群众觉得可疑,上去盘问:“什么船?”船上人答道:“我们是去走亲戚的。”“靠过来查一下!”“不行啊,我们还有十几里路要赶呢!”见答话人神色慌张,岸上人强行将船拦下,登船搜查,发现了不少赃物,便不容分说,当即把船上的六个人捆绑起来。在场的群众愤怒至极,你一棒他一棍将几人活活打死。这几个家伙正是从安平镇逃窜过来的土匪,匪三中队长潘绥明也在其中。

徐家坝是匪首徐保山的出生地,周围群众一直视它为土匪窝。剿匪人潮卷过黑风荡,便直冲徐家坝而来。狡猾的徐匪早已不知去向。但逃得了和尚逃不了庙,深受其害的群众怒不可遏,冲进徐家,将东西砸个稀巴烂,然后放一把火烧个干净。人们犹未解恨,又在村里放起火来——将所有土匪的房子全部点燃。一时间浓烟滚滚,遮天蔽地。

在从徐家坝到祝家庄的途中,上百名群众追赶一个穿着一身黑衣、体形壮硕的老匪徒,此人正是匪魁徐保山。这家伙兵痞出身,心狠手辣,本领高强,能在河里踩水双手开枪,百发百中。徐保山边逃边朝后开枪,打死两个追赶的农民。枪弹吓不住愤怒的群众,人们仍争先恐后紧追不舍,终于在一间板罾的渔棚里把这个匪徒活捉,一阵乱棍送他上了西天。

在这次声势浩大的军民剿匪斗争中,打死打伤一百四十五名匪徒,缴获各种武器若干。剿匪的胜利激发了安平地区广大群众的斗志,为建立抗日地方武装作了良好的铺垫。

在二营回师途中,张正骑在马上频频回望着东南方向。那里是他出生的地方,埋葬着他的父母兄嫂,生活着他的亲人和朋友……他在想,离家五年了,等这次反"扫荡"战斗一结束,一定回陆洋村一趟。

想念着家乡,他的脑中突然蹦出宝玲笑盈盈的青春面庞。宝玲没上过学,到了部队后工作之余参加了识字班,前不久给他写来了第一封信,虽然很短,字迹歪歪斜斜很稚嫩,但却给他带来了极大的喜悦和满足。他想,赶快把日本鬼子赶出中国去,让他和宝玲团聚吧,让全中国人民安居乐业团团圆圆地生活在一起吧,让美丽的祖国变得强大起来吧!

他一提缰绳,上次在四台据点从鬼子小队长那里缴来的大洋马便"嘚嘚"地朝前跑去……